VERSANDBRÄUTE DES WESTENS:

Prudence

Der Himmel über Montana

VON
DEBRA HOLLAND

1886

Eine Woche nach *Versandbräute des Westens: Darcy*
und sieben Jahre vor *Der Wilde Himmel über Montana.*

VERSANDBRÄUTE DES WESTENS:

Prudence

Kapitel Eins

St. Louis, Missouri
1886

Prudence Crawford stand in der Küche der Agentur »Versandbräute des Westens« und zog das Blech voller Brötchen aus dem riesigen gusseisernen Herd. *Diesmal werden meine besser schmecken als die von dieser fetten Kuh!* Mit dem Handrücken strich sie sich eine Haarsträhne aus der feuchten Stirn und wünschte, sie würde im Garten im Schatten lesen, anstatt sich bei der Sommerhitze am siedenden Ofen abzuplagen.

Da sie nichts Besseres zu tun hatte, als das Kochen und die Haushaltsführung zu erlernen, bemühte sie sich nun darum, die einzige andere in der Agentur verbliebene potentielle Braut zu übertreffen. Prudences Ansicht nach war Bertha Bucholtzs Begabung für das Backen der einzige Vorzug, auf den sie setzen konnte. Ihre Brote und Brötchen schmeckten himmlisch und zergingen förmlich im Mund.

Zwar hatte Prudence durchaus essbare Ergebnisse erzielt, doch ihre Brötchen waren einfach nicht so gut wie die von Bertha. Heute hatte sie – wild entschlossen, die andere Braut endlich zu schlagen – jede ihrer Bewegungen nachgeahmt und exakt die gleichen Mengen verwendet.

Während Prudence das Blech zur Arbeitsfläche trug, sog sie den Duft ein, betrachtete die Brötchen und freute sich über deren luftig-leichte Form und die hellgoldene Farbe.

Bertha schlich in der Nähe herum, und knetete sich mit einem verunsicherten Blick in den weit auseinander stehenden blauen Augen die Finger.

Normalerweise war die andere Braut so friedfertig wie ein Rind, doch Prudence fand Gefallen daran, ihre Seelenruhe zu stören.

Mit einem Topflappen ausgerüstet ging Bertha zum Ofen und holte ihr Blech heraus. Offensichtlich darum bemüht, auf Abstand zu bleiben, um nicht von Prudences Ellenbogen einen Stoß in ihre gut gepolsterten Rippen zu erhalten, stellte sie ihre goldenen Trophäen neben die von Prudence.

Die Köchin Dona, eine große, knochige Frau mit ernster Miene, beugte sich vor, um die beiden Bleche zu begutachten. Mit Hilfe einer Zange hob sie ein Brötchen von Prudence und eines von Bertha hoch und setzte beide nebeneinander auf einem Teller ab.

Prudence musterte die Brötchen. In ihren Augen sahen sie gleich aus – luftig und golden – und würden bestimmt köstlich schmecken.

Dona brach eins entzwei. Eine betörende Dampfwolke stieg auf. »Wir lassen sie eine Minute lang abkühlen.« Sie streckte das Kinn über den großen Topf, der auf dem Herd stand. »Kochen Sie die Suppe zu Ende, Miss Crawford! Miss Bucholtz rührt inzwischen den Kuchenteig schaumig.«

Obwohl sie versucht war, eine spitze Bemerkung über den knappen Befehl zu machen, hielt Prudence ihre Zunge im Zaum. Ihre Sticheleien beeindruckten Dona nicht im Geringsten; ein- oder zweimal hatte die Köchin sogar drohend mit dem Kochlöffel ausgeholt.

Prudence war zu Mrs Seymour, der Besitzerin der Agentur, geeilt, um sich über das unverschämte Benehmen der Köchin zu beschweren. Doch die Hausmutter hatte nur die Augenbrauen gehoben und ihr in ruhigem Ton gesagt, sie solle auf ihre Manieren achten, damit Dona ihre Drohung nicht wahrmache. Auch Wochen später nagte diese Antwort noch an ihr.

Verärgert bewegte Prudence sich auf den Ofen zu, um die Suppe umzurühren. Sie dachte, dass eigentlich mehr Zwiebel hineingehörte, wollte aber keine tränenden Augen und stinkenden Hände bekommen. Stattdessen schnitt sie noch eine Mohrrübe in Scheiben, warf die Stückchen in den Topf und sog den Duft nach Knoblauch und Oregano ein.

Minestrone. Wie sehr sie es auch versuchte, nie gelang ihr eine Suppe, die so gut war wie die von Lina Napolitano. Auch wenn Prudence niemandem diese Vorliebe offenbart hatte, liebte sie die schmackhafte italienische Suppe, die Lina immer aus wenigen, einfachen Zutaten gezaubert hatte.

Allein der Gedanke an Lina steigerte Prudences Verbitterung. Die Frau war glücklich an einen Mann aus dem Provinznest Sweetwater Springs im Montana-Territorium vermittelt worden. Die frischgebackene Mrs Barrett schrieb begeisterte Schilderungen von ihrem Leben mit ihrem Ehemann und dem kleinen Stiefsohn, ihrer Farm, ihrer Freundschaft mit Trudy Flanigan und Darcy Walker – den anderen beiden Versandbräuten, die nach Sweetwater Springs gezogen waren. Obwohl Prudence niemals einen *Farmer* wählen würde, beneidete sie Lina um ihr Glück, und die anderen fünf Versandbräute, die ihre Liebe im Montana-Territorium gefunden hatten, ebenfalls.

Heiraten, pah! Wutentbrannt rührte sie die Suppe mit dem Kochlöffel, wobei einige Spritzer neben dem Topf landeten. Die Flüssigkeit zischte auf dem Herd.

»Achten Sie darauf, was Sie tun, Miss Crawford«,

ermahnte Dona Prudence scharf und zeigte mit einem Messer in ihre Richtung. »Sie können den Ofen schrubben, wenn wir mit dem Essen fertig sind.«

Prudence warf der Köchin einen bösen Blick zu, dem die Frau entschlossen standhielt. »Die Brötchen sind genug abgekühlt.«

Erpicht darauf, das Ergebnis zu sehen, ließ Prudence die Minestrone stehen und ging auf die Köchin zu.

Dona brach die beiden Brötchen in je drei Stücke. Sie reichte ihnen ein Stück von beiden und sagte: »Wir fangen mit dem von Miss Bucholtz an und probieren dann Miss Crawfords.«

Bertha trat an die andere Seite der Köchin und strich sich die Schürze über ihrem runden Bauch glatt, bevor sie die beiden Häppchen nahm.

Dona biss von Berthas Gebäck ab, kaute und schluckte. Sie nickte der Frau zufrieden zu. »Ausgezeichnet, wie immer.«

Bertha nickte strahlend, ein Lächeln erhellte ihr breites Gesicht,

Die Köchin probierte Prudences Brötchen und wiegte den Kopf, während sie kaute und schluckte. »Mit Sicherheit haben Sie beim Backen einiges erreicht, Miss Crawford.« Sie wies mit der Hand auf Prudences Blech. »Sie können stolz auf Ihre Fortschritte sein. Jeder Mann wird daran Gefallen finden.«

Ihr Magen zog sich zusammen. »Aber nicht so gut wie die von Bertha?«, fragte Prudence, wobei ihre Stimme sich ungläubig hob.

»Nicht ganz.«

Noch immer nicht ganz überzeugt, kostete Prudence Berthas Brötchen und biss dann in ihr eigenes. Die beiden schmeckten fast gleich, auch wenn Berthas etwas saftiger war. Hatte sie dieses Mal ein klein wenig Buttermilch hineingeschmuggelt?

Und wieder einmal bin ich nicht gut genug. Der Stich, den sie dabei verspürte, nur Zweitbeste zu sein, war so stark, dass ihr der Bissen im Hals stecken blieb. »Wir haben alles *genau gleich* gemacht!«

Donas Lächeln war mitleidig. Sie zeigte auf die Backbleche. »Oh nein, meine liebe Miss Crawford. Das stimmt ganz und gar nicht. Denn, sehen Sie, Miss Bucholtz fügt eine weitere Zutat zu allen ihren Gerichten hinzu, die entscheidende ...«

»Das hat sie *gar* nicht.« Prudence brachte die Worte fast knurrend hervor. »Ich habe alles beobachtet, was Bertha getan hat. Und alles *nachgeahmt*, was sie gemacht hat.«

»Aber die fehlende Zutat ist nichts, das Sie sehen könnten, Miss Crawford!«, rügte sie die Köchin mit erhobenem Zeigefinger. »Denn Miss Bucholtz fügt zu jedem Brötchen, das sie backt, *Liebe* hinzu. »Ihre hingegen sind leider ... nun ja ... von Groll, Missfallen und Bitterkeit vergiftet ...«

Ihr Gesicht brannte, als hätte die Köchin siedendes Wasser über sie geschüttet und Prudence spürte, wie Missmut in ihr hochkochte. Sie griff zu ihrem Blech, ohne sich darum zu scheren, dass es noch so heiß war, dass man sich daran verbrennen konnte, und schmiss es quer durch die Küche. Brötchen flogen durch die Luft und das Blech rammte gegen den Ofen, bevor es scheppernd zu Boden fiel.

Mrs Seymour hatte genau diesen Moment gewählt, um durch die Tür zu treten. Eines der essbaren Geschosse prallte an ihrem marineblauen Kleid ab. Die Hausmutter wich zurück, um einem größeren Unheil zu entgehen und schritt dann in die Küche. »Prudence Crawford! Sind Sie etwa eine Zweijährige, dass Sie so einen Wutanfall haben?«

Anstatt Prudences Gemüt zu besänftigen, schürte die harsche Ermahnung ihren Zorn nur noch. Eine lodernde Wut ergriff ihre Brust und stieg bis in ihr Gesicht auf. Sie schnappte sich Berthas Blech und schmetterte es auf den Boden, wo es sich zu dem anderen gesellte.

Stirnrunzelnd betrachtete die Hausmutter das Chaos. »Noch *nie* habe ich solch ein kindisches Verhalten bei einer erwachsenen Frau gesehen.«

»Manche Eltern waren mit der Rute zu zurückhaltend«, murmelte Dona kopfschüttelnd.

Mrs Seymour warf der Köchin einen vorwurfsvollen Blick zu, bevor sich ihr Blick durch Prudence bohrte. »Sie heben *sofort* alles auf. Bringen Sie die kaputten zu den Schweinen nach draußen! Es sei denn, Sie möchten sich etwas aufheben, denn ein Mittagessen wird Ihnen mit Sicherheit nicht aufgetischt, nachdem sie das Essen hier so verschwendet haben.«

»Ich esse ganz bestimmt nichts vom Boden«, antwortete Prudence schnippisch, beleidigt von der Aufforderung.

»Na gut. Dann müssen Sie wohl hungern. Wenn Sie die Schweine gefüttert haben, erwarte ich Bertha und Sie in meinem Büro. Wir müssen über etwas reden.«

Die schäumende Wut in ihrem Inneren ebbte ab. Mit erhobenem Kopf beschloss Prudence, den anderen drei Frauen nichts von ihrer Verlegenheit zu zeigen. *Ja, die Brötchen durch die Luft zu werfen, war ein wenig zu viel.* Aber sie war so verärgert gewesen. *Liebe zum Teig hinzufügen, also wirklich!*

Prudence hob die Enden der Schürze, die sie über ihrem blauen Tageskleid trug, hoch, um die Brötchen darin sammeln zu können. Sie bückte sich nach einem Brötchen und warf es in die Schürze. Ihre verbrannten Finger schmerzten, doch ihr Stolz erlaubte es ihr nicht, innezuhalten und kaltes Wasser darüber laufen zu lassen.

Schweigend beugte Bertha sich zu Boden und hob zwei Brötchen auf, die sie Prudence anbot.

Der Groll darüber, dass die andere Frau ihrer

Erniedrigung beigewohnt hatte, packte sie. *Wie kann sie bloß so hilfsbereit sein!* »Ist schon gut«, sagte sie schroff.

Bertha trippelte trotz ihres gewichtigen Körpers leichtfüßig davon.

Noch immer kochend vor Wut hob Prudence die restlichen Brötchen auf. Als sie alle beisammen hatte, ging sie nach draußen und durch den Garten zum Schweinestall, in dem eine Sau mit ihren Abfällen hauste.

Sie rümpfte die Nase wegen des Gestanks, zog ein Brötchen aus ihrer Schürze und warf es auf die Sau. Es prallte mit einem dumpfen Geräusch an der Seite des Schweinebauchs ab. Das Gefühl genießend, zielte Prudence immer wieder auf das Schwein, wobei jedoch die meisten Würfe danebengingen.

Das Tier schien sich nicht um ihre Attacke zu kümmern. Die Sau wandte sich mit fast menschlichem Erstaunen zu ihr um, bevor sie sich auf das nächste Brötchen zubewegte.

Angesichts des einseitigen Kampfes flaute Prudences Empörung ab. Sie ließ die Zipfel ihrer Schürze los und schüttelte sie aus. Sie hasste es, diese Schutzkleidung zu tragen, als wäre sie ein Dienstmädchen. Vor ihrem Eintreffen in der Agentur hatte sie nie eine angelegt. Die Crawfords hatten Bedienstete, die mit niederen Aufgaben wie dem Kochen und der Haushaltsführung beauftragt waren. Doch nach der ersten Katastrophe in der Küche der Agentur hatte sie gelernt, ihre Kleider zu schützen, um sie nicht alle zu ruinieren – denn sie hatte keine Eltern mehr, die ihr neue kaufen würden.

Sie ließ die Schultern hängen. Die Crawfords hatten einen komfortablen Lebensstil gehabt, bis ihr Vater senil wurde und sein Unternehmen herunterwirtschaftete. Die Sorge ihrer beunruhigten Mutter um den Ehemann trug zu ihrer eigenen schlechten Gesundheit bei und hielt sie davon ab, den wachsenden Stapel unbeglichener Rechnungen zu bemerken. Obwohl sie gut rechnen konnte, hatte Prudence sich nie um die langweiligen Geschäfte geschert und ihren Vater immer abgewiesen, wenn er mit ihr über seine Finanzen sprechen wollte. *Wie dumm ich war! Nie wieder werde ich diesen Fehler begehen!*

Als ihre Eltern mit einigen Monaten Abstand verstarben, hatte Prudence das Herrenhaus in St. Louis sowie die meisten Besitztümer der Familie verkaufen müssen, um ihre Schulden abzubezahlen. Leider hielt die Tatsache, dass sie weder schön noch reich war, zusammen mit ihrem Ruf, *schwierig* zu sein, alle Burschen des Ortes davon ab, um sie zu werben. Ihre einzige Option war, die Gegend zu verlassen und einen betuchten Mann, der nichts von ihrer Geschichte wusste, zu ehelichen, und genau deshalb hatte sie sich dazu entschlossen, eine Versandbraut zu werden. Doch nun waren bereits sechs Monate vergangen, ohne dass ein zukünftiger Ehemann aufgetaucht wäre.

Prudence hasste alles am Leben in der Agentur in Erwartung einer Vermittlung. *Wo ist er?,* fragte sie den Himmel. *Wo ist der reiche Mann, der mich von niederen Hausarbeiten erlöst und mich in meine Welt bringt – in ein Haus voller Bediensteter?*

Eine leise Stimme fügte hinzu: *Wo ist der Mann, der mich liebt?*

Prudence schob diesen unsinnigen Gedanken beiseite. *Auf die Liebe kommt es nicht an.* Ihre Eltern hatten sich geliebt – und wie war es ihnen ergangen? Nur Wohlstand und Status zählten. Hoffentlich auch ein hübscher Ehemann – oder zumindest einer, den sie ertragen konnte. Ein *attraktiver* reicher Ehemann würde bestimmt eine schöne Frau erwarten, und das war Prudence nicht.

Während sie sich die Schürze abklopfte, ging sie auf das Haus zu. Nach ein paar Schritten blieb sie stehen, um die rote Villa in viktorianischem Stil mit dem dreistöckigen Turm zu bewundern. Das Haus, in dem sie aufgewachsen war, war sehr viel aufwendiger gebaut, doch der Seymour-

Villa gelang es, elegant und gemütlich zugleich zu sein und insgeheim stellte sie sich oft vor, sie würde ihr gehören.

Um die Küche zu umgehen, trat Prudence durch die Glastüren eines kleinen Wintergartens an der Seite des Gartens ein. Sie schritt durch einen vertäfelten Flur zum vorderen Teil des Hauses und ging so dem Hausmädchen Juniper, das die Rahmen der Bilder an den Wänden polierte, aus dem Weg.

Der Duft nach Zitrone und Bienenwachs folgte Prudence durch den doppelten Salon, wo sie an der geöffneten Tür von Mrs Seymours Büro, das einen Ausblick auf die Straße bot, innehielt. Das achteckige Zimmer war ihr Lieblingsraum im Haus. Licht flutete durch die großen Fenster, die allesamt mit Spitzengardinen geschmückt waren.

Am liebsten hätte sie einen der Polstersitze am Fenster angesteuert, doch da sah sie, dass Bertha bereits auf einem der beiden Stühle vor Mrs Seymours Schreibtisch saß. Prudence versicherte sich, dass sie nicht im Blickfeld der Hausmutter war, bevor sie der pummeligen Frau einen hochnäsigen Blick zuwarf und zum Stuhl neben ihr stolzierte, um sich darauf niederzulassen.

Berthas runde Bäckchen erröteten und sie wandte den Blick ab.

Mrs Seymour musterte die beiden einige Minuten lang mit einem scharfen Blick in ihren dunkelblauen Augen.

Nicht zum ersten Mal dachte Prudence, dass die ältere Dame noch immer attraktiv wäre, hätte sie ihre Haut sorgfältiger vor der Sonne geschützt und ihr braunes Haar so frisiert, dass die weiße Strähne an der Stirn besser versteckt wäre.

Die Hausmutter schob einen Stapel von Umschlägen an die Seite des Schreibtisches. »Ich habe beschlossen, die Agentur eine Weile zu schließen und ein wenig Zeit mit Evie in Y Knot zu verbringen. Mein Besuch war viel zu kurz. Ich möchte während der Schwangerschaft und den ersten Lebensmonaten des Babys bei ihr und Chance sein.«

Die Agentur schließen? Prudences Magen zog sich vor Furcht zusammen. *Was soll ich machen?*

Mrs Seymour warf Bertha einen mitfühlenden Blick zu. »Es tut mir leid, dass ich keinen Partner für Sie gefunden habe. Ohne neue passende Anfragen zu haben. Und dann diese beiden Männer, die gute Kandidaten zu sein schienen und dann woanders ihre Bräute gefunden haben ...« Sie schüttelte den Kopf und gestikulierte hilflos. »Ich kann einfach nicht begreifen, warum Sie nach so langer Zeit noch immer nicht vermittelt sind.«

Bertha senkte den Blick und verschränkte die Arme vor ihrem runden Bauch. »Ich denke, das liegt an meiner Figur«, murmelte sie.

»Ich glaube wohl kaum, dass das der Fall ist, meine liebe Bertha. Vielleicht hat der liebe Gott einen ganz besonderen Mann für Sie vorgesehen und wir müssen uns einfach noch eine Weile gedulden.«

Prudence hielt ein wenig damenhaftes Schnauben zurück.

Bertha warf ihr einen Blick von der Seite zu, bevor sie sich wieder Mrs Seymour zuwandte. »Ich habe mir schon gedacht, dass es Zeit ist, nach Hause zurückzukehren. Hier gibt es nichts für mich. Es war mir eine Freude, von Ihnen und Dona zu lernen. Sie haben mir vieles beigebracht. Ich werde mich als Köchin verdingen.«

Mrs Seymour seufzte. »Sicherlich sind Sie für solche eine Position geeignet, Bertha, und ich gebe Ihnen gern ein Empfehlungsschreiben mit. Und da Sie ohnehin in der Nähe wohnen, werde ich Ihnen Bescheid geben, falls vor meiner Abreise doch der richtige Kandidat auftaucht.«

»Danke.« Bertha stand auf und nickte. Ihr Gesicht verzog sich, als würde sie gleich anfangen zu weinen. »Ich gehe packen.« Sie eilte aus dem Zimmer.

Mrs Seymour wartete einen Moment lang und warf Prudence dann einen scharfen Blick zu. »Sind Sie sich eigentlich darüber bewusst, dass Sie Bertha mit ihrem böswilligen Verhalten in die Flucht geschlagen haben? Sie hätte die Agentur ja nicht umgehend verlassen müssen.«

Prudence zuckte die Schultern. Ihr war es gleichgültig, was der Kuh geschah.

»Ich werfe mir selbst vor, Sie nicht besser im Zaum gehalten zu haben. Evies Situation, ihre Flucht, mein Besuch bei ihr, ihre Schwangerschaft ... All das hat mich abgelenkt.« Die Hausmutter schüttelte seufzend den Kopf. »Der Mann, der Sie zur Frau nimmt, wird sicherlich alle Hände voll zu tun haben. Er tut mir leid.«

Unsinn! »Mit einem Ehemann werde ich nicht so umgehen.« *Das wird gar nicht nötig sein.*

Die Hausmutter hob die Brauen. »Und wie werden Sie sich beherrschen? Um Launen und niedere Impulse unter Kontrolle zu halten, bedarf es *Selbstdisziplin*, Prudence. Eine Eigenschaft, die ich noch nie an Ihnen gesehen habe. Sobald Sie sich von dem armen Mann verletzt oder verärgert fühlen, werden unschöne Worte aus Ihrem Mund entweichen und wahrscheinlich werden Sie mit irgendetwas nach Ihrem Gatten werfen.«

Niemals!

»Ich rate Ihnen, über die Dinge nachzudenken, für die Sie dankbar sind: So können Sie lernen, ein liebenswürdigeres Verhalten an den Tag zu legen. Denn wenn sie keine Selbstbeherrschung lernen, werden Sie Ihre Ehe in Gefahr bringen und beide unglücklich machen. Mit Honig fängt man mehr Fliegen als mit Essig – eine Weisheit, die auch auf Männer zutrifft.«

Ein Schauer der Angst lief ihr über den Rücken. Prudence schob das Gefühl beiseite und glaubte der Frau nicht recht. *Warum sollte ich zu meinem eigenen Ehemann nicht nett sein?* Und doch vermerkte sie sich im Geiste, dass sie darauf achten musste, ihr Temperament im Zaum zu halten.

»Ganz zu schweigen davon, dass Männer manchmal ...« Mrs Seymour zögerte und fegte imaginären Staub von der Schreibtischfläche. »*härtere* Reaktionen haben, insbesondere, wenn sie Alkohol zu sich genommen haben. Nur Gott weiß, wie oft ich Ihnen gern eine Tracht Prügel verpasst hätte. Doch ein Ehemann könnte das wirklich tun – und hat dabei auch noch die Macht des Gesetzes hinter sich.«

Prudence klammerte sich an der Armlehne des Stuhls fest. »Das würde er nicht wagen!«

»Ich befürchte, ich habe solch ein Verhalten schon zu oft gesehen.«

»Nun, *mir* wird das gewiss nicht widerfahren.«

Mrs Seymour warf die Hände in die Luft. »Sie sind zu dickköpfig für Ihr eigenes Wohlergehen. Die Folgen Ihres Verhaltens werden auf Sie selbst zurückfallen.« Sie ließ die Hände auf den Schreibtisch sinken, stand auf und beugte sich vor. »Sie haben bis Ende des Monats Zeit, um einen Partner zu finden, Prudence. *Elf Tage.* Dann werde ich, ohne auf Sie Rücksicht zu nehmen, nach Y Knot aufbrechen und Sie müssen sich eine andere Bleibe suchen. Wären sie eine liebenswürdigere Braut gewesen, hätte ich meine Pläne so lange verschoben, bis ich Sie unter die Haube gebracht hätte. Doch heute ist mir der Kragen geplatzt! Ich fühle mich Ihnen gegenüber zu nichts mehr verpflichtet.«

Prudence starrte Mrs Seymour entgeistert an. »Aber ich kann doch nirgends hin«, entfuhr es ihr und sie hätte sich am liebsten dafür die Zunge abgebissen, dass sie sich eine solche Blöße gegeben hatte.

Mrs Seymour tat Prudences Worte mit einer Handbewegung ab. »Ich fürchte, das ist nicht meine Sorge. Wie man sich bettet, so liegt man, Prudence Crawford.«

Kapitel Zwei

Morgan's Crossing
Montana-Territorium

Am Freitagmorgen stand Michael Morgan, der selbsternannte Bürgermeister von Morgan's Crossing, Montana-Territorium, auf der Veranda seines neugebauten Hauses und genoss eine Tasse Kaffee. Selbstgefällig überblickte er sein Gebiet. Die Augustsonne tauchte die Umgebung in helles Licht und beleuchtete grell die derben hölzernen Häuser des Ortes. Er sog die Hitze wie eine Eidechse in sich auf und speicherte die Wärme – eine Erinnerung, die man im dunklen, kalten Winter hervorholen konnte.

Zu seiner Rechten führte ein Schotterweg zu seiner Goldgrube, die hinter einem Hügel lag. Michael sah von seinem Standpunkt aus weder das Büro der Gesellschaft, noch die Schmiede oder das Gebäude, in dem seine Aufseher untergebracht waren. Zu seiner Linken befand sich die Stadt – von der ihm jeder Quadratmeter gehörte, mitsamt allen einundfünfzig Einwohnern, die er unter der Fuchtel hatte.

In unmittelbarer Nähe stand Rigsby's Saloon – benannt nach dem Barkeeper –, dann kamen die Wohnbaracken seiner Minenarbeiter, das Lager der Gesellschaft und einige freistehende Häuser – insgesamt sieben – in denen diejenigen seiner Arbeiter lebten, die Familie hatten, sowie eins, das der Fuhrmann gemietet hatte und Michaels ehemalige Hütte, die momentan leer stand. Zuletzt folgte der weiß getünchte Mehrzweckbau: Versammlungsraum, Kirche, Schule – auch wenn das Gebäude nie als Schule genutzt wurde. Mit nur zehn Kindern im Ort – und die Hälfte davon gerade einmal kniehoch – sah er keinen Anlass, einen Lehrer einzustellen. Nur gelegentlich wurde das Haus tatsächlich für eine katholische Messe genutzt, wenn Father Fredrick vorbeikam, was etwa einmal im Monat der Fall war.

Noch seltener nahm Reverend Norton die zweitägige Reise aus Sweetwater Springs auf sich, um einen protestantischen Gottesdienst abzuhalten. An den meisten Sonntagen war er zu beschäftigt damit, den Bedürfnissen seiner eigenen Gemeinde nachzukommen. Nicht dass Michael die Abwesenheit eines der der beiden Gottesmänner etwas ausmachen würde. Ein gelegentlicher Kirchenbesuch war ihm recht, aber lieber arbeitete er sonntags während der ruhigen Stunden, in denen die Leute mit sich selbst beschäftigt waren.

Er nippte an seinem Kaffee und verspürte eine Vorfreude, die sein Gemüt von der Langeweile erlöste, die ihn in letzter Zeit befiel. Nun, da das Haus – mit drei Schlafzimmern, einem Wohnzimmer, einem Büro und einer Küche – fertig gebaut war, fühlte er sich bereit, den nächsten Schritt seines Plans anzugehen. *Eine Ehefrau.* Er brauchte eine Mrs Morgan, die sein Bett wärmte, seine Wäsche wusch, sein Essen kochte, sein Haus sauber hielt und ihm ein oder zwei Söhne schenkte, die das Geschäft fortführen konnten.

Er stellte sich vor, wie er den Schotterweg von Morgan's Crossing mit einer hübschen Frau am Arm beschritt und von allen Bürgern beneidet wurde. *Oh ja, ich brauche unbedingt eine Frau.*

Das einzige Problem war, dass es in Morgan's Crossing an verfügbaren Frauen mangelte und es auch in Sweetwater Springs nur herzlich wenige gab. Selbst wenn ihm eine passende Dame aus der größeren Stadt ins Auge fiel, so hatte er weder die Zeit noch den Willen, die viertägige Hin- und Rückreise anzutreten und hin und her zu reiten, um sie zu umwerben.

Nein, Michael hatte einen sehr viel zweckdienlicheren Plan. Er bestellte eine Versandbraut von einer angesehenen Agentur – einer, die bereits viele Ehefrauen für die Männer in Sweetwater Springs geliefert hatte.

Eine Bewegung auf dem Schotterweg erweckte seine Aufmerksamkeit.

Portia Rossmore ging mitsamt Babybauch schwerfüßig vorbei.

Nicht zum ersten Mal dachte Michael darüber nach, welch ein Hohn es war, dass die zarte, blonde Schönheit mit solch einem gewalttätigen Flegel wie Clyde Rossmore verheiratet war. Er vermutete, sein Vorarbeiter war auf eine animalische Art recht attraktiv und in der Lage, sich höflich zu benehmen – zumindest solange niemand ihn verärgerte. Höchstwahrscheinlich hatte er seine Trinkerei vor ihr verborgen gehalten, während er um sie warb. »Guten Morgen, Portia«, rief Michael.

Sie wandte kaum den Kopf und hob die Hand zu einem leichten Winken, bevor sie wieder nach vorn starrte.

Selbst der kurze Anblick ihres Gesichts, eingerahmt von einer verblassten blauen Sonnenhaube, war genug, um das Veilchen an ihrem Auge zu sehen. Michael knurrte und musste sich zurückhalten, um ihr nicht nachzulaufen und zu fragen, was geschehen war. Aus Erfahrung wusste er, dass Portia nur abstreiten würde, dass Clyde sie geschlagen hatte. Nichts hielt den Mann davon ab, seine Frau – das schönste Wesen in Morgan's Crossing – zu verprügeln.

Michael hatte versucht, den Minenarbeiter mit Drohungen, Schmiergeld, und einmal sogar seinen Fäusten, zu stoppen. Doch jeder Versuch erzürnte Clyde nur noch mehr und Portia zahlte den Preis dafür, sodass Michael sich am Ende Vorwürfe machte. Das Einzige, was er tun konnte, war, den Mann zu feuern oder ihm dies zumindest anzudrohen. Doch er äußerte niemals Drohungen, die er nicht durchziehen wollte, und es war ihm unerträglich, daran zu denken, was dieser Frau zustoßen würde, wenn ihr Gatte seine Arbeit verlieren sollte. Clyde würde sie womöglich zu Tode prügeln und Michael dazu bringen, sich dafür verantwortlich fühlen.

Er hatte es nicht aufgegeben, nach Wegen zu suchen, um den Übergriffen des Mannes Einhalt zu gebieten, doch bisher hatte er keine neuen Lösungen gefunden.

Ich könnte Clyde umbringen. Michael hatte über die Idee nachgedacht, bevor er zu dem Schluss kam, dass es ihn nur in Schwierigkeiten bringen und seinen besten Arbeiter kosten würde, wenn er den Rohling tötete. *Zu schade, dass kein anderer Mann Portia entführt und sie von Clyde fortschafft.*

Aber dieser Mann war Michael nicht. Selbst wenn er Portia lieben würde – was er nicht tat – und gewillt wäre, sich für sie einzusetzen, wünschte er sich eine temperamentvollere Frau – eine, die ihn mit einer Bratpfanne bedrohen würde, sollte er je versuchen, sie zu schlagen.

Michael lachte über die Vorstellung, die ihm in den Sinn gekommen war, und nippte an seinem Kaffee. *Als würde ich mich je dazu herablassen, einer Frau wehzutun.*

Er drehte sich um, schritt durch die Doppeltüren des Vorhofes und dann durch eine zweite Flügeltür mit Glaseinsatz, die ins Haus führte. Durch die Fenster wurde der Innenraum in helles Licht getaucht, welches das Gebälk aus Walnussholz und die schlichten Wände, die eine Tapete hätten vertragen können, hervortreten ließ. Eines Tages würde er ein paar der

Fensterscheiben durch Buntglas ersetzen.

Auf der einen Seite des Eingangsbereiches lag sein Arbeitszimmer, auf der anderen das Wohnzimmer, das – abgesehen von einer neuen Couch und seinem gemütlichen Sessel aus abgenutztem, an einigen Stellen eingerissenem Leder – leer war.

Als er in sein Büro eintrat, fühlte Michael sich von den leeren Bücherregalen verhöhnt. Noch nicht einmal im Winter fand er die Zeit zum Lesen. Normalerweise hatte er zu viel mit der Buchhaltung seiner verschiedenen Geschäfte zu tun. In der Freizeit las er die Zeitung.

Irgendwann werde ich die Regale füllen. Bücher werden ein Teil der Einrichtung sein. Oder vielleicht würde seine Braut ihre eigenen Bücher mitbringen, wie er es von Trudy Flanigan gehört hatte. Sweetwater Springs war eine Brutstätte für Klatsch und Tratsch über die drei Frauen, die als Versandbräute gekommen waren. Bei seinem letzten Besuch in der Stadt hatte er einiges davon zu hören bekommen. Michael hatte noch keine der Bräute mit eigenen Augen gesehen, doch als er bei seiner letzten Reise in Hardy's Saloon ein Gläschen gehoben hatte, hatte er genau aufgepasst, als die Männer jede Frau genau beschrieben und ihre Vorzüge herausstellten.

Darüber hinaus wurde er von El Davis – dem Fuhrmann, der alle paar Wochen von der Eisenbahnstation in Sweetwater Springs nach Morgan's Crossing kutschierte – auf dem Laufenden gehalten. Neben den Waren und Gütern, die er auf seinen Wagen lud, brachte der Mann auch immer den neuesten Klatsch und Tratsch mit.

Auf Michaels Schreibtisch lag eine gefaltete Zeitung. Er hatte die *Billings Herald* abonniert, weil er gehört hatte, dass die Zeitschrift die Annoncen der Agentur »Versandbräute des Westens« enthielt.

Er stellte die Kaffeetasse ab, zog einen Stuhl an den

Schreibtisch, nahm die bereits auf der gewünschten Seite aufgeschlagene Zeitung und las die Annonce, die er schon so oft gelesen hatte, erneut durch.

DIE AGENTUR »VERSANDBRÄUTE DES WESTENS« SUCHT JUNGGESELLEN VON GUTER REPUTATION FÜR TADELLOSE BRÄUTE MIT AUSGEZEICHNETEN HÄUSLICHEN FÄHIGKEITEN

Die Bewerber müssen über ein eigenes Haus verfügen und für eine Frau sorgen können.
Voraussetzung ist ein Empfehlungsschreiben, wenn möglich von Ihrem Pfarrer oder einer anderen angesehenen Person, die Ihren Charakter kennt.
Geben Sie in Ihrem Antwortschreiben bitte Einzelheiten über Ihr Aussehen, Ihren Wohnort, Ihren Bildungsgrad, Ihre Begabungen und Ihr Haus an und beschreiben Sie, was Sie sich von einer Ehefrau wünschen.
$50,00 inklusive Vermittlungsgebühr und Zugfahrkarte.

Die Anzeige ging noch weiter und beschrieb, wo man sich um eine Braut bewerben konnte. Aus der obersten Schublade zog er ein Blatt hervor und legte es auf den Schreibtisch. Er griff zu seiner Feder, tauchte sie in die Tinte und begann, der Betreiberin der Agentur zu schreiben.

Sehr geehrte Mrs Seymour,
Ich bin Michael Morgan, der Bürgermeistern von Morgan's Crossing, Montana-Territorium, einer Stadt, die in zwei Tagen von Sweetwater Springs – wo auch der nächste Bahnhof liegt – erreichbar ist. Ich bin 35 Jahre alt und gut gebildet. Nicht um eitel zu sein, sondern um einer potentiellen Braut Informationen über mich zu liefern, kann ich berichten, dass mir mehr als einmal gesagt wurde, dass ich ein stattliches Mannsbild sei, da ich mit Haut und Haar ein ansehnliches Aussehen aufweisen könne.

Michael hielt inne und fragte sich, ob er lügen und behaupten solle, er würde die anderen Versandbräute kennen, dachte sich dann aber, dass er ohnehin in die Stadt reiten und so den anderen Frauen begegnen würde – also wäre seine Aussage ja keine Lüge.

Ich kenne die Frauen, die Sie nach Sweetwater Springs geschickt haben – allesamt lobenswerte Gemahlinnen, die ihre Ehemänner (allen Aussagen nach) recht glücklich machen.

Ich besitze eine Goldgrube.

Es war nicht nötig, hinzuzufügen, dass die Bergleute bisher gerade einmal genug Gold gewonnen hatten, um die Betriebskosten der Mine zu decken.

Darüber hinaus bin ich der Eigentümer der Geschäfte und anderer Gebäude in Morgan's Crossing.

Den Saloon ließ er wohl besser unerwähnt.

Kürzlich habe ich das größte Haus der Stadt fertiggestellt – eine wahrhaftige Villa, die eine weibliche Note gebrauchen könnte.

Eine Villa war es nur im Vergleich zu den anderen Häusern.

Ich habe mein Heim mit Meisterwerken neuster Mode eingerichtet.

Zumindest gilt das für Bett, Couch und Schreibtisch.

Doch es gibt noch jede Menge Platz für eine Frau, die das Gebäude nach Herzenswunsch gestalten kann.

Solange die Möbel nicht zu teuer sind.

Ich suche nach einer Frau zwischen 20 und 27 Jahren, die gebildet und elegant ist – wie es sich für die First Lady von Morgan's Crossing ziemt.

Michael erinnerte sich daran, was er zuvor von Portia gedacht hatte.

Ich würde eine innerlich starke und mutige Frau schätzen.

Ich habe die Gebühr beigelegt und freue mich auf die Ankunft meiner Braut.

Hochachtungsvoll,
Michael Morgan

Er las den Brief noch einmal durch und dachte darüber nach, welch ein Risiko er einging, indem er eine Lebensgefährtin auswählte, ohne sie gesehen zu haben. Doch er hatte keine Wahl – eine geeignete Alternative gab es nicht. Zufrieden mit dem Schreiben stand er auf und ging zum Tresor, der hinter dem an der Wand hängenden Gemälde der Seelandschaft, die eine seiner Schwestern gemalt hatte, versteckt war.

Michael nahm das Bild ab, zog den Schlüssel aus der Hosentasche, schloss die Metalltür auf und öffnete sie. Darin lagen ein Stapel Geldscheine, eine Ledertasche voller Goldklumpen und ein Weckglas, das zur Hälfte mit Goldstaub gefüllt war.

Mit dem von ihm entworfenen 10-Dollar-Messlöffel schaufelte er Goldstaub im Wert von 50 Dollar in den Umschlag. Als er die richtige Menge erreicht hatte, fügte er noch etwa 5 Dollar mehr hinzu– nur für den Fall, dass der Frau beim Öffnen des Briefes ein Teil verloren ging. Er leckte den Klebestreifen, verzog bei dem Geschmack das Gesicht, presste den unförmigen Umschlag zu und legte ihn auf den Schreibtisch. Später würde er ihn mit Wachs versiegeln.

Die Glocke neben den Eingangstüren läutete. Wahrscheinlich Mrs Tisdale mit seinem Essen.

Sein Magen knurrte als Antwort. Bisher hatte Michael seinen Hunger nicht gespürt. Ihm war es lieber, wenn die Frau bei sich zu Hause kochte und ihm das Mahl dann brachte, als dass sie ihm in seiner Küche im Weg stand. Er zahlte für die zusätzliche Nahrung, die sie mit ihrer Familie teilte, sodass ihr Sohn und ihr Enkelsohn – ein sympathischer Junge – sehr viel besser aßen, als sie es mit dem Lohn eines Bergmannes hätten tun können.

Er verriegelte den Tresor, hängte das Bild wieder an seinen Platz und verließ das Büro, um die Tür zu öffnen. »Guten Tag, Mrs Tisdale.«

»Guten Tag, Mr. Morgan.« Ihr Lächeln entblößte ihre Zahnlücke und sie reichte ihm einen Blechteller, der von einem zweiten bedeckt war. »Ich habe Schinken, Eier und Brötchen für Sie. Sind immer noch kochend heiß.«

Mit einem schroffen Dankeschön nahm Michael ihr den Teller ab und ging zurück ins Haus. Er stellte den Teller auf seinen Schreibtisch, da er noch keinen Ess- oder Küchentisch besaß, und starrte auf den Umschlag, der sein Leben verändern würde.

Es könnte sein, dass ich bei einem hässlichen Hausdrachen lande. Bei dem Gedanken zog sich sein Magen so stark zusammen, dass ihm der Hunger verging.

Eine Frau zu finden, ist unabdingbar. Er holte tief Luft und überdachte seine Entscheidung.

Vor der Versendung des Briefes hatte Michael geplant, die drei anderen Versandbräute in Sweetwater Springs zu treffen, um festzustellen, ob die Frauen wirklich so waren, wie man sich erzählte. Hoffentlich konnten sie eine der Frauen empfehlen, die sie in der Agentur kennen gelernt hatten. Erst nach dem Treffen und dem Gespräch mit ihnen würde er eine endgültige Entscheidung treffen.

Sein Magen zog sich zusammen. *Eine endgültige, unwiderrufliche Entscheidung.*

Auf der Reise nach Sweetwater Springs kam Michael nicht so gut voran wie erwartet, da sich sein schwarzer Wallach King ein Steinchen in den Huf eintrat. Übel gelaunt traf er am Samstag genau in dem Moment in der Stadt ein, als die Messe zu Ende war, denn er konnte sehen, wie die Menschen aus der Kirche auf die Schotterstraße strömten. *Ich habe den ganzen langen Weg zurückgelegt, also sollte ich besser nicht die Gelegenheit verpassen, die Bräute zu sehen, bevor ich meinen Brief versende.*

Vor Hardy's sah er Slim, einen Cowboy, der im Saloon ein und aus ging. Michael kam neben ihm zum Halt. »Mir ist zu Ohren gekommen, dass kürzlich drei Frauen nach Sweetwater Springs gekommen sind. Versandbräute. Sind welche von ihnen noch hier?«

Der Mann grinste. »Sie haben Glück. Alle drei sind mit ihren Ehemännern in der Stadt.« Sein Grinsen wurde noch breiter und entblößte seine Zahnlücke. Er deutete auf drei Paare, die sich vor der Kirche unterhielten.

Michael erkannte Jonah Barrett und Seth Flanigan, denen er ein oder zwei Mal in Hardy's Saloon begegnet war. Barrett hielt ein Kleinkind im Arm, das wohl sein Sohn sein musste. Daran, wie eng die drei Paare beieinanderstanden, wie sie sich unterhielten und miteinander lachten, konnte er erkennen, dass sie eine enge Freundschaft verband.

Nun, da er die Chance hatte, seine Aufgabe zu erfüllen, entspannte Michael sich und seine schlechte Laune verflog. Das Verlangen, in einer Partnerschaft zu sein und zu einer Gruppe enger Freunde zu gehören, ergriff ihn.

Jonah Barrett winkte mit dem Daumen in die Richtung der Pferdestation und die Männer schlenderten davon, wahrscheinlich um ihre Wagen zu holen.

Die Frauen blieben eng zusammengedrängt stehen. Wie eng sie befreundet waren, zeigte die Art, wie sie ihre Köpfe zusammensteckten, wie häufig sie sich anlächelten und gegenseitig am Arm berührten. Alle von ihnen trugen breitkrempige Strohhüte mit Blumen und helle Sommerkleider.

Ich wünsche mir solch eine Wärme von einer Frau. Michael ritt näher heran, um sie zu sehen und hielt King auf wenige Meter Distanz.

Die Bräute brachen ihre Unterhaltung ab und drehten sich zu ihm um.

Michael betrachtete jede Dame von oben bis unten und musterte Gesicht und Körper. Keine war die perfekte Frau, die er sich als Gattin gewünscht hätte, doch alle waren durchaus passabel. Die blauäugige Blondine war die hübscheste. Ausgehend von den Beschreibungen, die gehört hatte, musste es Trudy Flanigan sein.

Er bestaunte die üppigen Kurven der italienisch aussehenden Braut, die wohl Lina Barrett war. Die Barretts besaßen eine Farm an der Straße nach Morgan's Crossing.

Neben ihr stand eine große, unscheinbare Frau mit intelligenten grauen Augen und eleganter Haltung. Sie trug ein teures, silberfarbenes Kleid. *Das muss Darcy Walker sein – die reiche Frau, die einen Einsiedler geheiratet hat, den Mann aus der Gruppe, den ich nicht erkannt habe.*

Michael konnte sich vorstellen, die perfekte Frau zu haben, wenn er alle drei kombinieren würde, aber er hätte sich mit jeder von ihnen zufriedengegeben. Beruhigt beschloss er, mit seinem Plan fortzufahren und den Brief an die Braut-Agentur zu schicken.

Mrs Walker hob fragend und stolz zugleich die Augenbrauen.

Ohne sich abschrecken zu lassen, tippte er sich zum Gruß an den Hut. »Ich bin Michael Morgan aus Morgan's Crossing. Sicherlich haben Sie schon von mir gehört«, sagte er bestimmt. »Ich bin der Grubenbesitzer. Eigentlich gehört mir die ganze Stadt.«

Mrs Walker hob das Kinn kaum merklich. »Aber nein, das habe ich nicht.«

»Ich habe von Ihnen, den Versandbräuten, gehört und wollte mit eigenen Augen sehen, was für eine Art von Frauen Sie sind.«

»Warum sollte Sie das interessieren?« Mrs Walkers Ton war so kühl wie der Ausdruck in ihren Augen.

Er stützte den Unterarm auf das Sattelhorn. »Ich will eine Braut für mich. Aber nicht jede beliebige Frau kommt in Frage. Schließlich habe ich meine Standards.«

Die Italienerin kicherte und wechselte einen stummen Blick mit den anderen beiden.

»Und was erwarten Sie von einer Ehefrau, Mr. Morgan?«, fragte Mrs Flanigan zuckersüß.

»Nun, die Annonce behauptet, dass Sie Frauen bereits gut auf das Kochen und die Haushaltsführung vorbereitet sind ...«

»Das ist korrekt«, sagte Lina Barrett.

Mrs Barretts italienischer Akzent war zu markant für seinen Geschmack. »Ich erwarte eine *elegante* Frau«, erklärte Michael ihnen. »Meine zukünftige Ehefrau muss gebildet und kultiviert sein – eine geeignete First Lady für Morgan's Crossing und eine Gehilfin für mich. Diese Art von Frau kann man hier in der Gegend einfach nicht finden, deshalb muss ich sie bestellen.«

»Eine First Lady für Morgan's Crossing ...« Mrs Flanigan zog die Worte in die Länge, als würde sie nachdenken. »Ich glaube, es gibt da jemanden in der Agentur, der genau nach Ihrem Geschmack ist.« Ihre blauen Augen funkelten. Lächelnd warf sie den anderen beiden einen kurzen Blick zu.

Mrs Barretts entschiedenes, zustimmendes Nicken ließ die Korkenzieherlocken, die ihr Gesicht einrahmten, auf und ab wippen.

»Bitten Sie in Ihrem Schreiben unbedingt um Prudence Crawford.« Mrs Walkers Worte waren knapp und klar. »Miss Crawford stammt aus einer bedeutenden Familie in St. Louis. Ich glaube, Sie werden sehen, dass Sie genau *die* Gemahlin ist, die Sie brauchen.«

Prudence Crawford! Michael vermerkte sich den Namen im Geiste.

»Ach, aber Prudence würde niemals in dieses winzige Kaff ziehen«, warf Mrs Flanigan ein und winkte ab. »Unsere liebe Prudence hat ein hübsches Haus in einem Ort verdient, wo sie an der Spitze der Gesellschaft steht.«

Mrs Barretts braune Augen blinzelten. Sie biss sich auf die Lippe und blieb stumm.

Ganz aufgebracht davon, dass seine Stadt so abqualifiziert wurde, richtete Michael sich auf. »Das wird Miss Crawford bei mir haben, meine Damen, das kann ich Ihnen versichern.« Er legte eine Hand auf die Brust, um seiner Ehrlichkeit Nachdruck zu verleihen. »Ich bin der Bürgermeister der Stadt.«

»Das haben Sie bereits gesagt.« Mrs Walkers tat seine Worte mit einer Handbewegung ab. »So. Mr. Morgan, dann wünschen wir Ihnen viel Glück bei der Auswahl Ihrer Braut. Jetzt ...« Sie hakte sich bei ihren Freundinnen unter. »Wenn Sie uns nun entschuldigen, wir müssen zu unseren Gatten.«

Michael nickte ihnen zum Abschied majestätisch zu und trieb King in Richtung Bahnhof – so in Gedanken versunken, dass er die Menschen, an denen er vorbeiritt, kaum zur Kenntnis nahm. Er wollte den Brief nicht noch einmal öffnen und die gezielte Bestellung von Prudence Crawford hinzufügen, um nicht zu riskieren, dass das Goldpulver herausrieselte. Und einen zweiten Umschlag, in den er den Brief und das Goldpulver stecken konnte, hatte er auch nicht. *Ich muss einfach auf die Rückseite schreiben.*

Er dachte darüber nach, was er schreiben sollte. *In einer kürzlich erfolgten Unterhaltung (ich hatte dieses Schreiben bereits versiegelt) drängten Mrs Walker, Mrs Barrett und Mrs Flanigan darauf, dass ich um die Hand von Miss Prudence Crawford anhalten solle.*

Kapitel Drei

Sobald Mr. Morgan ihnen den Rücken zugewandt hatte und so weit weg geritten war, dass er sie nicht mehr hören konnte, stoppte Darcy Walker ihre beiden Begleiterinnen. Die drei Frauen sahen sich an und brachen alle gleichzeitig in schallendes Gelächter aus.

Darcy atmete Linas Duft nach Rosen und Oregano und Trudys Lavendelparfüm ein und dankte dem Herrn für die Freundschaft mit diesen lieben Frauen.

Lina bedeckte sich den Mund mit der Hand, um ihr ausgelassenes Lachen zu ersticken.

Trudy wischte sich mit dem Finger unter den Augen entlang. »Ach du meine Güte! Wir sind *so* gemein!«

»Das sind wir tatsächlich«, stimmte Darcy fröhlich zu. »Und ich bereue es kein Stück. Hochmut kommt vor dem Fall, wie ein gutes Buch sagt. Und die beiden können sich wirklich auf einen Fall gefasst machen. Michael Morgan und Prudence Crawford haben einander verdient.«

Stirnrunzelnd ließ Lina ihre Hand sinken. »Was ist, wenn wir ihn falsch eingeschätzt haben? Wir halsen ihm eine Widerspenstige auf und er wird todunglücklich sein. Wir werden an dieser Misere schuld sein. Und, *Madonna Mia*, was ist, wenn sie ein Kind bekommen? Könnt ihr euch Prudence als *Mutter* vorstellen?«

Ergriffen starrten sie sich an.

Darcy erholte sich als Erste von dem Schreck und tätschelte Lina die Schulter. »Ich glaube kaum, dass wir Mr. Morgan falsch eingeschätzt haben. Wir haben alle ein gutes Gespür und hatten alle die gleiche Reaktion auf den Mann.« Ihr Ton wurde scherzhaft. »Sicherheitshalber werde ich ihm mein Exemplar von *der Widerspenstigen Zähmung* zukommen lassen, das er als Gebrauchsanleitung verwenden kann.«

Trudy neigte den Kopf in Richtung Pferdestation, ein stummes Signal, dass sie weitergehen sollten. »Ich habe ein Exemplar in den Bücherkisten, die ich mitgebracht habe. Ich kann mich nicht entsinnen, es gesehen zu haben, also ist es wohl noch in der Scheune. Wenn ich es finde, ersetze ich dir dein Buch, Darcy. Mir hat es gereicht, das Stück einmal zu lesen.«

Die Frauen gingen im Gleichschritt weiter.

Lina kicherte. »Mrs Seymour wird so dankbar sein, Prudence los zu sein.«

Getroffen von einer unangenehmen Gewissheit, blieb Darcy wie angewurzelt stehen. »Ach du lieber Gott!«, rief sie entsetzt. »Meine Damen, ist euch bewusst, was wir uns da gerade angetan haben?«

Die beiden anderen stoppten. Sie wechselten einen verwirrten Blick und schüttelten dann den Kopf.

»Statt irgendwo im weiten Westen zu sein – wo wir nie wieder etwas von ihr zu sehen oder zu hören bekommen hätten – wird Prudence Crawford jetzt praktisch direkt vor unserer Haustür sitzen.«

Lina stöhnte theatralisch. »Oh nein!«

Trudy wedelte hilflos mit den Händen durch die Luft. »Tja, du hast gesagt, Hochmut kommt vor dem Fall, Darcy. Jetzt müssen wir für unser hochmütiges Benehmen zahlen.«

Trudy hat recht, dachte Darcy und ihr Magen zog sich dabei schmerzhaft zusammen. *Wir haben uns zu Unrecht eingemischt.* »Morgan's Crossing ist eine zweitägige Reise von hier entfernt.« Sie versuchte, sich selbst und ihre Freundinnen zu beruhigen, doch die Angst lastete auf ihrem Gewissen. »Auch, wenn es mir für die Bewohner jener Stadt leidtut, so bezweifle ich doch, dass wir jemals etwas mit Prudence Crawford Morgan zu tun haben werden. Mit Sicherheit wird sie nicht gerade nach *uns* suchen.«

Linas entschiedenes Nicken ließ ihre schwarzen Locken um ihr Gesicht hüpfen. »*Wenn* sie Mr. Morgan überhaupt akzeptiert. Vergesst nicht, dass sie auch andere Partner ausgeschlagen hat.«

Trudy lebte auf. »Das stimmt.«

»Da hast du recht«, stimmte Darcy ihr zu. »Lina, erinnerst du dich an all ihre abfälligen Bemerkungen über das Montana-Territorium, als Trudy und Evie als Erste hierhergezogen sind? Und als du mit Heather weg warst, äußerte sie ihre Meinung noch deutlicher.«

»Sie wird Mr. Morgan nicht akzeptieren. Er hat zu viele Minuspunkte, die gegen ihn sprechen.« Trudy zählte die Gründe an den Fingern ab. »Montana-Territorium. Kleinstadt. In unserer Nähe.«

Mit einem offensichtlich erleichterten Seufzer legte Lina sich die Hand auf die Brust. »Gott sei Dank. Wenn sie auch nur ein böses Wort über meinen kleinen Adam verlöre, gäbe es von mir etwas auf die Ohren, und Sheriff Rand würde mich wahrscheinlich in den Kerker werfen lassen.«

»Nicht, wenn er Prudence kennen würde«, sagte Darcy sarkastisch. »Wahrscheinlich würde er uns eine Medaille verleihen.«

Erneut brachen die drei in Gelächter aus.

»Ich denke, wir sind in Sicherheit.« Darcy hob das Kinn in Richtung Pferdestation und hakte sich an den Armen ihrer

Freundinnen ein. Sie staunte, wie eng sie in so wenigen Monaten zusammengerückt waren. »Kommt, meine lieben Versandbräute. Unsere Ehemänner erwarten uns.«

Die Post ist da. Prudence griff zu den Umschlägen auf dem Silbertablett neben der Eingangstür und ging sie durch. Sie schaute auf die Absender und hoffte auf Bewerbungsschreiben von potentiellen Ehemännern, denn allmählich verstrich Mrs Seymours Frist.

Der erste Brief stammte von einer Frau, die sie nicht kannte, der nächste von Evie Holcomb. Sie rümpfte die Nase, als sie den Namen las, da sie es dem Hausmädchen noch immer übelnahm, dass sie heimlich den Brief von Chance Holcomb genommen hatte und zu ihm geflohen war und so eine *echte* Brautkandidatin um ihre Heiratsmöglichkeit gebracht hatte.

Natürlich hätte ich ohnehin keinen Rancher gewählt. Prudence verspürte nicht das Bedürfnis, unter Kühen zu leben. Doch sie war der Meinung, dass Evie nach so einer unerhörten Tat kein Glück verdient hatte. Doch so ungerecht es auch war – das Dienstmädchen hatte seine Liebe gefunden.

Auch der dritte Umschlag war aus Y Knot. Obwohl die Versandbraut Kathryn Ford mehrere Wochen gebraucht hatte, um ihren Farmer Tobit Preece zum Heiraten zu bewegen, so hatte sie ihn immerhin an die Angel bekommen. Allein der Gedanke an ein weiteres Eheglück – während sie noch immer in der Agentur festsaß – versetzte Prudence in schlechte Laune.

Doch war es besser in der Agentur zu leben, als in einem Wohnheim. Obwohl Mrs Seymour von Prudence verlangte, für ein eigenes Zimmer zu zahlen, war der Preis nicht hoch, da die Braut-Kandidatinnen unter dem Vorwand, dass sie zu

»Bräuten ausgebildet« wurden, den Haushalt erledigten. Das Leben in einem netten Hotel würde ihre verbleibenden Mittel schnell aufzehren und der Gedanke an eine billige und schäbige Bleibe ließ sie erschaudern.

Die Anschrift auf dem vierten Umschlag stammte aus starker, männlicher Hand und die Hoffnung versetzte ihrem Herzen einen Sprung. *Michael Morgan.* Der Name gefiel ihr – der Anlautreim, der Rhythmus.

Doch als Prudence die Adresse sah, spürte sie, wie ihr Optimismus abflaute. *Montana-Territorium* – der letzte Ort der gesamten Union, in den sie ziehen würde. Abgesehen davon, dass der Ort kalt und weit abgelegen war, lebten dort zu viele der ehemaligen Versandbräute. Sie wollte keinesfalls in der Nähe dieser Frauen leben. Sie schaute sich die Angaben zum Absender genauer an. *Morgan's Crossing, nicht Sweetwater Springs oder Y Knot.*

Irgendetwas bewog Prudence dazu, den Umschlag umzudrehen – und sie sah, dass auf die Rückseite ein Satz gekritzelt worden war. Ihr Name stach hervor. Mit pochendem Herzen las sie jedes Wort. Zweimal. Dreimal.

Ein Mann bittet um mich! Am liebsten hätte sie vor Freude quietschend Luftsprünge gemacht, doch sie hielt sich zurück und las den Satz erneut. Dabei fiel ihr auf, dass eine Empfehlung von Trudy, Lina und Darcy nicht unbedingt etwas Gutes war. Und wenn der Mann in so unmittelbarer Nähe der anderen Bräute wohnte, dass er diese kannte, dann war das für ihren Geschmack zu nah. *Warum sollten sie mich empfehlen?*

Trotzdem war Prudence neugierig und brachte die Briefe zu Mrs Seymour, die an ihrem Schreibtisch im Arbeitszimmer beschäftigt war. Ohne dazu aufgefordert worden zu sein, setzte sie sich, legte die anderen Umschläge auf den Tisch und reichte der Hausmutter den ganz besonderen. »Es ist ein Brief von einem Freier dabei. Montana-Territorium.«

Die Frau schaute auf. »Oh, dann muss eine unserer Bräute ihn angeworben haben.«

»Er bittet um *mich*.« Prudence konnte das Entzücken in ihrer Stimme nicht verbergen.

Mit vor Verwirrung gehobenen Brauen betrachtete Mrs Seymour eingehend die Adresse, bevor sie den Umschlag umdrehte und die Rückseite las. »Sie haben recht. Dieser Gentleman verlangt nach Ihnen.« Die Miene der Hausmutter machte keinen Hehl aus ihrer Überraschung.

Die Verwunderung der Frau ließ Michael Morgan sofort noch interessanter erscheinen. Prudence presste ihre gefalteten Hände aufeinander.

Mrs Seymour griff zu einem Brieföffner und schlitzte den Umschlag oben auf. Sie zog den Brief heraus und ein Goldschauer ergoss sich über der Schreibfläche des Tisches. »Gütiger Himmel!«

Prudence beugte sich vor, um einen besseren Blick zu erhaschen. »Was ist das?«

»Goldstaub.« Sie schüttelte den Kopf. »Was hat sich der Mann denn dabei gedacht? Ich hätte das alles aus Versehen auf dem Teppich verstreuen und das meiste davon vergeuden können. Holen Sie schnell eine Schale aus der Küche.«

Prudence sprang auf und eilte hinaus. Doch anstatt den ganzen Weg bis zur Küche zu gehen, griff sie zu einer gläsernen, mit getrockneten Blumen gefüllten Schale auf einer Kommode ganz in der Nähe und drehte sie um, sodass verwelkte Blüten auf die Marmorfläche fielen und ein leichter Rosenduft in die Luft stieg. *Juniper kann die Unordnung später beseitigen.*

Zurück im Büro, schob sie Mrs Seymour die Schale zu und ließ sich auf den Stuhl fallen.

Die Hausmutter war offensichtlich genauso neugierig, denn sie warf Prudence nicht vor, die Anweisungen missachtet zu haben. Sanft schüttelte sie das Papier aus und ließ die glitzernden Körner in die Schale fallen. Dann fuhr Mrs Seymour vorsichtig mit der Blattkante über den Schreibtisch und fegte das Gold in die Schale. Als sie offensichtlich zufrieden darüber war, auch die letzten Krümel gesammelt zu haben, faltete sie das Papier auf und begann zu lesen.

Prudence zappelte ungeduldig und konnte sich kaum zurückhalten, Mrs Seymour den Brief aus den Händen zu reißen, um die Nachricht von Mr. Morgan zu sehen.

Mit gelassener Miene reichte die Hausmutter ihr das Blatt.

Prudence überflog die Worte und mit jedem Satz wuchs ihre Aufregung. Am Ende angekommen, las sie noch einmal aufmerksam, was Michael geschrieben hatte. »Es hört sich ganz danach an, als ob er perfekt für mich wäre!«

»Da sind wir uns einig, obwohl ich mich frage, warum der Mann mir Goldstaub schickt ...«

»Wahrscheinlich als Beweis für seine Behauptung, er besäße eine Grube«, sagte Prudence zuversichtlich. »Ansonsten hätten wir ihm womöglich nicht geglaubt.«

»Sie haben recht.« Mrs Seymour machte eine hilflose Handbewegung, eine ungewöhnliche Geste für die selbstbewusste Hausmutter. »Aber was seinen Charakter anbelangt, bin ich mir nicht sicher. Er hat kein Empfehlungsschreiben beigelegt. Wir sollten Trudy schreiben, dass sie Bericht über seinen Charakter erstatten soll. Sie lebt schon am längsten in der Gegend.«

»Nicht nötig.« Prudence rutschte an die Stuhlkante. »Mir genügt das, was er über sich selbst angegeben hat. Außerdem ist der Monat fast vorüber und Sie können es kaum erwarten, Ihre Reise nach Y Knot anzutreten.«

»Das ist wohl wahr«, sagte Mrs Seymour mit einem für sie unüblichen Zögern. »Ich bin beruhigt, dass Sie Frauen in der Nähe haben, denen ich traue. Ich denke, wenn Sie Frieden mit ihnen schließen, werden sie Ihnen ihre früheren

Fehler verzeihen und Sie dabei unterstützen, sich an Ihr neues Leben anzupassen.«

Prudence zuckte die Schultern. Sie machte sich rein gar nichts aus oberflächlichen Frauenfreundschaften, insbesondere mit drei Damen, die sie nicht ausstehen konnte. *Sie leben nicht weit genug entfernt. Der einzige bittere Tropfen im Kelch. Nun, abgesehen vom kalten Klima.*

»Verwerfen Sie die Anregung nicht«, ermahnte Mrs Seymour sie scharf. »Sie werden sehen, dass die Beziehung zu anderen Frauen durchaus Trost und Hilfe spendet – Haben wir das nicht immer bitter nötig?«

Prudence, die noch ganz benommen von der Vorstellung war, First Lady von Morgan's Crossing zu werden, wollte noch nicht einmal, dass die anderen Bräute davon erfuhren, dass sie auf dem Weg ins Montana-Territorium war. Sie würde glücklich sein, wenn sie sie nie wiedersah.

Obwohl ... Vielleicht würde sie sich irgendwann dazu herablassen, ihnen einen Besuch abzustatten. *Aber das werde ich nach meinen eigenen Bedingungen tun.*

Prudence erhob sich, den wertvollen Brief fest umklammert. »Wenn Sie mich nun entschuldigen, ich muss Mr. Morgan umgehend schreiben. Es gilt, keine Zeit zu verlieren.« Ganz benommen von der Aufregung eilte sie aus dem Raum, stürmte durch das Wohnzimmer und die Treppe hinauf, bis sie in ihrem Zimmer stand. Nachdem sie die Tür hinter sich geschlossen hatte, tanzte sie vom Himmelbett bis zum Kleiderschrank.

Beim Vorbeigehen betätschelte sie das Fass, welches das Geschirr, das Tafelsilber und das Servierbesteck ihrer Großmutter enthielt. »Bald werdet ihr wieder genutzt.« Da ihre Großmutter sie ihr schon vor vielen Jahren vermacht hatte, konnten die Gläubiger nicht verlangen, dass damit die Schulden ihres Vaters abgezahlt wurden, so wie es mit den restlichen Gegenständen im Haus ihrer Familie geschehen war. Prudence stellte sich vor, wie sie an einem eleganten Esstisch saß, der mit diesen Stücken gedeckt war, und wie das Silber im Licht der Kerzen und Gasleuchter glitzerte.

Vier Koffer mit ihrem Hab und Gut waren an beiden Seiten des Frisiertisches gestapelt, sodass ihr nur wenig Platz blieb, um sich um das Bett herum zu bewegen. Sie konnte es kaum erwarten, ihr eigenes Heim zu haben und ihre Besitztümer auszupacken.

Prudence erlaubte sich eine letzte Drehung, bevor sie am Frisiertisch, den sie als Schreibtisch verwendete, Platz nahm. Sie nahm ein Blatt Papier aus einer mit Blumen bemalten Schachtel. Beim Anblick der verschnörkelten Initialen auf dem Briefkopf dachte sie darüber nach, dass sie nach der Hochzeit neues Papier würde bestellen müssen. *Mrs Michael Morgan. Prudence Morgan. Ein recht markanter Name.*

Vielleicht sollte ich Schreibwaren und Visitenkarten bestellen, bevor ich St. Louis verlasse. Hoffentlich bleibt mir die Zeit dafür, und falls nicht, lasse ich alles nach Morgan's Crossing liefern. Zufrieden mit ihrer Idee nahm sie die Feder, tauchte die Spitze in die Tinte und begann zu schreiben.

Mein lieber Mr. Morgan,

Ich greife zur Feder, um Ihnen mitzuteilen, dass ich Ihr Angebot annehme. Sie hielt inne, um abzuschätzen, wie lange sie brauchen würde, um in Sweetwater Springs anzukommen. Auch wenn Evie sich davongestohlen hatte, kannte Prudence den Fahrplan der Zugverbindungen dorthin nur allzu gut, da immerhin sechs Bräute bereits in das Montana-Territorium aufgebrochen waren.

Ich werde am 28. August in Sweetwater Springs eintreffen.

Ich freue mich, Ihre Frau und die First Lady von Morgan's Crossing zu werden. Nachdem sie die Worte geschrieben hatte, machte Prudence eine Pause und seufzte glücklich, während sie sich vorstellte, wie sie über alle Menschen in der Stadt herrschen würde.

Hochachtungsvoll,
Prudence Crawford

Lächelnd verzierte sie ihre Unterschrift mit einem Schnörkel.

Das ist das letzte Mal, dass ich so unterschreibe. Bald bin ich Mrs Michael Morgan.

Sie schaute sich in dem ovalen Spiegel an, der über dem Frisiertisch hing, und ihre Freude flaute ab: Die Frau, die sie anstarrte, war nicht gerade eine Schönheit. Ihr Gesicht war zu schmal und knochig, ihr Kinn spitz, ihr Haar dunkel und streng und ihre Augen hatten einen blassblauen Ton, der sich je nach Farbe ihres Kleides veränderte. Am besten stand ihr Blau, Grün und Violett.

Für einen Augenblick kehrten ihre Gedanken zu ihrer großen Schwester zurück, die zwölf Jahre zuvor gestorben war. Wie immer schnürte die Traurigkeit ihr die Brust zu. Lissa, die begehrte Schönheit der Familie, war viel älter gewesen als sie. Während Prudences Gesicht mager und knochig aussah, war das von Lissa oval und ihr Haar nerzbraun. Beide hatten die gleichen blassen Augen, doch ihre Schwester hatte dichte, dunkle Wimpern und hübsche, rosarote Lippen. Sie war warmherzig und schön zugleich und alle vergötterten sie, auch Prudence. Die Liebe ihrer Schwester machte die Gleichgültigkeit der Eltern gegenüber der unscheinbaren jüngeren Tochter wett.

Das Heim der Crawfords war immer voll von Lissas Freunden und Verehrern. Gelächter und Gespräche und Gesang und Klaviermusik drangen durch das Haus. Prudence hatte die Feste oft aus einem Versteck auf dem oberen Treppenabsatz beobachtet und die Jahre gezählt, die sie noch warten musste, bis sie alt genug war, um an dem Spaß teilzunehmen. Dann starb Lissa und von da an war ihr Heim in Stille gehüllt.

Und ich wurde unsichtbar.

Prudence schüttelte den Kopf, als wollte sie alte Erinnerungen loswerden, und presste die Lippen aufeinander. *Als First Lady von Morgan's Crossing werde ich nie wieder unsichtbar sein.*

Kapitel Vier

Wenn ich noch so eine lächerliche Stadt sehe, fange ich an zu schreien.
Prudence lugte aus dem schmierigen Zugfenster und der
Druck auf ihrer Brust wurde immer stärker, je näher sie
Sweetwater Springs kamen. In St. Louis waren die Fenster
noch sauber gewesen, doch ein Sommerregen unterwegs,
gefolgt von einem Staubsturm an einem anderen Ort, hatten
die Sicht beeinträchtigt.

Prudence strich die Asche von ihrem mitgenommenen
grauen Reisemantel aus Leinen, den sie trug, um ihr Kleid
zu schützen. Sie hatte nicht damit gerechnet, ihrem
Verlobten in so ungepflegtem Zustand zu begegnen. Obwohl
sie Hände und Gesicht beim letzten Halt gewaschen hatte,
konnte sie nichts tun, um den Gestank nach Rauch
loszuwerden, den ihre Kleidung angenommen hatte. Nach
der heutigen Hitze konnte sie dringend ein Bad vertragen.

Irgendwann war sie, den Kopf an die Wand des Waggons
gelehnt, eingeschlafen, sodass ihr Strohhut zerquetscht und
eine der Blumen abgebrochen war. Eine zweite hing von der
Krempe herab und sie rückte die Blüte wieder zurecht.

Alles, was Prudence Michael Morgan zu bieten hatte, war
ihre Eleganz – und nun würde er nur einen Blick auf sie
werfen müssen, um zu denken, dass er eine Katze im Sack

gekauft hatte. Die Last auf ihrer Brust wurde immer schwerer. Die Worte ihrer Mutter fielen ihr ein.

Man kann eine Dame immer an ihrer guten Erziehung erkennen – an ihrer Haltung, an der Anmut jeder ihrer Bewegungen. Trotz ihrer offensichtlichen Bemühung um Selbstkontrolle, hatte die Mutter den scharfen Ton in ihrer wohl modulierten Stimme nicht verbergen können, und Prudence war dankbar, ihre Mutter aus der Reserve gelockt und kurz die ersehnte Aufmerksamkeit von ihr erhalten zu haben.

Nun klammerte sie sich an diese weisen Worte, drückte die Schultern durch und hob das Kinn. Sie hoffte, Michael Morgan mit ihrer *Ausstrahlung* beeindrucken zu können, damit er ihr unattraktives Äußeres und ihre ungepflegte Kleidung nicht bemerkte. *Oder meinen Gestank.*

Der korpulente Schaffner schritt durch den Wagon und blieb vor ihrem Sitz stehen. »Sweetwater Springs, Miss.«

Lächelnd dankte sie ihm. Normalerweise achtete Prudence nicht auf Dienstpersonal, doch auf dieser Reise fühlte sie sich nicht in ihrem Element und der Mann hatte sie freundlich behandelt.

Nachdem sie ihr Taschentuch mit Spitzenrand aus ihrem Ärmelbündchen gezogen hatte, strich sie sich mit dem Stoff über das Gesicht und hoffte, keine Schmutzflecken verfehlt zu haben. *Ich hätte meinen Handspiegel in die Umhängetasche und nicht in den Koffer packen sollen.*

Tuckernd erreichte der Zug Sweetwater Springs. Prudence wandte den Kopf, um ihr Reiseziel zu betrachten und hoffte, dass sie ein besserer Anblick erwartete als in den Städten, die sie zuletzt gesehen hatte. Bei der Bewegung rutschte das Gänseblümchen auf ihrem Hut über die Krempe. Sie rückte die welke Blume wieder an ihren Platz und fragte sich, ob sie sie dort lassen oder den Stiel besser abreißen sollte.

Prudence hatte keinen Blick für die Gebäude übrig, sondern konzentrierte sich nur auf den Mann in schwarzem

Anzug, der mit einer Taschenuhr in der Hand auf dem Bahnsteig stand.

Das ist er bestimmt. Ihre Magen drehte sich vor Aufregung um.

Er steckte die goldene Uhr in die Westentasche und schaute zum Zug. Er war gutaussehend, hatte weit auseinanderstehende braune Augen, gleichmäßige Züge und ein markantes Kinn. Es gefiel ihr, dass er glatt rasiert war.

Freude und Erleichterung nahmen Prudence den Druck von der Brust und tief in ihrem Herzen fühlte sie sich von ihm angezogen. *Ich kann nicht glauben, dass er mir gehört!*

Vor seiner Ankunft am Bahnhof hatte Michael einen Halt beim Pfarrhaus eingelegt. Die Nortons hatten ihn zu sich eingeladen, damit er sich waschen und seine beste Kleidung anlegen konnte. Das Paar zeigte sich offensichtlich begeistert von der Vorstellung, eine weitere Versandbraut begrüßen zu dürfen, auch wenn sie nicht in Sweetwater Springs leben würde. Die Tatsache, dass sie seiner Entscheidung zustimmten, beflügelte seinen Geist und dämpfte seine Zweifel.

Er war auf der Plattform des Bahnhofs auf und ab gelaufen und hatte alle paar Minuten angehalten, um auf die goldene Taschenuhr zu schauen, auch wenn er wusste, dass der Zug pünktlich sein sollte. Angesichts des milden Spätsommerwetters gab es keinen Grund für eine Verspätung. Und doch schienen die Minuten sich in die Länge zu ziehen, während er auf seine Braut wartete und Vorfreude und Furcht ihm gleichermaßen durch den Magen wirbelten.

Schließlich rückte die Lokomotive ins Blickfeld und erschütterte die Gleise. Mit einem Zischen und quietschenden

Bremsen kam der Zug zum Stillstand. *Genau pünktlich.* Michael verstaute die Uhr in seiner Westentasche. Die Ungeduld zehrte an seinen Muskeln und er versuchte, durch die verstaubten Fenster hindurch einen Blick auf seine Braut zu erhaschen.

Ein korpulenter Schaffner stieg mit einem Koffer in der Hand aus. Er streckte die Hand aus, um einer Frau aus dem Zug zu helfen, deren schlanke Figur in graue Reisekleidung gehüllt war.

Ist sie es?

Ihr Kopf war gesenkt und sie konzentrierte sich auf jeden Schritt. Die Krempe des Strohhutes versteckte ihr Gesicht.

Zumindest ist sie nicht dick.

Da keine andere Frau ausstieg, wusste Michael, dass dies tatsächlich Prudence Crawford sein musste. Sein Herz hämmerte gegen seine Rippen wie ein Hammer auf Stein. Bumm, bumm, bumm. Er ging auf sie zu und war sich bewusst, dass seine ganze Zukunft von diesem Moment abhing.

Als Miss Crawford auf dem Bahnsteig stand, ließ sie die Hand des Schaffners los und dankte ihm, bevor sie ihren Blick auf Michael richtete und ihn mit blassgrauen Augen musterte.

Die Enttäuschung bohrte sich in sein Herz. Ihr schmales, unattraktives Gesicht mit spitzem Kinn und uninteressanten Augen waren nicht das, was er erwartet hatte. Auch ihr schwaches Lächeln konnte ihrem Antlitz keine Schönheit verleihen.

Ich habe einen Fehler gemacht. Er musste seine gesamte Kraft aufbringen, um die Stellung zu halten, anstatt sich umzudrehen und wegzulaufen. Er hatte sein Wort gegeben, dass er diese Frau heiraten würde und Michael Morgan würde sein Versprechen nicht brechen.

Er trat auf sie zu, verbeugte sich und nahm ihre Hand.

»Meine liebe Miss Crawford. Willkommen in Sweetwater Springs.« Er führte ihre Hand zu seinen Lippen und ließ sie dann los, um zu ihrem Koffer zu greifen.

Der Schaffner reichte Michael die Umhängetasche.

»Danke.« Er wandte sich wieder seiner Braut zu. »Ich bin so froh, dass Sie hier sind. Der Reverend und Mrs Norton erwarten uns. Sie können sich vor der Hochzeit etwas frischmachen.« Seine Kehle schnürte sich zu und unterband jeden weiteren Versuch, zu sprechen. Da Michael keine weitere gelogene Erklärung hervorbringen konnte, versuchte er, ein falsches Lächeln aufzusetzen – in der Hoffnung, dass er ein besserer Schauspieler war, als er glaubte.

Die Kofferträger luden vier Gepäckstücke und ein Holzfass aus.

Er nickte in ihre Richtung. »Ich habe ein paar Männer mit, die Ihre Taschen in den Wagen einladen und alles zum Pfarrhaus kutschieren. Allerdings habe ich mir gedacht, dass Sie vielleicht gern einen Spaziergang durch die Stadt machen würden. Sich die Beine vertreten ... äh.« Zu spät fiel Michael ein, dass er einer Dame gegenüber nicht die *Beine* hätte erwähnen sollen. »Ihre Gliedmaßen strecken, nachdem Sie so lange gesessen haben.«

Sie nickte, sprach jedoch kein Wort.

Er fragte sich, wie ihre Stimme wohl klang. »Vor der Hochzeitszeremonie können Sie sich im Pfarrhaus waschen und umziehen ...« Als ihm bewusst wurde, dass er sich wiederholte, begann er zu stottern und bot ihr dann stumm den Ellenbogen an.

Nachdem sie kurz zu ihm aufgeschaut hatte, senkten sich ihre Lider. Ihre langen, blassbraunen Wimpern verbargen den Ausdruck in ihren Augen.

Mit stechendem Schuldgefühl fragte er sich, ob Miss Crawford ahnte, was er verspürte. Nun, es war eigentlich nicht direkt Abscheu. *Abneigung* beschrieb es besser.

Kapitel Fünf

Die anfängliche Betroffenheit in Michael Morgans Augen, als er Prudence erblickte, bohrte sich wie ein Messer durch ihr Herz. Rasch hatte er seinen Ausdruck verschleiert, doch der Schaden war angerichtet.

Prudence ballte die Finger zur Faust, um sich nicht ihre Hand gegen die Brust zu pressen, damit der Schmerz nachließ. *Er darf nicht sehen, wie verletzt ich bin.* Sie brachte ein Lächeln zustande und bewegte sich mechanisch.

Seine formale Begrüßung schoss ihr durch den Kopf und Zweifel packten sie. Prudence tat alles, was sie konnte, um einen heiteren Ausdruck auf ihr Gesicht zu zaubern – oder zumindest so heiter wie möglich. *Soll ich wirklich mit den Hochzeitsplänen fortfahren?*

Mit roboterhaften Gesten hatte Prudence seinen Arm genommen und erlaubte ihm, sie die Holztreppen hinab auf die Schotterstraße zu führen. Die Gebäude nahm sie nur vage zur Kenntnis – ein Backsteingeschäft, Häuser mit Scheinfassaden aus Holz, eine Kirche mit weißem Turm. Schließlich war das hier nicht ihre Stadt. *Mit Sicherheit wird Morgan's Crossing ein glanzvollerer Ort sein?*

Doch nachdem sie all die anderen Grenzstädte auf der Reise gesehen hatte, war Prudence nicht mehr so überzeugt davon. Mit einem Pfiff fuhr der Zug an. Sie schaute sich um, beobachtete, wie die Wagen aus ihrem Blick rückten, und fühlte sich verlassen. Angst umklammerte ihre Brust.

Ich kann mit dem nächsten Zug abfahren.

Aber wohin soll ich fahren?

Prudence wandte ihr Gesicht der Zukunft entgegen und erlaubte ihrem Verlobten, sie die Schotterstraße entlang zu begleiten. Sie hob den Rock an, um den Saum vor dem Staub zu schützen – auch wenn das nun auch keine Rolle mehr spielte, da das Kleid bereits völlig verschmutzt war. Sie hoffte, dass Morgan's Crossing wie jede zivilisierte Stadt Gehsteige hatte, wollte jedoch nicht nachfragen, da sie dafür hätte sprechen müssen. Ihr Brustkorb war so zugeschnürt, dass sie in ihre Worte kein Leben hätte einhauchen können.

Ein angespanntes Schweigen machte sich zwischen ihnen breit. Sie gingen zuerst an einem anderen Paar vorbei, das ihnen lächelnd zunickte und sie neugierig anschaute, und dann an mehreren Männern, an einem nach dem anderen.

Einer sah so aus, als würde er dringend ein Bad benötigen. Er grinste sie anzüglich an.

Angewidert wandte sie den Blick ab.

Michael räusperte sich. »Beachten Sie sie nicht, Miss Crawford. Eine neue Frau ist hier ein seltener Anblick und Sie Versandbräute machen alle neugierig.«

Bei der Erwähnung der anderen Bräute erstarrte sie.

»Ich hätte gedacht, ich würde den Bahnsteig voll von Ihren Freundinnen und deren Ehemännern vorfinden, die es kaum erwarten können, Ihrer Hochzeit beizuwohnen.«

»Ich war so beschäftigt mit meiner Abreise, dass ich ihnen nicht geschrieben habe.« Prudence wollte nicht, dass Michael etwas über ihre angespannte Beziehung zu den anderen Frauen erfuhr. Sie lächelte ihn schwach an. »Spricht sich so etwas in Kleinstädten nicht in Windeseile herum? Ich bin davon ausgegangen, dass sie Bescheid wüssten, ohne dass ich sie informieren muss.«

»So etwas spricht sich gewiss herum. Allerdings leben Ihre Freundinnen, soweit ich weiß, auf Höfen außerhalb der Stadt. Das heißt, selbst wenn sie wussten, dass ich die Absicht hatte, Ihnen zu schreiben, so konnten sie doch nicht wissen, wann die Hochzeit stattfindet. Ich habe erst vor Kurzem mit dem Reverend und Mrs Norton gesprochen, hatte dem Pfarrer jedoch bereits eine Mitteilung geschickt, um ihn darüber in Kenntnis zu setzen, dass eine Zeremonie abgehalten werden soll, sobald Sie eintreffen.«

Sie nickte, erleichtert darüber, nicht über ihre »Freundinnen« sprechen zu müssen.

»Auch, wenn Morgan's Crossing eine zweitägige Reise entfernt ist, haben wir einen Fuhrmann, der unsere Stadt regelmäßig mit dieser hier verbindet. El Davis bedient auch einige andere abgelegene Orte. Er hat mir Ihren Brief zugestellt und meinen zum Pfarrer gebracht.« Michael machte eine ausladende Geste mit seinem freien Arm. »Also, wie Sie sehen, stehen wir mit der weiten Welt in Kontakt.«

»Ich glaube wohl kaum, dass ein Fuhrmann, der seine Runden dreht, einen *Kontakt* darstellt«, sagte Prudence in scharfem Ton.

Mr. Morgan erstarrte.

Zu spät erinnerte sie sich an Mrs Seymours Ratschlag, sich zu benehmen, und suchte angestrengt nach etwas, das sie sagen konnte, ohne noch mehr von ihrem *schwierigen* Charakter zu enthüllen. Schließlich waren sie noch nicht verheiratet und Mr. Morgan konnte immer noch von der Eheschließung zurücktreten. Sie wusste nicht, was sie dann tun sollte. Sich der Gnade einer der anderen Bräute ausliefern? *Eher würde ich mich von einer Klippe stürzen.*

Vielleicht sollte ich an das denken, wofür ich dankbar bin. Doch nichts an dieser Grenzstadt konnte das Gefühl von Dankbarkeit in ihr wecken.

Verzweifelt hob Prudence den Blick. Der Himmel inspirierte sie. Leuchtend blau spannte er sich über sie, gesprenkelt mit Schäfchenwolken. Sie vermutete, Darcy hätte geschwärmt und ein Gedicht über die Natur zum Besten gegeben. »Ihr Himmel ist wundervoll, Mr. Morgan.« In der Tat wünschte sie sich, sie hätte ein Kleid in der gleichen Farbe.

Eine Augenbraue hob sich und seine Mundwinkel zuckten. »Ich mag zwar Morgan's Crossing besitzen, doch der Himmel ist nicht *mein* Eigentum.«

Einen Moment lang schwankte sie zwischen zwei verschiedenen Reaktionen – ihrer normalen Abwehrhaltung auf der einen Seite, und auf der anderen der Verlockung, dem Humor in seinen Augen nachzugeben. *Honig, Prudence. Mit Honig.* »Höre ich da ein *bis jetzt* heraus, Mr. Morgan? «, fragte sie verschmitzt.

»Haben Sie meinen Ehrgeiz so schnell erkannt, Miss Crawford?«

»Ein Mann, der eine Bergbaustadt besitzt, muss Ehrgeiz haben – meiner Ansicht nach eine bewundernswerte Eigenschaft.«

»Das finde ich auch.« Er deutete mit dem Arm auf die Umgebung. »Ihre Freundinnen haben Ihnen bestimmt von Sweetwater Springs berichtet.«

Prudence gab ein gezwungenes Lachen von sich. »Bei uns in der Agentur gab es viele Bräute, die sich an den unterschiedlichsten Orten im ganzen Westen niedergelassen haben. Ständig trafen Briefe von ihnen ein. Ich fürchte, ich habe nie auf die aus Sweetwater Springs geachtet. Als Ihr Angebot eintraf ... nun, da bin ich so im Strudel der Vorbereitungen der unmittelbar bevorstehenden Reise untergegangen, dass mir nicht in den Sinn gekommen ist, diese Briefe wieder hervorzukramen und sie noch einmal zu lesen.«

»Ich verstehe.«

»Und da die beiden Städte eine zweitägige Fahrt voneinander entfernt sind, habe ich auch nicht gedacht, dass Sweetwater Springs solch eine große Bedeutung hat.« Sie lächelte ihn an und klimperte mit den Wimpern. »Schließlich wird *Morgan's Crossing* ja mein neues Zuhause sein.«

Mr. Morgan verzog den Mund zu einem Lächeln, das jedoch nicht bis zu seinen Augen vordrang. »Sie haben recht. Morgan's Crossing ist wichtig, das werden Sie bald selbst sehen.«

Sie setzte ein künstliches Lächeln auf.

Er zeigte auf die Kirche mit weißer Holzfassade. »Ich bin mir sicher, Sie haben schon von dem Reverend und Mrs Norton gehört. Ich denke, Sie werden sie mögen. Sie sind gute Menschen. Gar nicht steif und voreingenommen wie die meisten Geistlichen und deren Ehefrauen.«

»Ich wusste gar nicht, dass es auch eine andere Art gibt.«

Er lachte leise.

Bei dem Klang machte ihr Herz einen Sprung.

»Da gebe ich Ihnen recht. Wir haben auch einen katholischen Priester, der etwa einmal pro Monat nach Morgan's Crossing kommt. Father Fredrick. Ein liebenswerter Mann. Sie sehen also, liebe Miss Crawford: Freundliche Kirchenmänner sind einer unserer Vorzüge.«

»Freundliche Kirchenmänner, *die sich nicht zu oft sehen lassen*, sind einer Ihrer Vorzüge«, sagte Prudence. Erst als Michael in Gelächter ausbrach, wurde ihr peinlich bewusst, dass sie ihre Gedanken laut ausgesprochen hatte. *Ach du meine Güte, da bin ich ganz schön ins Fettnäpfchen getreten.*

Er tätschelte ihr die Hand. »Es gefällt mir, wie Sie denken.«

Erleichtert darüber, ihn nicht mit ihrer ungehörigen Geringschätzung der Sonntagsmesse abgeschreckt zu haben, beschloss Prudence, den restlichen Weg zum Pfarrhaus zu schweigen und so zu tun, als würde sie sich in dem Provinznest umsehen, das ihr gleichgültiger nicht hätte sein können. *Sicherlich kann ich meine Zunge bis nach der Vermählung hüten.*

Sie gingen um die Kirche herum und erblickten ein kleines, einstöckiges Haus, das rechts dahinter stand. Prudence verlangsamte ihren Gang. *Das ist das Pfarrhaus?* Nicht zu vergleichen mit dem geräumigen Gebäude in ihrem Heimatort, in dem der Pfarrer mit seiner Familie wohnte. Natürlich konnte auch die winzige weiße Kirche nicht mithalten.

Sie stiegen die Treppen hoch und überquerten die Veranda. Doch bevor sie klopfen konnten, öffnete sich die Tür und eine Frau schaute sie strahlend an. »Meine liebe Miss Crawford, willkommen in Sweetwater Springs.« Ihr freundliches Lächeln ließ kleine Fältchen um ihre Augen und ihren Mund treten. »Ich bin Mrs Norton.« Sie streckte Prudence beide Hände entgegen. »Ich bin froh, dass Sie heil und gesund angekommen sind.«

Überwältigt von Mrs Nortons herzlicher Begrüßung, legte Prudence ihre Hände in die der Frau.

Mrs Norton drückte sie, bevor sie ihre Finger wieder losließ. »Es ist ein Segen, Sie hier zu haben.«

Noch nie zuvor war Prudence als Segen bezeichnet worden. Sie verspürte bei der Vorstellung ein – irgendwie angenehmes – Unbehagen, und sie wusste nicht, was sie sagen sollte.

»Nur zu schade, dass Sie nicht in der Nähe wohnen und wir eine Freundschaft aufbauen können.«

Mrs Nortons Freude über Prudences Anwesenheit war Balsam für die Verletzung und die Angst, die Michaels unausgesprochene Reaktion in ihr verursacht hatte. Sie konnte sich nicht entsinnen, jemals so empfangen worden zu sein und die tröstenden Worte streichelten ihre Seele.

»Doch ich weiß, dass Sie für die Menschen in Morgan's Crossing ein Geschenk sein werden.« Sie klopfte Mr. Morgan auf die Schulter. »Sie wird Sie zu einem glücklichen Mann machen.«

Michael, der auf der anderen Seite der Frau stand, hob mit offensichtlicher Skepsis eine Augenbraue.

Die Geste machte ihren frohen Mut zunichte. *Mein Auserkorener stimmt augenscheinlich der Frau des Pfarrers nicht zu. Wir fangen nicht gut an.*

»Kommen Sie herein und nehmen Sie eine Stärkung zu sich. Ich habe Brötchen gebacken und es ist jede Menge Butter und Marmelade da.«

Prudences Magen knurrte. »Das klingt wunderbar.« Da sie das, was an den verschiedenen Bahnhöfen als Essen gehandelt wurde, nicht probieren wollte, hatte sie seit Ewigkeiten nichts mehr gegessen.

Mrs Norton forderte die beiden auf, ihr durch den Flur zu folgen. Sie zeigte auf eine geschlossene Tür, an der sie vorbeigingen. »Reverend Norton schreibt an seiner Sonntagspredigt. Hoffentlich braucht er nicht mehr lange. Normalerweise ist er gerne schon am Mittwoch fertig, damit er sich dann seinen anderen Pflichten widmen kann, ohne sich Sorgen machen zu müssen, sie auf die lange Bank zu schieben. Sie schüttelte den Kopf. »Aber manchmal gibt es besonders arbeitsreiche Wochen und die Bedürfnisse unserer Gemeindemitglieder haben Vorrang. Ein- oder zweimal musste er die Predigt tatsächlich am Sonntagmorgen verfassen.«

»Eine bewundernswerte Terminplanung«, bemerkte Mr. Morgan. »Ich wünschte, es würden mehr Leute solch eine Disziplin besitzen. Der Betreiber meines Ladens legt die Geschäftsbücher immer zu spät vor.«

Er besitzt ein Geschäft! Prudence sah vor sich, wie sie in dem Laden alles einkaufte, was ihr Herz begehrte.

Sie traten in die kleinste Küche, die Prudence je gesehen hatte – auch wenn sie noch nicht in vielen gewesen war –, die mit einem Tisch, einem Ofen, einer Arbeitsfläche mit Regalen ober- und unterhalb, einem Spültisch, einem Küchenschrank und einer Eiskiste vollgestopft war. An der Wand auf der gegenüber liegenden Seite verdeckte ein verblichener blauer Vorhang eine Tür.

Ein einziges Fenster, das ein Stück geöffnet war, ließ das Sonnenlicht herein. Eine Brise blies den Duft eines Gemüsegartens hinein, der ihr nun von der Zeit in der Agentur vertraut war, das Umgraben, Anpflanzen und Unkrautjäten unter der Aufsicht des Gärtners, den sie den *Gartenzwerg* nannten. Eine Schüssel voller Erbsenschoten stand neben einer langen grünen Zucchini und vier prallen Tomaten auf dem Tisch.

Brötchen kühlten auf einem Tablett auf der Herdplatte aus. Der Duft nach Backwaren füllte den Raum und erinnerte Prudence an ihr Scheitern bei dem Versuch, Berthas Künste zu übertreffen. *Ein Vorteil des Lebens in Morgan's Crossing ist, dass niemand mein Brot mit dem der anderen Frau vergleichen wird.*

Mrs Norton deutete auf eine Reihe von Haken neben der Tür. »Machen Sie es sich bequem, Miss Crawford.«

Prudence legte den Reisemantel ab – erleichtert darüber, das verrauchte Stück auszuziehen – und hing ihn an einen Haken. *Ich kann es kaum erwarten, den zu verbrennen.* Sie löste die Bänder ihres Hutes und hing ihn über dem Mantel auf. Sie strich ihr Haar glatt, das sie zu einem schlichten Dutt gebunden hatte.

Mrs Norton sah Prudences Mantel stirnrunzelnd an. »Sobald ich Sie beide versorgt habe, bringe ich den nach draußen und hänge ihn auf die Leine. Wenn ich den Teppichklopfer benutze, verschwindet hoffentlich ein Großteil vom Staub und Rauch.«

Prudence winkte ab. »Ach, machen Sie sich keine Umstände. Ich möchte ihn loswerden.«

»Oh nein, meine Liebe. Sie müssen ihn doch noch einmal auf der Reise nach Morgan's Crossing tragen, um ihr Kleid vor dem Staub auf der Straße zu schützen.«

Oh nein. »Das hatte ich nicht bedacht«, murmelte sie.

Mrs Norton forderte sie auf, sich zu setzen. »Möchten Sie eine Tasse Tee? Mrs Carter ist so freundlich, uns auch eine Lieferung zukommen zu lassen, wenn sie die Dosen in Boston bestellt. Eine wahre Leckerei. Eine liebenswürdige Frau ist Mrs Carter. Es tut mir nur leid, dass Sie nicht die Gelegenheit haben werden, sie kennen zu lernen, Miss Crawford. Und ich weiß, dass sie enttäuscht sein wird, Ihre Hochzeit zu verpassen. Sie war bei den Zeremonien von Mrs Flanigan und Mrs Walker dabei. Die Carters gehören zu unseren ersten Siedlern und haben die größte Ranch in dieser Gegend.«

»Vielleicht ein anderes Mal«, log Prudence, die ganz und gar nicht darauf aus war, jemanden kennen zu lernen, der mit Trudy und Darcy befreundet war.

Mrs Norton machte sich daran zu schaffen, die Brötchen in einen Korb zu legen, den sie zusammen mit den Tellern, Messern, Servietten, einem kleinen Buttertopf und einem Glas roter Marmelade zum Tisch trug.

Elegant ist die Präsentation nicht gerade. Doch Prudence war hungrig genug, um der Frau das Zugeständnis zu machen, keine Servierschüsseln für die Butter und die Marmelade zu verwenden. Bevor sie Michael den Korb reichte, nahm sie ein Brötchen für sich selbst, brach es entzwei und bestrich die beiden Hälften mit Butter. Ungeduldig wartete sie eine Minute darauf, dass die Krume abkühlte und sah zu, wie die goldene, geschmolzene Butter in den luftigen Teig floss.

Mrs Norton fuchtelte mit den Händen durch die Luft. »Es tut mir leid, dass heute niemand hier ist, um Ihrer

Hochzeit beizuwohnen, Miss Crawford. Ich weiß, dass Ihnen die Unterstützung von Mrs Flanigan, Mrs Barrett, und Mrs Walker bei einem so wichtigen Moment in Ihrem Leben fehlen wird.«

Kein Stück. Prudence strich Marmelade auf ihr Brötchen und nahm einen Bissen. Sie genoss den hefigen Geschmack und die herbe Süße der Erdbeermarmelade.

»Sind Sie sicher, dass Sie nicht noch ein oder zwei Tage warten möchten, bis Ihre Freundinnen eintreffen?« Mrs Norton zeigte auf die verhangene Tür. »Sie können das Bett im Anbau für ein paar Tage benutzen.«

Auf keinen Fall!

»Alle Ihre Freundinnen können morgen informiert werden, würde ich sagen. Ich weiß, dass sie alles dransetzen würden, um dabei zu sein.«

Wahrscheinlich würden sie die Einladung ignorieren. Es hat keinen Sinn, dass Mr. Morgan und Mrs Norton erfahren, wie unsympathisch wir einander sind.

»Es ist gut, Freundschaften zu nutzen, solange man kann. Wenn Sie erst einmal weit weg in Morgan's Crossing leben, werden Sie nicht mehr viel von Ihren Freundinnen zu sehen bekommen.« Sie warf Mr. Morgan einen entschuldigenden Blick zu. »Und angesichts dessen, was Reverend Norton mir erzählt, scheinen auch nicht viele Frauen in Ihrer Stadt zu leben.«

Das ist mir nur allzu recht. Mrs Norton hörte sich zu sehr nach Mrs Seymour an und ihr Schwall guter Vorschläge ging Prudence auf die Nerven. Sie musste sich zurückhalten, um nicht laut zu brüllen, dass sie mit diesen drei Frauen nichts zu tun haben wollte.

Mr. Morgan warf der Pfarrfrau ein charmantes Lächeln zu – viel wärmer als das, was er bisher an Prudence gerichtet hatte. »Ich beliebe zu denken, dass bei uns Qualität vor Quantität geht. Meine Stadt kann gute Frauen aufweisen, die meine Gemahlin mit gütigen Herzen und offenen Armen empfangen werden.«

Prudence schob den Wunsch beiseite, Michael Morgan möge doch derjenige sein, der sie mit gütigem Herzen und offenen Armen empfing. »Wir können die Hochzeit nicht verschieben. Mr. Morgan ist ein beschäftigter Mann ...«, schob sie ihm die Schuld zu. »Ich bin sicher, er will nicht zu lange aus Morgan's Crossing fort sein.«

»Ich bin bereit, alles Nötige zu tun, damit Sie sich wohlfühlen, meine liebe Miss Crawford.«

Prudence konnte nicht erkennen, ob er ehrlich oder sarkastisch war und wünschte, sie wäre besser dazu in der Lage, den Charakter ihres Bräutigams zu durchschauen. Sie würde sich das Puzzle für ein anderes Mal aufheben. Es würde noch jede Menge Gelegenheiten geben, um Mr. Morgan kennen zu lernen. Sie hatte keinerlei Absicht, auch nur einen Moment länger in diesem winzigen Haus zu bleiben als nötig. Sie wollte heiraten und umgehend nach Morgan's Crossing aufbrechen, um ihr eigenes Heim zu gründen.

Darüber hinaus vermutete Prudence, je länger sie hier warten würden, desto schwerer würde es ihr fallen, weiterhin ihr bestes Verhalten an den Tag zu legen. Sie wollte keinen Fehler machen und ihrem Bräutigam so einen Anlass geben, es sich mit der Hochzeit doch noch einmal anders zu überlegen. *Ich wäre die Witzfigur von Sweetwater Springs.*

Sie erinnerte sich an die Geschichten von Heather Stanford, deren Bräutigam sich der Ehe mit ihr verweigert hatte, da seine Mutter seinen Brief an die Versandbraut-Agentur gefälscht hatte. Heather hatte drei Stellen annehmen müssen, um ihren Lebensunterhalt zu bestreiten, bis Hayden Klinkner nachgegeben hatte und die beiden sich schließlich vermählt hatten. *Es wäre fürchterlich, wenn mir so etwas geschehen würde.*

Prudence berührte Mrs Norton am Arm. »Vielen Dank für Ihre freundliche Einladung. Aber ich habe das Gefühl, es ist das Beste, wenn Mr. Morgan und ich sofort heiraten, sodass wir unser neues Leben zusammen beginnen können.«

»In Ordnung, meine Liebe. Nun, dann bereiten wir Sie mal auf Ihre Hochzeit vor.«

»Ach, wenn ich doch nur Ihr Badezimmer benutzen dürfte ... Ich bräuchte dringend ein Bad. Ich würde mich liebend gern in eine Wanne voller heißem Wasser entspannen.«

Mrs Norton verzog den Mund zu einem Ausdruck des Bedauerns. »Es tut mir leid, Miss Crawford. Wir haben kein Badezimmer. Ich habe ein halbes Fass, das wir mit Wasser füllen und samstags abends benutzen.« Sie schaute zu Michael. »Wir können Mr. Morgan und Reverend Norton aus dem Haus scheuchen und ich bereite Ihnen ein Bad zu. Es wird allerdings dauern, bis das Wasser heiß ist.«

Prudence starrte die Frau an, zu entsetzt, um ein Wort herauszubringen. Theoretisch hatte sie gewusst, dass nicht jeder eine Innentoilette besaß. Doch sie war noch nie in einem Haus gewesen, das kein Badezimmer hatte. Die anderen Bräute hatten Vermutungen darüber angestellt, wie primitiv das Leben in den Grenzstädten des Westens wohl sein musste. Doch Prudence war davon ausgegangen, dass jedes Haus, in dem sie leben würde, ein Badezimmer und eine Innentoilette haben würde – selbst wenn sie dort nur zu Besuch war.

Mr. Morgan zog eine goldene Uhr aus seiner Westentasche, klappte den Sprungdeckel auf und schaute auf die Uhrzeit. Er schüttelte den Kopf, ließ den Deckel wieder zuschnappen und steckte die Uhr zurück in die Tasche. »Ich möchte Ihnen keine Eile machen, doch wenn Sie nicht anstelle von zwei sogar drei Tage unterwegs sein möchten, müssen wir uns vermählen und aufbrechen.«

»Ach du meine Güte! Das stimmt wohl.« Mrs Norton

presste ihre Lippen aufeinander. »Ich setze gleich heißes Wasser auf, sodass Sie sich zumindest waschen können, Miss Crawford. Während wir warten, können Sie einen Happen essen. Mr. Morgan, können Sie sich um ihren Koffer kümmern?«

Er schaute Prudence mit gehobener Augenbraue an. »Sie hatten doch vier. Welchen möchten Sie?«

»Den grünen bitte. Die braunen brauche ich erst später.«

»In meinen Wagen passen nur zwei. Auf die anderen beiden und auf das Fass werden Sie warten müssen, bis El Davis sie nach Morgan's Crossing bringen kann.«

Prudence runzelte die Stirn und sträubte sich gegen den Gedanken. Doch sie vermutete, sie würde eine Weile ohne diese Koffer auskommen können. Glücklicherweise hatte sie ihre Besitztümer vor der Abreise aus der Agentur beim Packen nach wichtigen und unwichtigen Dingen sortiert. Sie bezweifelte, dass in den nächsten Wochen ein großer Bedarf an den zwei Ballkleidern bestehen würde, die sie mitgebracht hatte. »Neben meinen Namensschildern auf den braunen Koffern finden Sie eine Nummer. Nummer eins und den grünen Koffer können Sie mitnehmen und die anderen beiden und das Fass für später zurücklassen.«

Er lächelte und nickte ihr offensichtlich einverstanden zu. »Sie sind sehr gut organisiert. Das gefällt mir. Lassen Sie mich nur noch eines von Mrs Nortons exquisiten Brötchen verdrücken, bevor ich mich um Ihre Koffer kümmere.«

Zumindest hat er etwas gefunden, das er an mir mag. Ich würde sagen, Mr. Morgan hat höfliche Umgangsformen.

Prudence wünschte sich, die Höflichkeit wäre nicht nur eine Fassade, hinter der sich der Widerwille der Hochzeit gegenüber versteckte, den er – so spürte sie – in Wirklichkeit empfand. *Sei nicht albern*, rügte sie sich. *Du hast ohnehin niemals erwartet, einen Mann zu heiraten, der verrückt nach dir ist. Du stehst kurz davor, alles zu bekommen, was du wolltest – einen hübschen*

Ehemann, der wohlhabend und einflussreich ist, eine Villa als Heim, und Stadtbewohner, die dich um deinen Ruhm beneiden werden.

Aber zu welchem Preis? Das war gar nicht die Art von Frage, die sie sich bisher gestellt hatte, und Prudence war nicht gerade erfreut darüber, dass nun der Zweifel in ihr aufstieg.

Mr. Morgan nahm den letzten Bissen, stand auf und warf Mrs Norton ein Lächeln zu. »Ich wünschte, mein Koch würde auch so gute Brötchen backen wie Sie. Danke für die Köstlichkeit.«

»Ich denke, auch mein Brot und meine Buttermilchbrötchen werden Ihnen schmecken«, sagte Prudence stolz, in der Hoffnung, ihm einen weiteren Anreiz zu geben, sie zu mögen.

Dieses Mal breitete sich das Lächeln bis zu seinen Augen aus. »Ich freue mich, das zu hören.«

In ihrem Bauch flatterte es. Unter dem Tisch legte sie ihre Hand auf die Rippen, die sicher hinter ihrem Korsett verborgen waren. Doch Prudence begann zu glauben, dass ihr Herz womöglich nicht ebenso gut geschützt war.

In der leeren Kirche wartete Michael vor dem Altar auf seine Braut und fühlte sich, als würden sich Spitzhacken über seine Innereien hermachen. Reverend Norton stand mit Bibel, Gebetbuch oder so einem ähnlichen Wälzer neben ihm.

Jetzt verstehe ich das Sprichwort »zwischen Baum und Borke stecken«. Ich werde zwischen einem Versprechen und einem Schwur erdrückt.

Michael wusste, dass er Fehler hatte. Er war nicht immer ein guter Mensch. Viele betrachteten ihn sicher als unnachgiebigen Mann – und das musste er sein, wenn er Erfolg haben wollte. Er brauchte jede Menge Mumm für die Verwaltung einer Stadt voller Bergmänner, deren Köpfe genauso hart waren wie die Steine, die sie behauten.

Er *war* nicht nur ein Mann, der zu seinem Wort steht, sondern Michael schätzte diese Eigenschaft an sich selbst ganz besonders. Die anderen betrachteten ihn als hartnäckig – im guten oder im schlechten Sinne, je nach Standpunkt. Hätte er sein Versprechen dieser Frau gegenüber nicht eingehalten, hätte er nicht nur sein Wort gebrochen, sondern auch seinen guten Ruf ruiniert, denn die Nachricht, dass er mit einer Braut zurückkehren würde, hatte sich schon wie ein Lauffeuer in Morgan's Crossing verbreitet.

Er hatte versprochen, Prudence Crawford zu heiraten. Aber nun, da er sie vor Gott ehelichte, würde er mehr als nur sein eigenes Wort halten müssen. Auch das Gesetz des Landes – und des Himmels – musste er befolgen, eine schwere Bürde.

Reverend Norton räusperte sich. »Es ist gut, dass Sie sich eine Frau nehmen. Morgan's Crossing braucht Miss Crawford und Sie benötigen eine Gehilfin.«

Gut, ich brauche eine Frau. Doch Prudence Crawford war nicht diejenige, die er sich vorgestellt hatte. *Und trotzdem heirate ich sie.*

»Als Mrs Norton und ich nach unserer Hochzeit hierhergezogen sind, war Sweetwater Springs sogar noch kleiner als Morgan's Crossing heute. Statt eines Haufens Bergmänner hatten wir wilde Cowboys. Und nur wenige Frauen. Meine liebe Frau hatte einen guten Einfluss auf alle hier. In der Anfangszeit war es ihr Verdienst, mehr Menschen in die Kirche zu bringen als es mir durch meine Predigten gelang. Damals hatten wir noch kein Piano. Doch das liebliche Gesicht meiner Frau und ihre Lobgesänge für den Herrn waren ein Magnet. Schon lange hat sie kein Solo mehr gesungen. Sie behauptet, ihre Stimme sei nicht mehr die von damals, auch wenn ich ihr nicht zustimme.«

Zu seinem Bedauern nahm Michael bei Miss Crawford nichts von Mrs Nortons Lieblichkeit wahr. Bis zu diesem

Augenblick war ihm noch nicht einmal bewusst gewesen, dass er sich diese Eigenschaft bei einer Frau wünschte. *Ich hätte eine längere Liste von Anforderungen für Mrs Seymour erstellen sollen.*

»Ich glaube, Miss Crawford wird eine ähnliche Wirkung auf Morgan's Crossing haben. Und ich werde versuchen, häufiger in Ihre Stadt hinauszufahren.« Reverend Norton seufzte. »Wenn es doch nur vier von mir gäbe, um all die Orte in der Region zu besuchen, die einen Pfarrer brauchen.«

»Wir nehmen Sie, wenn wir Sie bekommen können, Reverend. Ich bin sicher, meine Frau wird Ihre Bemühungen zu schätzen wissen.«

Michael hörte, wie sich die Tür öffnete und drehte sich um, damit er einen Blick in den hinteren Teil der Kirche werfen konnte.

Mrs Norton kam herein, eine Vase weißer Rosen in der Hand. Sie eilte auf den Altar zu. »Ich habe Miss Crawford gesagt, sie solle hereinkommen, wenn sie die Musik hört.« Sie ging um das Seitenschiff herum und stellte die Vase auf den Altar. »Ich war fest entschlossen, Ihrer Braut Blumen zukommen zu lassen, auch wenn sie ihre Freundinnen nicht bei sich haben kann.«

»Ich bin sicher, Miss Crawford weiß Ihre freundliche Geste zu schätzen.«

Sie nickte lächelnd. Die verblasste blaue Blume auf ihrem Strohhut wippte. »Haben Sie einen besonderen Musikwunsch, den ich spielen soll?«

Da er der Angelegenheit noch keinen einzigen Gedanken gewidmet hatte, schüttelte Michael ratlos den Kopf. »Ich bin sicher, Sie suchen etwas Passendes aus.«

»Miss Crawford hat das Gleiche gesagt, als ich sie gefragt habe.« Sie ging zur Klavierbank, setzte sich und begann zu spielen. Die Noten erfüllten die Kirche.

Michael hatte schon seit Jahren kein Klavier mehr gehört. Mit Sicherheit gab es keines in Morgan's Crossing, nicht einmal im Saloon. Das Lied kam ihm aus Kindertagen bekannt vor, doch er konnte es nicht einordnen. Er fragte sich, ob Prudence irgendeine Art von musikalischer Erziehung genossen hatte und ob er ihr ein Piano kaufen sollte. Extravagant, ja – insbesondere, wo der Rest des Hauses ja noch mit sinnvolleren Stücken eingerichtet werden musste. Doch es würde ihm gefallen, am Abend der Musik zu lauschen. *Könnte die Buchhaltung weniger beschwerlich machen.*

Plötzlich schoss ihm die Erinnerung an seine Familie, wie sie am Sonntag auf der Kirchenbank sitzt und dabei die ganze Reihe besetzt, durch den Kopf, und er fragte sich, ob er ihnen von seiner Hochzeit hätte schreiben sollen. Normalerweise dachte er nicht an seine Eltern und die unzähligen Geschwister, Nichten und Neffen, die er hatte. Als er aufwuchs, hatte er ihnen den Wettstreit um die Aufmerksamkeit seiner Eltern übelgenommen. Die simple Tatsache, dass sie so viele Kinder hatten, bedeutete, dass er abgetragene Kleidung der anderen tragen musste und andere Jungen um ihre Steinschleudern, Reifen, Pfeifen und Schrotflinten beneidete. Doch nun verspürte er eine unerwartet starke Sehnsucht nach ihrer unbändigen Liebe. *Diese Hochzeit macht mich sentimental.*

Ein Schatten in der Kirchentür sagte Michael, dass seine Braut eingetroffen war. Er wappnete sich und machte sich darauf gefasst, eine Frau zu heiraten, die er am liebsten nach St. Louis hätte zurückbringen lassen.

Kapitel Sechs

Obwohl Prudence vor der Zeremonie nicht von Kopf bis Fuß gebadet hatte, hatte das Waschen mit dem Schwamm durchaus geholfen, ihren Geist zu beleben. Nun ging sie, in ein Seidengewand in zartem Honigton gekleidet, mit Mrs Norton zur Kirche. Sie mochte das Kleid, für das sie sich entschieden hatte, weil es ihren Augen einen goldenen Schimmer verlieh, statt sie müde und blass aussehen zu lassen wie Weiß oder Creme.

Die Robe hatte einen einfachen Schnitt mit hohem, runden Ausschnitt und einer Tournüre mit kurzer Schleppe, die sie nun über den Arm geschlungen hatte, um den Saum vom staubigen Boden fernzuhalten. In der anderen Hand hielt sie einen Strauß weißer Rosen, der von einem goldenen Haarband zusammengehalten wurde.

Mrs Norton hatte Prudence gegenüber ein mütterliches Verhalten angenommen. Sie hatte ihr Kleid gebügelt und die Blumen gepflückt, während Prudence sich wusch. Dann hatte sie ihr ins Kleid geholfen.

Ich hätte nie geglaubt, an diesem Tag solch eine Unterstützung zu erhalten. Wäre meine Mutter so aufmerksam gewesen?

Vielleicht, aber nur aus Erleichterung darüber, ihre schwierige

Tochter weiterzureichen, um sie der Verantwortung von jemand anderem zu unterstellen.

Nein, Prudence fehlte ihre Mutter heute nicht, doch mit stechendem Schmerz sehnte sie sich nach Lissa. Ihre Schwester hätte wahrscheinlich Jahre zuvor geheiratet und inzwischen bereits viele Kinder gehabt. Prudence scherte sich nicht um Kinder, doch ihr gefiel die Vorstellung von Nichten und Neffen, die wie ihre Schwester aussahen und selbstverständlich ihre Tante verehrten.

Die Trauer schnürte ihr die Luft ab. *Ich habe nicht nur Lissa verloren, ich habe auch die zukünftigen Familien verloren, die wir gemeinsam gehabt hätten.*

Mrs Norton brachte eine Vase mit noch mehr weißen Rosen herbei. Sie warf Prudence einen Blick von der Seite zu. »Es tut mir leid, dass Sie nicht die Gelegenheit hatten, sich mit Reverend Norton zu unterhalten. Sicherlich ist die Tatsache, dass Ihre Ehe von einem Ihnen unbekannten Pfarrer geschlossen wird, eine weitere beunruhigende Erfahrung für Sie.«

»Das macht nichts. Reverend Norton wirkt sehr nett.«

Der Pastor hatte sie mit seiner Wärme überrascht. Der durchdringende Blick in seinen blauen Augen wirkte mitfühlend, nicht von oben herab wertend – ganz anders, als sein Aussehen vermuten ließ, das an Propheten im Alten Testament erinnerte.

Wenn Prudence die Kirche besuchte, achtete sie normalerweise nie auf das Geleier vom Pfarrer. Während der Predigt beäugte sie lieber kritisch die Kleider aller anderen Frauen, änderte sie im Stillen ab und modelte sie um, riss die Bänder von den Hüten und gestaltete sie in Gedanken völlig neu.

Das Beste am Kirchgang war, dass sie die Chance hatte, in ihrem neusten Kleid umher zu stolzieren und es heimlich mit den neuen Gewändern ihrer Zeitgenossinnen zu vergleichen. *Eines der angenehmen Dinge beim Umzug ist, dass man einen ganzen Schrank voller Kleider hat, mit denen man protzen kann, ohne auch nur einen Penny dafür auszugeben.*

Mit der Fläche ihrer freien Hand strich Prudence über den schweren Seidenstoff ihres Kleides und blickte umher, um zu sehen, ob sie jemand beobachtete. Aber sie sah nur einen Cowboy, der von seinem Pferd abstieg. Er schlenderte in ein Gebäude mit Scheinfassade, ohne Notiz von ihr zu nehmen.

Sie kamen an der Kirche an und stiegen die Treppen hinauf.

Mrs Norton berührte sie am Arm, damit sie stehen blieb. »Warten Sie, bis Sie die Musik hören und dann kommen Sie herein!«

Prudence nickte.

Direkt vor der Tür angelangt, stellte die Pfarrfrau eine Vase auf den Boden, griff zum Rückenteil des Brautkleides und ließ die Schleppe zu Boden, bevor sie den Stoff hübsch herrichtete. »Oh, Sie sehen wunderschön aus, meine Liebe.«

Ihre verschleierten Augen, der Ton und ihr aufrichtiges Lächeln brachten Prudence fast dazu, ihr Glauben zu schenken.

Mrs Norton nahm die Vase und betrat die Kirche.

Sich selbst überlassen, spürte Prudence, wie ihre Knie schlotterten. Sie biss sich auf die Lippe und positionierte sich so, dass sie durch die offene Tür nicht zu sehen war. In der Stille war das Pochen ihres Herzes so laut, dass jeder es hören musste.

Die Klaviermusik war das Zeichen, dass sie eintreten sollte.

Das ist es. Sie atmete so tief ein, wie ihr enges Korsett es zuließ und sog den Rosenduft in sich auf.

Erhobenen Hauptes schritt sie in die Kirche und bewegte sich langsam den Gang entlang auf Mr. Morgan und Reverend Norton zu. Das ihr wohlbekannte Kirchenlied

»Blest Be the Tie that Binds« erfüllte sie mit Trauer und erinnerte sie daran, wie Lissa es geliebt hatte, im Gottesdienst mitzusingen und wie ihr lieblicher Sopran sich von den anderen Stimmen abhob.

Ein immer größerer Druck lastete auf ihrer Brust und am liebsten wäre Prudence in Tränen ausgebrochen. Sie hatte seit jenen fürchterlichen Monaten nach Lissas Tod nicht mehr geweint. In den Jahren danach hatte sie den Tod ihrer Eltern und den Verlust ihres Hauses und ihrer Besitztümer tränenlos durchgestanden.

Hört man je auf, um seine Liebsten zu trauern?

Sie kämpfte um Selbstbeherrschung und konzentrierte sich auf Michael Morgan. Ihr Bräutigam sah so gut aus, dass sie ins Schwärmen geriet – würde der Mann mit der ernsten Miene ihr doch nur ein echtes Lächeln schenken.

Prudence schaute ihm ins Gesicht und sah keinerlei Wärme, keinerlei Freude in seinem Ausdruck. Unerklärlicherweise fing ihre Brust wieder an zu schmerzen und der Druck stieg ihr bis in die Kehle. *Wenn ich mich nicht zusammenreiße, fange ich an zu heulen und blamiere mich.* Sie schluckte kräftig und erlaubte sich nicht, sich die tiefe Enttäuschung einzugestehen. Im Grunde genommen war sie ja nie wie die anderen Frauen gewesen, die von ihrer Hochzeit träumen. Nicht mehr, seit ... *Nein! Ich werde nicht wieder an Lissa denken.*

In diesem Moment wurde Prudence bewusst, dass ihre Träume mit ihrer Schwester gestorben waren. Eine tiefe Trauer stieg in ihr auf – das *letzte* Gefühl, mit dem sie heute gerechnet hätte. Doch als sie Michaels teilnahmslosen Ausdruck sah, verhärtete sich die dicke Schale um ihr Herz, die sich nach Lissas Tod geformt hatte, noch um eine weitere Schicht.

Nachdem sie im Anschluss an die Zeremonie zum Pfarrhaus zurückgekehrt waren, brachte Michael seine Braut von den Nortons fort. Er legte ihre Hand auf seinen Arm und führte sie zum Wagen, den der Besitzer der Pferdestation vor der Kirche abgestellt hatte − mitsamt den davor gespannten Pferden, die zur Abreise bereit waren. Er freute sich nicht auf die lange Reise nach Morgan's Crossing mit dieser Frau. *Worüber sollen wir überhaupt reden?*

Eine Brise erhob sich. Michael verspürte einen Hauch vom Duft seiner Frau − leicht, blumig und weiblich. Ganz anders als das widerliche Parfum, das die Saloon Girls im Rigsby's benutzten, um zu übertünchen, dass sie nur selten ein Bad nahmen. Keine der Frauen in Morgan's Crossing konnte sich solch eine Extravaganz leisten. Er beugte sich näher zu ihr und atmete tief ein.

Vielleicht wird diese Ehe zu guter Letzt doch gar nicht so schlecht sein.

Michael warf Prudence einen warmen Blick zu. »Mir gefällt diese Farbe an Ihnen.«

Nach der Zeremonie hatte sie wieder dasselbe blaue Reisekleid angezogen, den glanzlosen Leinenmantel jedoch noch nicht angelegt, und die Farbe des Stoffes verliehen ihren Augen einen bläulichen Schimmer.

Er schaute tief in sie und war vom Farbwechsel fasziniert, bevor er sich daran erinnerte, wie dringend sie ihre Reise antreten mussten. Michael wies mit der Hand zum Wagen. »Mrs Morgan, lassen Sie sich von mir zur anderen Seite führen und Ihnen hoch helfen.«

Sie schaute ihn an und lächelte − nicht mit angestrengt gehobenen Mundwinkeln, wie er es vorher gesehen hatte, sondern mit einer Aufrichtigkeit, die ihre Züge so sanft zeichnete, dass sie fast schön wirkte.

»Mrs Morgan«, sagte sie mit heiserer und wohlklingender Stimme. »Mir gefällt mein neuer Name.«

Und mir gefällt dein Klang. Er beugte sich zu ihr und öffnete die Lippen, um seine Gedanken zu äußern. Vielleicht, so dachte er, konnte er an das Kompliment einen Kuss anschließen. Doch bevor er es tun konnte, hielt Prudence inne und schaute an ihm vorbei.

»Ein Planwagen!« Ihre schmalen Lippen wurden zum Schmollmund. »Wo ist Ihr Buggy? Oder eine Kutsche? Mit Sicherheit kann man nicht von mir erwarten, in *diesem* Gefährt zu reisen!«

Ihr scharfer Tonfall machte ihre Attraktivität zunichte. Michael erstarrte und senkte den Arm, so dass sie gezwungen war, ihn loszulassen. »Natürlich, wir brauchen den Wagen, um Ihr Gepäck zu transportieren.« Er zog die Wörter sarkastisch in die Länge. »Ich könnte einen Surrey in der Pferdestation mieten, aber Sie müssten Ihre Besitztümer zurücklassen und könnten nur Ihre Umhängetasche mitnehmen.«

Sie machte große Augen und riss den Mund auf.

»Keine Sorge! Ich habe den Sitz gepolstert, um Ihrem zarten Hintern ein Kissen zu bieten.«

Röte überströmte ihre Wangen angesichts seiner ungehobelten Äußerung über ihr Gesäß. Sie schnaubte und lief mit erhobener Nase an ihm vorbei zur Seite des Wagens.

Kopfschüttelnd hob Michael seinen Blick zum Himmel, bevor er ihr folgte. *Das wird eine lange Reise.*

Kapitel Sieben

Nach einer Stunde, die sie schweigend auf der rüttelnden Wagenbank gesessen hatte, versank Prudence in ihrem Elend. Sie hatten die Stadt hinter sich gelassen und sie hatte nichts anderes zu tun gehabt als Bäume und Gräser der Prärie anzustarren. Nie hätte sie sich vorgestellt, dass sie ihre Hochzeitsreise in solch einem unkomfortablen, pöbelhaften Fahrzeug antreten würde.

Und ich muss noch zwei Tage so durchhalten. Prudence war nicht sicher, ob sie das ertragen konnte. *Wenn ich erst einmal in Morgan's Crossing bin, werde ich nie wieder weg wollen.* Mit Entsetzen fragte sie sich, ob die Reise nach Sweetwater Springs und zurück immer so eine Strapaze sein würde. Die Angst war so groß, dass ihr herausrutschte: »Wie reisen Sie normalerweise, wenn Sie von Morgan's Crossing hierherkommen?«

»Sie spricht!« Sein spöttischer Ton machte deutlich, dass er aus *Romeo und Julia* zitierte.

Prudence ergänzte im Geiste die restlichen Worte. *Doch sagt sie nichts.* Seine schmerzhafte Antwort bohrte sich wie eine Glasscherbe in ihr Herz. Sie hielt ihre Zunge im Zaum, um ihm nicht die scharfen Worte entgegenzuschmettern, die ihr in den Sinn kamen.

Im Grunde genommen, machte sie sich klar, *habe ich meine Frage nicht gerade im lieblichsten Ton gestellt.*

»Das tue ich nicht oft, aber wenn, dann reite ich auf King, dem braunen Pferd links«, sagte Mr. Morgan in freundlicherem Ton, während er ihr einen Blick von der Seite zuwarf. »Reiten Sie?«

»Selbstverständlich habe ich Unterricht genommen. Aber in der Stadt besteht wenig Bedarf zu reiten.« Beim Gedanken an den Pferdegestank rümpfte sie die Nase.

»Sind Sie gern geritten?«

»Natürlich nicht«, erwiderte Prudence und hielt inne, als eine Erinnerung sie wie ein Blitz traf. Sie besann sich der Sommer, die ihre Familie auf dem Land außerhalb von St. Louis verbracht hatte – als Lissa und sie auf dem Pferderücken die Welt entdeckt hatten, Prudence auf ihrem Pony und ihre Schwester auf einem edlen Wallach. Rückblickend wirkten diese goldenen Sommertage idyllisch – fast, als wären sie einem Traum und nicht dem wirklichen Leben entsprungen. »Nun, vielleicht ...« Sie zögerte, unsicher, ob sie diesem Mann – einem Fremden, auch wenn er ihr rechtmäßiger Ehemann war – mehr anvertrauen sollte. *Ich muss ihm ja nicht alles erzählen.*

»Vielleicht?«

»Meine Schwester und ich ritten im Sommer immer gemeinsam. Wir nahmen uns zum Mittag ein Picknick mit und blieben den ganzen Tag fort.« Bei der Erinnerung daran lächelte sie. »Ich hatte ganz vergessen, wie sehr wir uns amüsierten.«

»Das hört sich so an, als hätten Sie aufgehört, gemeinsam zu reiten.«

»Lissa war zehn Jahre älter. Sie war dann immer mit ihren Freunden beschäftigt und ist mit ihnen ausgeritten. Die hatten aber kein Interesse daran, dass ihnen ein Kind nachritt, auch wenn ich von einem Pony zu einem Pferd aufgestiegen war.« Ihre Kehle war wie zugeschnürt. Nach Lissas Tod hatten die Eltern ihr Landhaus, inklusive Pferde, verkauft. Beim Verlust ihres Pferdes hatte Prudence zum letzten Mal geweint. Sie hatten ihr noch nicht einmal zugestanden, Abschied zu nehmen.

Ich habe heute mehr an Lissa gedacht als in den ganzen letzten Monaten zusammengenommen. Prudence fragte sich nach dem Grund und ihr wurde bewusst, dass sich ihr Leben heute radikal veränderte, genauso wie es war, als Lissa starb. Damals war die Veränderung herzzerreißend und schrecklich gewesen. Sie war so wütend und verbittert und verängstigt gewesen. *Und allein.*

Mit Sicherheit wird diese Ehe nicht schrecklich werden. Zumindest werde ich nicht allein sein.

Doch so überzeugt war Prudence nicht. *Einsamkeit in einer Ehe wäre viel schlimmer als die Einsamkeit des Alleinseins.*

Nach der längsten Fahrt seines Lebens brachte Michael das Gespann neben einer kleinen Hütte zum Stehen – einer von vielen, die als Wegstationen auf der Straße zwischen Sweetwater Springs und Morgan's Crossing dienten. Jeder, der das Pech hatte, zwischen den Hütten stecken zu bleiben, musste im Freien sein Lager aufschlagen. Reisende mit Köpfchen verstanden es, Proviant und Ausrüstung für den Fall mitzunehmen, dass das Wetter oder andere Umstände sie davon abhielten, einen sicheren Ort zu erreichen. Sie dachten auch daran, das verbrauchte Holz wieder aufzufüllen und im Kamin für die nächsten Reisenden das Brennholz für ein leicht zu entfachendes Feuer vorzubereiten.

Sie waren gerade noch rechtzeitig angekommen. Die flammend rote Sonne versank hinter dem bergigen Horizont und verzierte den purpurfarbenen Himmel mit orange-goldenen Strahlen. Bald würde die Dunkelheit hereinbrechen.

Stirnrunzelnd schaute Prudence sich um. »Wo sind wir?«

Er knotete die Zügel fest, zog die Bremse und zeigte auf eine Weggabelung ein Stück weiter vorn. Die andere Straße driftete nach rechts ab. »Wenn Sie über diesen Weg zurückfahren würden, kämen Sie auch in Sweetwater Springs an. Es ist eine wenig befahrene Straße, keine Direktverbindung. Jedenfalls führt sie sowohl zu den Barretts als auch zu den Walkers. Das ist also der Weg, den wir nehmen werden, wenn Sie sie besuchen möchten.«

»Gut zu wissen«, sagte Prudence verhalten.

Er zeigte auf die Hütte. »Unser Heim in der Ferne.«

Ein offensichtlicher Ausdruck des Entsetzens trat in ihre Augen. »Wie meinen Sie das?«

»Eine zweitägige Reise«, erinnerte Michael sie. »Wir haben keine Hotels hier draußen in der Wildnis, deshalb müssen wir uns damit begnügen. Es sei denn, Sie schlafen lieber im Freien. Ich könnte im Wagen ein Bett für Sie herrichten.«

Sie ließ die Schultern sacken. Prudence schüttelte den Kopf, sodass ein Gänseblümchen von ihrem Hut über die Krempe rutschte. Ihr Gesicht wirkte ausgelaugt und ihre Augen müde.

Michael spürte, wie er ihr gegenüber schwach wurde. »Keine Sorge! Es gibt mehrere Schlafplätze. Ihre Tugend ist in Sicherheit.«

»Meine Tugend ist ohnehin in Sicherheit«, bemerkte sie in geziertem Ton. »Die Vereinbarung mit der Agentur ›Versandbräute des Westens‹ besagt unter anderem, dass Sie einen Monat lang warten müssen, bis Sie versuchen, eheliche Beziehungen zu mir aufzunehmen. Sie sind doch wohl ein Mann, der zu seinem Wort steht, oder etwa nicht?«

Bei der Erinnerung an den Brief mit den Vertragsbedingungen, den ihm Mrs Seymour geschickt hatte, biss Michael knurrend die Zähne zusammen und runzelte die Stirn. Damals hatten ihm die Auflagen nicht zugesagt, doch er war sicher, dass er seine frisch gebackene Ehefrau dazu verleitet hätte, die Angelegenheit genauso zu sehen wie er. Nun hatte er kaum noch den Wunsch, mit dem Eisklotz, den er geheiratet hatte, ein Bett zu teilen. *Von mir aus kann sie ruhig die ganze Nacht in ihrer einsamen Koje bleiben.*

Bei dem Gedanken zuckte er zusammen und erinnerte sich daran, wie sehr er sich auf eine warme und liebevolle Frau gefreut hatte, mit der er schlafen würde. *Hoffentlich können wir uns irgendwie dazu durchwursteln.* Dann fiel ihm ein, dass es in seinem Haus nur ein Bett gab. Er unterdrückte ein Stöhnen. *Vielleicht stehen Prudence und ich morgen auf besserem Fuß zueinander.*

Sie sah ihn fragend an.

»Hinten gibt es einen Bach, in dem man sich waschen kann. Einen Abort ... « Er verstummte, als ihm einfiel, dass der Abort nur ein in die Erde gegrabenes Loch war, das von Felsen umgeben war. Nicht gerade der komfortabelste Ort, an dem man sein Gesäß niederlassen konnte. Seine Braut würde sicher einen schrillen Schrei ausstoßen, wenn sie die primitive Toilette erblickte. Wahrscheinlich würde sie ihm sogar die ganze Zeit, die sie hier waren, die Ohren volljammern.

Besser ich ersticke ihr Gezeter gleich im Keim. »Es tut mir leid, das sagen zu müssen, doch die Unterkünfte werden nicht dem entsprechen, was Sie gewohnt sind. Ähm, was Sie *verdienen*, meine Liebste.« Er ließ das Kinn sinken. »Alles, worum ich Sie bitte, ist, dass Sie diese Zustände ertragen, bis ich Sie nach Hause gebracht habe. Tun Sie mir den Gefallen?« Er schaute ihr in die Augen, wobei die eindringliche Bitte in seinem Blick fast echt war.

Sie schaute vom Haus zu ihm.

Michaels Gesicht deutete noch immer ein halbes Lächeln an und sein Gesichtsausdruck war flehend. Er umschloss ihre behandschuhte Hand und brachte ihre Finger zu seinen Lippen. »Bitte, meine Liebe?«

»Ich bin niemand, der sich beklagt, Michael«, erklärte Prudence mit belegter Stimme.

Noch immer über ihre Hand gebeugt, verzichtete er darauf, ihre vorherige Reaktion auf den Wagen zu erwähnen. »Sie sind ein Juwel unter den Ehefrauen«, lobte er sie und richtete sich auf.

Ihre Augen wurden zu Schlitzen.

Offensichtlich bin ich zu weit gegangen. Rasch drehte Michael ihre Hand um und drückte einen Kuss auf die freiliegende Haut zwischen Handschuh und Ärmel. Da ihm ihr Duft gefiel, ließ er seine Lippen verweilen und spürte, wie ihr Puls raste, während er einen letzten blumigen Hauch einsog. Er hob den Kopf und schaute ihr in die Augen.

Sie hielt dem Blick stand, den Mund in offensichtlicher Faszination geöffnet.

Er verkniff sich ein triumphierendes Grinsen, während er ihre Finger sinken ließ und ihren Handrücken tätschelte. »Bleiben Sie hier sitzen, meine Liebe, bis ich herumkomme und Ihnen behilflich bin.« Eilig sprang er aus dem Wagen und umrundete ihn. *Besser, ich sorge dafür, dass meine Braut schnell gewaschen, verpflegt und im Bett ist, bevor sie Zeit hat, auf ihre spartanische Behausung zu reagieren.*

Auf der anderen Seite des Wagens angelangt, reichte Michael ihr die Hand und half ihr hinunter, wobei er seine Frau behandelte, als wäre sie aus geblasenem Glas.

Sie schenkte ihm ein zufriedenes Lächeln und freute sich offenbar über sein zuvorkommendes Benehmen.

»Gehen Sie hinten herum!« Er deutete hinter die Hütte. »Dort finden Sie den Abort – mitten in einem Kreis aus

Felsen – und den Bach, in dem Sie sich waschen können. Ich kümmere mich um die Pferde und lade die Dinge aus, die wir für die Nacht benötigen. Sagen Sie mir einfach Bescheid, wenn keine Gefahr mehr besteht und ich wieder auftauchen kann.«

Ihre Wangen färbten sich dunkel und sie nickte.

»Ein Glück, dass Mrs Norton uns einen Korb voller Essen mitgegeben hat. So brauchen wir nicht zu kochen. Ich vermute, sich über einem Lagerfeuer abzuquälen, um das Wild zu braten, das ich gejagt habe, wäre nicht nach Ihrem Geschmack.«

Ihre Kinnlade klappte herunter. »Ganz bestimmt nicht.«

Er griff in den Wagen, zog ihre Umhängetasche heraus und reichte sie ihr.

Die Tasche an die Brust gepresst, huschte Prudence in die Richtung davon, in die er gezeigt hatte.

Michael wartete ab, bis sie außer Hörweite hinter der Hütte verschwunden war, und ließ dann dem Lachen, das er zurückgehalten hatte, freien Lauf – erfreut darüber, herausgefunden zu haben, wie er sie manipulieren konnte. *Auflagen der Agentur, natürlich.* Die würde er mit links umgehen. Sobald er Prudence bei sich zu Haus haben würde, sauber und in einem komfortableren Umfeld, würde sie zweifelsohne die Intimität mit ihm in ihrem gemeinsamen Bett genießen. *Darauf wette ich.*

Kapitel Acht

Nach der Kirche in Sweetwater Springs standen die drei Versandbräute und ihre Ehemänner zusammen und unterhielten sich. Die Paare hatten es sich zur Gewohnheit gemacht, die ersten paar Minuten gemeinsam zu verbringen, um sich die aktuellsten Neuigkeiten mitzuteilen – über die Ernte, das Vieh, Jonahs und Linas kleinen Adam –, bevor die Männer schließlich aufbrachen und die Frauen zurückließen, damit sie über wichtigere Angelegenheiten sprechen konnten, beispielsweise über ihre *Ehemänner*.

Die ganze Woche über fieberte Darcy Walker dem Sonntag und der Gelegenheit entgegen, ihre Freundinnen zu treffen – sowohl die anderen Bräute aus der Agentur als auch diejenigen, die sie seit ihrem Umzug kennen gelernt hatte. So glücklich sie auch in ihrer Ehe war – und sie wusste, dass Trudy und Lina eine ähnliche Dankbarkeit verspürten –, ihre zwei Freundinnen waren ihre Rettungsringe, die Anker in der Gesellschaft.

Vor ihrer Hochzeit hatte Gideon sich in seinem Haus im Wald verschanzt und keine Freundschaften geschlossen – abgesehen von der mit dem Farmer und Jäger des Nachbarguts, Jonah Barrett. Im Laufe der Zeit hatte sich seine Freundschaft mit Lina, so wie auch mit Seth und

Trudy Flanigan vertieft und es gelang ihm, sich in deren Gegenwart wohl zu fühlen.

Sie warf ihrem Gatten, der an ihrer Seite stand, einen abwägenden Blick zu, um zu erkennen, ob er sich wohl in seiner Haut fühlte.

Gideons Schultern waren entspannt. Mit einem gutmütigen Lächeln beobachtete er den kleinen Adam Barrett dabei, wie er um einen gleichaltrigen Jungen herumschlich, dessen karottenrotes Haar sich wie ein Heiligenschein um seinen Kopf kringelte. Als hätte er ihre Aufmerksamkeit gespürt, wandte er sich Darcy zu und sein Lächeln wurde so breit, wie es nur geschah, wenn er *sie* ansah.

Als sie ihn anschaute, spürte sie, wie eine Welle der Liebe über sie hereinbrach. *Ich bin wirklich gesegnet.* Ihr Mann wusste, wie wertvoll die kurze Zeit in der Stadt für sie war, deshalb tat er sein Bestes, um gegen seine Tendenz zum Einzelgänger anzukämpfen.

Mrs Norton bewegte sich auf sie zu. Hier und da blieb sie stehen, um auf dem Weg mit anderen Gemeindemitgliedern zu sprechen, doch sie kam stetig näher.

Sie machten den Kreis größer, um ihr Platz zu lassen, und grüßten sie.

Mrs Norton hatte das für sie typische strahlende Lächeln auf den Lippen. »Meine Lieben! Was ich für Neuigkeiten für Sie habe!«

Die blonde, blauäugige Trudy berührte die Frau an der Schulter. »Gute Neuigkeiten sind immer willkommen. Machen Sie es nicht so spannend!«

Die Pfarrfrau fuchtelte mit den Händen. »Ich hatte vor der Messe nicht die Gelegenheit, es Ihnen zu erzählen ... Ihre Freundin Prudence Crawford ist gestern eingetroffen, um Mr. Morgan aus Morgan's Crossing zu ehelichen.«

Ihre Worte fielen wie Steine in einen See und lösten eine Welle des blanken Entsetzens aus.

Darcy durchfuhr ein eisiger Schauer.

»Madonna mia!« Lina verdrehte die Augen, richtete ihr Gesicht jedoch weiterhin auf Darcy und Trudy, sodass Mrs Norton ihren Ausdruck nicht sehen konnte.

Darcy sah, wie Trudy angestrengt versuchte, die Fassung zu bewahren.

Die Männer antworteten nicht. Sie hatten alle die Geschichten von Prudence gehört, doch ...

Mrs Norton bemerkte ihre Reaktion nicht. »Reverend Norton hat das Paar noch am selben Tag vermählt. Angesichts der geschäftlichen Verpflichtungen ihres Ehemanns war es Miss Crawford unangenehm, so lange zu warten, bis Sie alle an der Trauung hätten teilnehmen können. Wie schmerzlich, ohne die Unterstützungen der Freundinnen zu heiraten.«

Wir sind nicht ihre Freundinnen! Darcys Blick begegnete dem von Trudy und Lina. Sie wussten ganz genau, warum Prudence nicht gewartet hatte.

»Doch sie bat mich darum, Ihnen ihre Hochachtung zu überbringen«, fuhr Mrs Norton fort.

Das kann ich mir gut vorstellen.

»Ich weiß, dass Morgan's Crossing ein ganzes Stück von uns entfernt ist, doch Ihre Freundin wohnt trotzdem nah genug, um sich zu gewissen Anlässen mit Ihnen zu treffen, da bin ich mir sicher.«

Darcy erlangte als Erste die Fassung wieder. »Vielen Dank für die Neuigkeiten, liebe Mrs Norton.« *Sollen wir ihr die Wahrheit sagen?* Sie schaute Trudy und Lina an und konnte dasselbe Dilemma in ihren Augen sehen. Sie schüttelte sanft den Kopf. Mrs Norton war in der Stadt für ihre Liebenswürdigkeit bekannt, auch wenn sie in ihrer Rolle als Pfarrfrau sicher oftmals die dunkle Seite des Lebens zu sehen bekam. Die Wahrheit über Prudences Charakter würde die gutherzige Frau nur verstören.

Winkend und glücklich lächelnd schritt Mrs Norton von dannen.

Die Paare schlossen den Kreis wieder.

Gideon schaute Darcy an und seine gehobene Braue verriet seine Sorge. Er wusste, dass sie mehr Zeit mit Prudence verbracht hatte als Trudy oder Lina. Seit ihrer Begegnung mit Michael Morgan hatte sie ihm von vielen Momenten berichtet.

»Verflixte Prudence!«, rief Darcy.

Eine zweite silbergraue Augenbraue hob sich und gesellte sich zu der ersten, sodass Gideons Stirn sich in Falten legte.

»Diese Frau hat in der Agentur für Schwierigkeiten gesorgt und jetzt tut sie es auch hier.« Darcy seufzte. »Das heißt, sie sorgt *in meinem Kopf* für Schwierigkeiten, aber nur, weil ich weiß, dass es nur eine Sache der Zeit ist, bis ihre Probleme am Horizont aufziehen und sich irgendwie auf Trudy, Lina und mich auswirken.«

Als Geste der stummen Unterstützung legte Gideon ihr kurz die Hand auf den Rücken.

Die Wärme seiner Berührung drang durch die Schichten ihrer Kleidung. Erst kürzlich hatten sie die sinnliche Ebene ihrer Beziehung entdeckt – eine weitere Art, wie Gideon ihre Lebensanschauung verändert hatte. Ihre körperliche Intimität verstärkte ihre Bindung ungemein. Nach ihrer einsamen Jungfernschaft hatte Darcy auch erfahren, dass einfaches Händchenhalten oder eine Umarmung Zuspruch bot. Wie üblich spürte ihr Mann, was sie in diesem Moment brauchte.

Sie griff nach seiner Hand, umklammerte seine von der Arbeit rau gewordenen Handflächen mit ihren Fingern und entspannte sich. *Ich werde nicht zulassen, dass die Gedanken an Prudence Crawford diesen wunderschönen Tag mit meinem Mann und meinen Freunden ruinieren.*

Lina stieß einen Seufzer aus, den sie offenbar zurückgehalten hatte. »Was haben wir da angerichtet? Was haben wir Morgan's Crossing angetan?«

Trudy schüttelte traurig den Kopf. »Die arme Stadtbevölkerung.«

»So unsympathisch wir diese Frau auch finden: Instinktiv haben wir auch Mr. Morgan misstraut«, erinnerte Darcy sie. »Ich bin versucht zu fragen: ›Was haben wir Prudence angetan?‹«

»Ach, ich weiß nicht.« Lina zuckte die Schultern. »Ich denke, Prudence kann sich gegen den Mann behaupten.«

Darcy dachte an einige verletzende Äußerungen, die Prudence Lina an den Kopf geworfen hatte – über ihren Akzent, ihre italienische Familie, ihre kurvenreiche Figur, ihr widerspenstiges lockiges Haar und ihre Liebe zum Kochen. Die Frau war nie so scharfzüngig mit Trudy und Darcy umgegangen, die sie scheinbar als gesellschaftlich ebenbürtig ansah. »Prudence ist sicherlich gut gewappnet«, stimmte sie Lina zu. »Jetzt muss ich doch wirklich dieses Buch holen und es Mr. Morgan schicken.«

Gideon hob seine grauen Augenbrauen. »Was für ein Buch?«

»*Der Widerspenstigen Zähmung*«, erklärte ihm Darcy.

Nach einem Augenblick der Stille brachen alle drei Männer in Gelächter aus.

»Erfahre denn, du Prudchens Herzenstrost ...«, zitierte Gideon und ersetzte den Namen von Käthchen mit dem von Prudence. Seine silberhellen Augen funkelten, als er fortfuhr. »Weil alle Welt mir deine Sanftmut preist,

Von deiner Tugend spricht, dich reizend nennt.«

Als Darcy ihren Gatten ansah, wurde ihr ganz warm ums Herz. Liebevoll legte sie eine Hand auf Gideons Arm. »Ich denke, du siehst das zu positiv, mein Lieber. Ja, Petruchio ist es gelungen, Katharina zu zähmen. Aber wir sind nicht im

Mittelalter und ich bin mir nicht sicher, dass Prudence zähmbar ist.«

Trudy rümpfte die Nase. »Mir hat Petruchio nie gefallen.«

»Mir auch nicht«, stimmte Darcy zu. »Ich hatte Mitleid mit Käthchen, weil sie sich so einem Mann unterwerfen musste.«

Trudy runzelte die Stirn. »Wir *können* ihm das Buch nicht einfach schicken. Oder zumindest nicht nur das allein. Das wäre zu grausam.«

Seth lachte. »Bestimmt haben wir genügend von Trudys Stücken. Ihr könnt noch ein paar andere Bücher hinzufügen und ein Hochzeitsgeschenk daraus machen. So hätten wir mehr Platz in der Scheune.«

»Gute Idee«, sagte Darcy. »Wir haben immer noch eine Kiste voller Bücher von Trudy bei mir zu Hause. Ich glaube, wir haben etwa die Hälfte davon gelesen. Davon kann ich einige nehmen, um *Der Widerspenstigen Zähmung* darin einzubetten. Oder sollte ich das ganz nach oben legen?«

Alle lachten.

»Ganz nach oben«, sagte Trudy nickend.

Angesichts des ungewöhnlich scharfen Tonfalls musterte Darcy ihre Freundin, der das barsche Verhalten von Prudence Evie gegenüber nie gefallen hatte. Während ihres Aufenthalts in der Agentur hatte Trudy sich mit dem Hausmädchen angefreundet und sie standhaft unterstützt.

Seth legte seiner Frau einen Arm um die Taille.

Trudy kuschelte sich an ihren Mann und schaute sich zu der Kirchengemeinde um, die sich im Schatten der Eiche unterhielt. »Ich glaube, ich habe El Davis heute hier gesehen. Wahrscheinlich ist es bald an der Zeit, dass er einen Abstecher nach Morgan's Crossing macht.«

Jonah schaute Lina an. »Er kann die Straße nehmen, die an unseren Häusern vorbei nach Morgan's Crossing führt und die Schachtel mitnehmen. Die Strecke ist etwas weiter für ihn, aber nicht viel.«

Problem gelöst.

Trudy runzelte die Stirn. »Was machen wir mit den Bewohnern von Morgan's Crossing? Ich habe Mitleid mit ihnen.«

Jonah sah kurz zu Adam hinüber, der noch immer mit dem anderen Jungen beschäftigt war, bevor er sich wieder der Gruppe zuwandte. »Ich bin schon einige Male in Morgan's Crossing gewesen. Dort gibt es nichts, außer einer Mine und einem Saloon. Eine Stadt gibt es kaum.«

Stille trat ein, während alle über die Bedeutung dieser Information nachdachten.

Darcy biss sich auf die Lippe und versuchte, das Schuldgefühl zu verdrängen, doch so ganz gelang es ihr nicht. »Das hört sich so an, als würden wir nicht einmal unserem ärgsten Feind wünschen, in so einer Stadt zu wohnen.«

Mit großen Augen schaute Trudy Darcy an. »Du vergisst, was sie uns und den anderen Bräuten – besonders Evie und Bertha – angetan hat. Jetzt, wo dein Halbbruder hinter Gittern sitzt, *ist* Prudence unser ärgster Feind, auch wenn ich sie nicht als *Feindin* bezeichnen sollte. Eher als *eine zu Meidende.*«

Darcy hob das Kinn. »Das könnte ihr großes Los sein. Prudence hat die Wahl: Sie kann dieselbe unausstehliche Person bleiben oder sich verändern und zu einem besseren Menschen werden.«

Trudy kräuselte die Lippen. »Das Leben im Westen könnte genau das sein, was sie braucht.«

Das könnte das große Los für Prudence sein oder ihr Ende. »Und doch ...«, sagte Darcy langsam. »Ich glaube, wir müssen ihr eine Chance geben. Denkt daran, wie sehr wir uns verändert haben, seit wir ins Montana-Territorium gezogen sind.«

Gideon blinzelte ihr zu und deutete mit dem Daumen auf seine Brust. »Oder daran, wie sehr ihr *uns* verändert habt.«

Linas bestimmtes Nicken ließ ihre Korkenzieherlocken vor ihrer Stirn auf und ab wippen. »Das stimmt. Was schlägst du vor?« Sie sah Trudy an. »Hühner?«

»Ach du meine Güte, nein!« Trudys Ton klang eisern. »Ich stelle meine Hühner ganz gewiss nicht unter Prudences Aufsicht. Wisst ihr noch, wie sie den Pflichtunterricht über die Pflege von Hühnern im Hühnerstall besucht hat und dann nie wieder hingegangen ist?«

Eine Idee reifte in Darcys Kopf heran. »Jonah, wie muss man sich die Kulisse in Morgan's Crossing vorstellen?« Sie zeigte mit ausgestrecktem Arm auf die Stadt um sich herum. »So malerisch wie in Sweetwater Springs? Gibt es viele Blumen? Bäume?«

Jonah rieb sich das bärtige Kinn. »Soweit ich mich erinnern kann, wächst in Morgan's Crossing kaum was, höchstens in armseligen Gärten und so.«

»Ich hätte da einen Vorschlag«, sagte Darcy heiter. »Wir schicken Prudence ein paar Samen.«

»Gute Idee.« Trudy klopfte Darcy lobend auf die Schulter. »Jetzt ist es zu spät, um sie zu sähen. Aber so hat sie sie schon für den Frühling.«

»Wir können die Samen bei der Ernte sammeln«, stimmte Lina mit ein, »und sie versenden, sobald sie getrocknet sind.«

»Blumen auch«, fügte Trudy hinzu. »Vielleicht ein paar Zwiebeln, die Prudence schon jetzt für den Frühling einsetzen kann.«

»Abgemacht«, sagte Darcy, erleichtert darüber, einen Teil dazu beizutragen, Prudence und den anderen in Morgan's Crossing zu helfen. »Wenn sie das Bedürfnis hat, sich ein schönes Umfeld zu schaffen, wird sie hoffentlich ihre Abneigung überwinden, sich die Hände schmutzig zu machen.«

Mit schelmischem Grinsen schaute Lina zu Trudy und Darcy. »Es gibt nur eine Frage.«

»Und zwar?«, fragte Darcy.

»Wer schreibt Evie, Heather und Kathryn von diesen Neuigkeiten?«

Liebe Kathryn,

Ich habe vielleicht Neuigkeiten für Dich! Letztendlich haben wir Prudence Crawford in unserer Nähe und können niemand anderen als uns selbst dafür verantwortlich machen! Eines Sonntags ritt ein Mann auf Trudy, Lina und mich zu, während wir uns nach der Kirche unterhielten. Dabei musterte er uns ganz ungeniert, fast, als würde er uns mit seinen Blicken ausziehen oder unseren Wert wie den von Pferden abschätzen, die er kaufen wollte. Ich bin überrascht, dass er uns nicht aufforderte, die Münder zu öffnen und ihm unsere Zähne zu zeigen!

Dann sagte er, er sei der Bürgermeister von Morgan's Crossing, einer winzigen Stadt, die mit dem Pferd in zwei Tagen von Sweetwater Springs aus zu erreichen sei, und der Besitzer der Minen dort. Er suche nach einer Frau, und nun, da unser Erscheinungsbild ihm angemessen schien, habe er vor, Mrs Seymour zu schreiben, dass er eine Versandbraut anfordern wolle.

Kathryn, ich muss gestehen, der Mann irritierte mich. Ich sagte ihm, er solle unbedingt um Prudence Crawford bitten. Ich weiß, schrecklich gemein von mir. Aber die Worte sind mir einfach herausgerutscht! Trudy und Lina reagierten ähnlich auf seine Arroganz und spielten mit. Wahrhaftig, wir waren wohl recht boshaft!

Erst später ist uns eines klar geworden: Würde Mr. Morgan Prudence schreiben und sie sein Angebot akzeptieren, dann würde sie in unserer Nähe wohnen und uns plagen. Nun, da Hochmut vor dem Fall kommt, müssen wir für unsere Tat büßen, denn Prudence hat ihn geheiratet. Das wussten wir nicht, bis Mrs Norton uns die Botschaft überbracht hat, in der Annahme, wir würden uns darüber freuen. Wie es uns gelungen ist, die Fassung zu bewahren, weiß ich nicht.

Doch da wir keine Mitteilung von Prudence erhalten haben, mussten wir der Trauung nicht beiwohnen – ansonsten hätten wir uns dazu verpflichtet gefühlt, daran teilzunehmen. Offensichtlich möchte sie genauso wenig mit uns zu tun haben, wie wir mit ihr. Ich weiß nicht, ob ich Mitleid mit Mr. Morgan haben oder denken sollte, dass er nur das bekommt, was er verdient ... so wie auch sie.

Doch genug von Prudence Crawford, oder Mrs Michael Morgan, wie sie nun heißt. Ich möchte hören, was bei Dir alles geschieht. Wie geht es Deinem Tobit? Hat diese garstige Ziege Dich wieder angegriffen? Ist Deine Erinnerung voll und ganz zurückgekehrt? Hast Du Kopfschmerzen? Kommst du noch zum Klavierspielen oder bist Du zu beschäftigt in Deiner Rolle als Gattin eines Farmers? Hast Du Schüler angenommen? Wir haben alle lange nichts mehr von Heather und Evie gehört. Die beiden geraten bei unserem Briefwechsel immer mehr in den Rückstand und Du musst einiges aufholen, weil du mir wegen Deines Unfalls so lange nicht geschrieben hast!

(Ich mache nur Spaß. In Wirklichkeit bin ich so dankbar, dass Du keine schwereren Folgen davongetragen hast!)

Was mich angeht, so sind Gideon und ich ins neue Haus umgezogen. Ich bin froh, mehr Platz zu haben. Gideon und denjenigen, die uns bei dem Wiederaufbau geholfen haben, ist es gelungen, einige der einmaligen Details zu reproduzieren, die seine kleine Hütte so reizvoll gemacht haben. Oh Kathryn, es ist ein Segen für mich, so liebevolle Nachbarn zu haben!

Wir haben unseren Garten abgeerntet. Zum Glück wurde er vom Feuer verschont. Lina hat mit dem kleinen Adam ein paar Tage hier verbracht und mir beigebracht, wie ich unser Obst und Gemüse einmachen kann. Du kannst dir sicher vorstellen, wie wir über all meine Fehler gelacht haben! Und ich habe mich revanchiert, indem ich bei ihr Zuhause geholfen habe, obwohl ich eigentlich nur mit Adam gespielt habe, damit sie arbeiten kann. Ich weiß nicht, was ich ohne sie getan hätte! Ich bin sicher, Du hast Deine Zeit ähnlich verbracht. Haben Heather und Mrs Klinker Dir beigebracht, wie man in Gläser einlegt?

Fast jeden Abend gehen Gideon und ich zum Teich, setzen uns auf die Schaukel und beobachten, wie sich der Sonnenuntergang im Wasser spiegelt. Ich wünschte, ich wäre eine Künstlerin und könnte diesen wunderschönen Anblick malen. Ich muss Dir die Szene nicht beschreiben, denn ich weiß, dass auch Du in den Genuss der Schönheit des Montana-Territoriums kommst. Die Leute zu Hause wissen gar nicht, was ihnen fehlt ... auch wenn ich den Ozean vermisse und das wohl auch so bleiben wird.

Noch vor wenigen Monaten hätte ich mir so ein Leben nicht vorstellen können – mit lieben Freundinnen, die ich für immer ins Herz schließen würde, sympathischen Nachbarn, die zu treuen Freunden geworden sind, und – das Beste von allem – mit meinem aufopfernden Mann. Wer hätte sich träumen lassen, dass uns sechs so eine große Liebe erwartet?

Als ich meinen Brief noch einmal durchgelesen habe, ist mir aufgefallen, dass ich viele Ausrufezeichen verwendet habe. Wenn meine ehemalige Gouvernante das gelesen hätte, hätte sie mich schwer gezüchtigt. Doch Kathryn, mein Leben ist jetzt voller Emotionen und ich habe viele Beschränkungen meines früheren Daseins abgelegt, darunter auch Regeln der Zeichensetzung!

Von Herzen,

Darcy

Kapitel Neun

Am nächsten Tag saß Prudence auf der harten Wagenbank und unterdrückte ein Gähnen. Sie waren seit dem Sonnenaufgang auf und sie hatte nicht gut geschlafen. *Noch nie im Leben habe ich mich so gelangweilt.*

Sie hatte sich an der Seite des Sitzes festgehalten, um das Gleichgewicht zu bewahren, während der Wagen über die holprige Straße ratterte – ansonsten hätte Prudence voller Wut ihre Arme vor der Brust verschränkt. Am Morgen war sie so stolz auf sich gewesen, dass sie Michaels Bitte nachgekommen war, diese jämmerliche kleine Hütte zu ertragen. *Ich habe mich nicht darüber beklagt, wie würdelos es ist, seine Bedürfnisse zwischen diesen grässlichen Felsen und nicht auf einer richtigen Toilette zu verrichten, oder auf einem schmalen, harten Bett mit Strohmatratze ohne Laken zu schlafen, oder das kalte Hühnchen von Mrs Norton mit den Händen statt mit Besteck zu essen ...*

Doch das Schlimmste an dem Abend war die hochgradige Wahrnehmung jeder einzelnen Bewegung ihres Mannes. Er konnte sich nicht einmal eine Haarsträhne aus der Stirn streichen, ohne dass sie mit dem Blick verfolgte, wie er den Arm hob oder die Hand bewegte. Er war recht ruhig gewesen, doch sie hatte jedes seiner Worte zur Kenntnis genommen. Auch wenn sie erschöpft war, hatte sie ewig gebraucht, um einzuschlafen, denn sie war sich der Präsenz des Mannes bewusst, der nur wenige Meter entfernt im Bett an der gegenüberliegenden Wand lag.

Was nützt mir ein gutaussehender Ehemann, wenn er mich ignoriert? Vielleicht hätte ich mir einen hässlichen, aber aufmerksamen Ehemann wünschen sollen, der mich verehrt. Prudence dachte über die Idee nach, kam aber dann zu dem Schluss, dass ein hässlicher Ehemann noch schlimmer wäre, denn den würde sie weder ansehen wollen noch mit ihm gesehen oder von ihm berührt werden wollen. *Ich bräuchte ein Mittelmaß, einen der mich anhimmelt.* Als würde sie ein echtes Gespräch mit sich selbst führen, nickte Prudence entschieden.

Michael bemerkte die Bewegung, wandte sich ihr zu und hob die Brauen.

Ihre Wangen wurden heiß und sie suchte fieberhaft nach einem Gesprächsthema, um ihn abzulenken. »Erzählen Sie mir etwas ... äh ... Erzählen Sie mir etwas von den Menschen in Ihrer Stadt. Mrs Norton erwähnte, dass es nur wenige Frauen gibt?«

»Wir haben keine ledigen Frauen, also, das heißt, keine *anständigen* verfügbaren Frauen. Zwei Saloon Girls wohnen dort.« Er geriet ins Stocken. »Aber beide haben ein gutes Herz.«

Prudence strafte ihn nicht für die ungehörige Erwähnung der tugendlosen Frauen. *Mrs Seymour wäre so stolz auf mich.* Sie fragte sich, ob auch er die Dienste der Prostituierten genutzt hatte, beschloss jedoch, dass dies nicht der richtige Zeitpunkt war, um diese Frage zu stellen.

»Deshalb habe ich mich für eine Versandbraut entschieden.«

Erneut wirkten die gehobenen Mundwinkel eher wie eine mechanische Reaktion als wie ein echtes Lächeln und sie war verletzt.

»Dann ist da noch Mrs Tisdale, die für mich kocht. Sechs

Bergmänner sind verheiratet. Die meisten verheirateten Frauen haben Kinder. Eine, Portia Rossmore, ist in anderen Umständen.«

»Wie viele Kinder?«

»Zehn. Gott sei Dank haben wir in letzter Zeit keins der Kleinen verloren.«

Prudence schauderte bei dem Gedanken, denn sie wusste nur zu gut, welchen Schmerz Familien in solchen Momenten erlitten.

Er runzelte die Stirn. »Das Zusammenleben mit einem Rudel ungehobelter Bergarbeiter wird nicht gerade das sein, woran Sie gewöhnt sind, meine Liebe. Aber meistens sind es gutmütige Männer. Einige von ihnen, insbesondere die aus China, haben ihre Familien in der Ferne und senden ihren Lohn nach Hause. Die Morgenländer bleiben eher unter sich. Manchmal kommt es im Rigsby's, also im Saloon, zu Streitigkeiten, wenn meine Männer zu viel trinken, aggressiv werden, raufen, Flaschen und Stühle demolieren.«

»Oh mein gütiger Himmel!«, rief Prudence entsetzt. Sie bedeckte sich den Mund mit der Hand.

»Machen Sie sich keine Sorgen! Sie werden den Saloon nicht besuchen, also haben Sie damit nichts zu tun.«

»Was passiert dann? Werden sie verhaftet?«

Er schüttelte den Kopf. »Wir haben keinen Sheriff, auch wenn ich Wächter für die Mine habe, die für Ruhe sorgen, falls es nötig ist. Meist gehen die Männer selbst auf Patrouille. Sie schnappen die Täter und werfen sie in den Fluss. Dann werden sie recht schnell wieder nüchtern. Besonders im Winter.«

Fasziniert kicherte Prudence.

Michael zuckte zusammen und warf ihr einen Blick von der Seite zu, als hätte ihre Reaktion ihn überrascht. Dieses Mal breitete sich das Lächeln bis zu seinen Augen aus.

In ihrem Magen drehte sich alles und ihr Herz schlug

schneller. Sie konnte nicht anders als zurück zu lächeln und wollte diesen Moment der Einigkeit verfestigen. Äußerst wagemutig strich Prudence mit den Fingerspitzen kurz über seinen Oberschenkel und weidete sich an dem Gefühl, diesen Mann zu berühren. *Er gehört mir!*

Michael grinste. Er legte die Zügel in eine Hand und griff nach ihrer, um ihre Fingerspitzen zu küssen.

Selbst durch die Handschuhe hindurch spürte sie die Berührung seiner Lippen, die ihr einen Schauer über den Rücken jagte. »Mr. Morgan ...« Stotternd hielt Prudence inne, nicht sicher, was sie sagen wollte.

»Müssen wir so förmlich sein? Können wir uns nicht beim Vornamen nennen? Und uns duzen?«

»Selbstverständlich, *Michael*.« Nur ein kleines Wörtchen, und doch erschien die Verwendung seines Vornamens so intim. *Eines Tages würden weitere Vertraulichkeiten folgen.* Zum ersten Mal hatte die Vorstellung einer körperlichen Beziehung zu einem Ehemann etwas Verlockendes an sich, denn sie spürte, welch himmlische Gefühle er in ihr erweckte.

Vielleicht wird diese Ehe doch gar nicht so schlecht, grübelte Michael und erlaubte sich erneut zu hoffen. Er ließ die Zügel schnellen, um die Pferde anzutreiben. Letzte Nacht hatte Prudence ihn mit ihrem sympathischen Benehmen überrascht und bewiesen, dass sie standhafter war, als er vermutet hatte. Obwohl er zufrieden war, dass er sie so gut manipuliert hatte, litt Michael auch unter der Last des unerwünschten Verantwortungsgefühls ihr gegenüber und fühlte sich an eine Frau gefesselt, deren Aussehen und Persönlichkeit ihm nicht im Geringsten zusagte.

Doch ihre mutige Berührung an seinem Bein und ihr unerwartetes, heiseres Gelächter, als er ihr von den betrunkenen Männern und dem Fluss erzählt hatte, nahmen ein wenig Gewicht von seinen Schultern.

Durch das Lachen wirkten Prudences Züge weicher und ein Leuchten trat in ihre blassen Augen. Als er ihre Hand küsste, schaffte die Schamröte auf ihren Wangen eine Illusion von Schönheit. Ganz unerwartet fühlte er sich zu ihr hingezogen – obwohl er seit dem ersten Moment, in dem er sie erblickt hatte, bezweifelt hatte, dass er jemals so etwas empfinden könnte.

Froher gestimmt, setzte er ihre Unterhaltung fort, beschrieb die Bewohner seiner Stadt und erzählte Prudence amüsante Geschichten – nur, um sie lachen zu hören. Zu guter Letzt genoss er die Reise, und mit fortschreitender Zeit kamen sie sich immer näher.

Die Schatten wurden länger und die Sonne stand tief, als sie den letzten Hügel vor sich hatten, der sie von Morgan's Crossing trennte. Bald würde die Stadt ins Blickfeld rücken. Er verstummte, als ihm bewusst wurde, dass er bald die Rechnung für seinen irreführenden Brief bekommen würde.

Im Nachhinein erkannte Michael, dass er einen fürchterlichen Fehler begangen hatte, als er die Wahrheit über sein Heim und seine Bevölkerung vertuscht hatte. Er war so sehr darauf konzentriert gewesen, die bestmögliche Braut anzulocken, dass er nicht durchdacht hatte, was passieren würde, wenn er die Frau nach Hause brachte.

Was mache ich jetzt? Soll ich alles gestehen? Mich entschuldigen? Mich durch die Sache durchmanövrieren, als wäre nichts verkehrt? Er war nie der Typ für Entschuldigungen gewesen, denn er dachte, dass sie einen Mann schwach aussehen ließen. Und wenn er jetzt mit der ersten anfing, dann würde Prudence auch für den Rest ihrer Ehe weitere erwarten. Er wand sich. *Keine Entschuldigungen.*

Michael blinzelte im Licht der untergehenden Sonne und fragte sich, ob er die Pferde zügeln sollte, damit sie in der Dunkelheit ankommen würden – und er so das Unvermeidliche hinausschieben konnte. Doch er war müde und wollte essen, und so hielt er die Zügel unverändert in der Hand.

»Wie weit ist es noch?«

»Nicht mehr weit.« Er wies mit dem Kinn in die richtige Richtung. »Sobald wir an diesem Hügel hier vorbei sind, siehst du die Stadt in der Ferne.«

Prudence machte einen kleinen Hüpfer auf ihrem Sitz und klatschte in die Hände. »Oh, ich kann es kaum erwarten«, rief sie mit leuchtenden Augen.

Nun verstand Michael, warum man sagte, dass einem das Herz in die Hose rutscht, denn seines war schwer wie Blei abgesackt. Er öffnete den Mund, um sie zu warnen, presste dann jedoch die Zähne zusammen und starrte geradeaus. *Es ist sinnlos, im Topf zu rühren, bevor das Wasser kocht. Vielleicht findet sie den Ort ja gar nicht so schlecht.* Er würde abwarten und mit ihrer Reaktion umgehen, wenn es soweit war.

Kapitel Zehn

Prudence war so aufgeregt über die Ankunft in der Stadt, die sie bald ihr Eigen nennen würde, dass sie auf dem Sitz herumzappelte, als wäre sie ein Kleinkind. Die stundenlange Unterhaltung mit Michael, sein wärmeres Benehmen ihr gegenüber, die Geschichten und das gemeinsame Lachen hatten ihre Zweifel über ihren Ehemann in Luft aufgelöst. Egal, wie seine anfängliche Reaktion auf sie gewesen war – er hatte sich verändert.

Ihre Fantasien über ihr Leben als First Lady von Morgan's Crossing kehrten zurück, auch wenn sie sich dieses Mal nicht vorstellte, wie sie den Gehweg der Hauptstraße am Arm eines gesichtslosen Gentlemans entlang stolzierte. Nein, nun hatte sie vor Augen, wie sie spazieren ging, die Hand um den Ellenbogen des gut aussehenden Michael Morgan gelegt und so glücklich, dass sie förmlich überschäumte.

In ihre Tagträume versunken, entging Prudence, dass ihr Ehemann verstummt war. Das Wagenrad holperte über einen Felsbrocken, sodass ihr Hintern schmerzte und sie sich wieder ihrer Umgebung bewusst wurde. Als sie fragte: »Wie weit ist es noch?« lauschte sie seiner Beschreibung und lehnte sich nach rechts, als könne sie am Hügel vorbei schauen und die Stadt schneller sehen. Sie war so ungeduldig, dass ihr jede Drehung des Rades, jeder Hufschlag zu langsam erschien.

Endlich hatten sie den Hügel umrundet. Prudence blinzelte, konnte die erwartete Stadt jedoch nicht erkennen – keine hohen Bäume um einen Stadtplatz herum, keine mehrstöckigen Gebäude, keine flatternde Flagge an einer Fahnenstange vor einem Gerichtshof mit Steinfassade, kein Kirchturm, der sich gen Himmel streckte. Sie fragte sich, ob die Sonnenstrahlen ihr die Sicht raubten und schirmte sich mit der Hand die Augen ab. *Immer noch nichts.* Nach einer Weile wurde ihr Arm müde und sie senkte die Hand, bemüht darum, eine Vorahnung zu verdrängen.

Sie kamen an einen breiten Fluss, größer als die Wasserläufe, die sie bisher überquert hatten. Eine Holzbrücke mit niedriger Brüstung spannte sich über das Wasser – das erste Anzeichen von Zivilisation, das sie an diesem Tag sah. Die Hufe klapperten und die Räder ratterten, als der Wagen über die Brücke fuhr. Sie zeigte auf das Wasser. »Ist das der Grund für den Namen der Stadt?«

»Zum Teil ja. Bevor ich die Brücke vor zwei Jahren gebaut habe, war dies hier die einzige Furt meilenweit. Doch es gibt auch noch einen weiteren Fluss auf der anderen Seite der Stadt, der etwa eine halbe Meile stromabwärts in diesen hier fließt. Die Stadt wurde zwischen den beiden erbaut. In diesen Gewässern kann man gut fischen. Die besten Forellen, die du je essen wirst.«

Sie rümpfte scherzhaft die Nase. »Da muss ich dich wohl beim Wort nehmen.«

Er grinste. »Ich habe nicht viel Zeit zum Fischen, aber eines Tages bringe ich dich hin.«

»Mich?« Dieses Mal rümpfte sie die Nase nicht zum Scherz. »Warum sollte ich jemals *fischen* wollen?«

Das Grinsen wich von seinem Gesicht. »Vergiss meine Bemerkung.«

Prudence biss sich auf die Lippe und bereute ihre überstürzte Antwort, war sich jedoch nicht sicher, wie sie den Riss, der sich soeben wieder zwischen ihnen aufgetan hatte, kitten sollte. Zum ersten Mal erkannte sie, wie wahr Mrs Seymours Warnung war und begriff, dass sie diese neue Beziehung, die ihr schon lieb und teuer war, so einfach ruinieren konnte. *Aber fischen? Was hätte ich anderes antworten können?*

Besser ist es, gar nichts zu sagen. Prudence lehnte sich an die Sitzbank zurück und flößte sich ein, positiv auf Morgan's Crossing zu reagieren. Sie wusste, dass nicht alles nach ihrem Geschmack sein würde, sagte sich jedoch, dass sie diese Dinge ignorieren und sich stattdessen auf das konzentrieren sollte, was ihr gefiel. *Dankbarkeit*, ermahnte sie sich.

»Da ist die Stadt.« Sein Ton war steif und verhalten.

Winzige Gebäude rückten in ihr Blickfeld. Prudence richtete sich auf und versuchte, klarer zu sehen. *Mit Sicherheit müssten sie höher sein und auch mehr.*

Wir sind noch zu weit entfernt, beruhigte sie sich. *Ich werde erst in ein paar Minuten besser sehen können.*

Doch auch als sie näher kamen, gelang es Prudence nicht, die Häuserreihen zu erkennen, nach denen sie suchte. Ihr Magen zog sich vor Entsetzen zusammen und ihr Herzschlag verlangsamte sich, sodass sie ein schweres Hämmern gegen die Rippen spürte. Sie presste die Lippen aufeinander und sträubte sich, den letzten Hoffnungsschimmer aufzugeben.

Die Straße gabelte sich, wobei eine Abzweigung in die Stadt führte, während die andere sich um einen niedrigen Hügel wand.

Michael wies mit dem Kopf nach links zu einem Hügel, den man in Missouri wahrscheinlich als Berg beschrieben hätte. Die dunklen, purpurgrauen Berge in der Ferne wirkten jedoch sehr viel höher. »Die Mine ist dort oben. Morgen bringe ich dich hin, damit du sie dir ansehen kannst.«

Nach Atem ringend drehte sie sich zu ihm um und starrte ihn an. »Du meinst von innen?«

Er nickte.

Prudence konnte sich nicht vorstellen, so etwas zu tun. Doch als Frau des Besitzers war ein Besuch vielleicht irgendwann in der Zukunft angebracht.

Je näher sie der Gebäudegruppe kamen, desto enger zog ihr Magen sich zusammen. Als die Pferde nach rechts schwenkten, sah Prudence ein zweistöckiges, graues Haus im Queen-Anne-Stil mit burgunderfarbenen Zierleisten und einer großen weißen Veranda, und sie entspannte sich. Auch wenn das Haus in St. Louis kaum mehr als durchschnittlich gelten würde, war die Behausung – ausgehend von dem, was sie bisher vom Montana-Territorium gesehen hatte – sehr viel eleganter als die meisten anderen, sogar in Sweetwater Springs.

Ihre Angst ließ nach. Mit Häusern wie diesem in der Stadt musste Michaels Heim wirklich eine Villa sein.

Als sie die Straße eingeschlagen hatten, die zu dem Gebäude führte, konnte Prudence die restlichen baufälligen Hütten sehen und ihr Körper vibrierte vor Entsetzen. *Herrje, das ist ja nicht mehr als ein Bergarbeiterlager!*

Hektisch schaute sie sich nach dem Herrenhaus um, doch sie konnte kein anderes Gebäude entdecken. Die Bretterbuden konnte sie nicht als echte Häuser zählen, denn sie waren kaum mehr als Kästen, die wie misslungene Pilze auf beiden Seiten der Straße aus dem Boden schossen. Mehrere Canans-Zelte reihten sich am anderen Ende der Straße aneinander. Rigsby's Saloon war leicht auszumachen. Ein Geschäft. Ein Gebäude, das eine Kirche oder eine Schule sein konnte und dann ein großes, rechteckiges Haus mit zwei Stockwerken und einer Veranda auf der Vorderseite.

Das kann doch nicht Michaels Haus sein? Bevor sie aufschreien konnte, erinnerte Prudence sich daran, dass er gesagt hatte, sein Haus sei neu. Erleichtert drehte sie sich nach der Villa suchend hin und her und fragte sich, ob sie wohl aus Backstein, Naturstein oder Holz erbaut war.

Michael brachte den Wagen vor dem grauen Haus zum Stehen. »Wir sind da, meine Liebe«, sagte er herzlich.

Entgeistert schaute sie von seinem Gesicht zum Haus. »Du hast geschrieben, dass du in einer Villa lebst.« Ihre Stimme überschlug sich fast und steif streckte sie eine Hand aus, als würde sie die Wahrheit damit zurückhalten wollen. »Das ist *keine Villa*.« Der letzte Satz kam fast als Schrei aus ihrem Mund.

Er zuckte zusammen. Ein Ausdruck der Enttäuschung flammte in seinen Augen auf, doch rasch versteckte er ihn hinter einer süffisanten Miene. Michael schwang die Hand durch die Luft. »Schau dich um, meine Liebe. Ist mein Heim – jetzt *dein* Heim – im Vergleich zu den anderen keine Villa?

Enttäuschung und Ärger fraßen sich in ihren Magen, sodass Prudence übel wurde.

Ein Ruf am Ende der Straße brachte die Männer dazu, aus dem Saloon zu strömen und auf sie zuzustürmen. Zwei Frauen in knielangen Kleidern mit tiefem Dekolletee mischten sich unter die Menge. *Skandalös!*

Einige Männer lösten sich aus dem Gewühl und rannten in die andere Richtung auf die Hütten zu. Frauen, einige davon mit Babys auf dem Arm, einige mit Kindern an der Seite, eilten aus jenen Häusern und gesellten sich zu ihren Männern in der Menschenmasse, die ihnen entgegenkam.

Alarmiert beobachtete Prudence die Flut von sich nähernden Männern in grober Kleidung, die lachten und lautstark Fragen und Bemerkungen an Michael richteten, wobei sie ihn als *Boss* bezeichneten. Nicht einmal in ihren schlimmsten Albträumen hatte sie sich ihre Ankunft in Morgan's Crossing so vorgestellt.

Die Menschenmasse drängte sich um den Wagen. Ein Windstoß trug den Gestank nach ungewaschenen Körpern zu ihr.

Instinktiv schnitt sie eine Grimasse und hob die Hand, um sich die Nase zu bedecken.

Das Grinsen auf den Gesichtern der Männer erstarb und das Lachen wich einer Totenstille.

»Na, da hast du ja was angerichtet«, murmelte Michael halblaut.

Die Ungerechtigkeit dieser Bemerkung traf sie. *Ich war so gut auf dieser Reise – und habe all meine Selbstbeherrschung aufgebracht!* Sie senkte die Hand. »Was habe ich angerichtet?«, fragte sie schnippisch.

»Jetzt sei leise!«

Prudence schenkte seiner Verwarnung keine Beachtung. »Du hast mich *belogen*, Michael Morgan. Mir *falsche* Informationen geschrieben. Du hast einen Meineid begangen.«

»Dann erschieß mich doch«, grummelte er.

»Gib mir deine Pistole und ich tue es.«

»Sodass du als reiche Witwe zurückbleibst?«

»Reich? Ha!« Prudence würzte ihre Worte mit Hohn und deutete mit ausladender Armbewegung auf die Stadt. »Bedeutet so ein Leben für dich Reichtum? Da leben in St. Louis ja selbst die Bettler besser.« Sie starrte in die Menge.

Die unheilvollen Blicke der Männer ließen sie erschaudern. *Warum schieben sie mir die Schuld zu, obwohl er den Fehler begangen hat?*

Michael warf ihr einen düsteren Blick zu, bevor er die Augen auf die Bevölkerung richtete und ein charmantes Lächeln aufsetzte. Er nahm ihre Hand.

Und beinahe wäre ich auf dieses Lächeln reingefallen. Sie versuchte, sich zu lösen.

Er drückte fester zu, sodass sie den Arm nicht mehr

bewegen konnte. »Ich möchte Ihnen meine Frau, Prudence Morgan, vorstellen. Sie müssen sie entschuldigen. Meine liebe Braut hat eine lange Reise hinter sich. Sie ist erschöpft und nicht sie selbst.«

Erzürnt darüber, welche Lügen er unter ihnen verbreitete, rutschte Prudence auf ihrem Sitz zur Seite, um ihm einen Tritt gegen den Knöchel versetzen zu können.

»Lassen Sie uns für eine Weile unsere Privatsphäre.« Er richtete ein Lächeln an die gesamte Gruppe und blinzelte.

Prudence ächzte und spannte den Fuß – doch ihre Ferse verfing sich in ihrem Saum. Sie bückte sich, um sich zu befreien.

»Morgen Abend geben wir ein Fest für alle. Sie werden die Gelegenheit haben, meine liebenswürdige Braut willkommen zu heißen.« Er sah sie mit einem Lächeln an, das selbst Honig zum Schmelzen gebracht hätte.

Nur sie konnte die Verachtung in seinen Augen erkennen. Entsetzt über Michaels Einladung ließ Prudence den Fuß sinken. *Ein Fest? Morgen? Für die ganzen Leute? Wusste er nicht, dass eine erfolgreiche Feier wochenlange Planung benötigte?*

Michael entließ die Menschen mit einem Handzeichen.

Begleitet von Gemurmel und Seitenblicken in ihre Richtung entfernten sich die Männer, die Frauen folgten.

Nur eine ältere Frau mit schneeweißem Haar blieb stocksteif stehen, die Arme in die runden Hüften gestemmt. »Mr. Morgan, wie meinen Sie das, dass Sie morgen ein Fest geben?«, fragte sie säuerlich. »Ich hoffe, Sie haben jede Menge Vorräte in Ihrem Wagen, ansonsten habe ich keine Ahnung, wie Sie die ganze Stadt ernähren wollen.«

Prudence fühlte sich dieser Frau unmittelbar verbunden – zumindest, bis sie ihre Worte in sich aufgenommen hatte. »Sie meinen, es gibt nicht genug Lebensmittel für ein Fest?« Sie schaute ihren Mann an. »Wie konntest du mir so etwas antun?«

Er krümmte die Schultern und hatte den Anstand, zumindest verlegen dreinzuschauen. »Ich habe das alles nicht genau durchdacht.«

Fast erweichte sich Prudences Herz.

»Ich habe versucht zu verhindern, dass ein Massenurteil gegen dich gefällt wird, wenn du dir vor ihnen die Nase zuhältst.«

»Sie haben *gestunken*.« Prudence schaute die Frau an und ihr wurde bewusst, dass sie diese womöglich auch gerade beleidigt hatte.

Auf das ernste Gesicht der Frau trat ein Lächeln, das ihre Haut mit Fältchen übersäte. »Und ob sie das tun«, stimmte sie zu. »Das habe ich ihnen auch schon oft gesagt.«

Erleichtert lächelte Prudence sie an.

»*Meinem* Sohn ist es nicht gestattet, die Schwelle unseres Hauses zu übertreten, ohne sich zuerst gewaschen zu haben – zumindest an warmen Tagen. Und Samstag wird regelmäßig gebadet, so sehr er sich auch darüber beklagt, Wasser für die Wanne holen zu müssen. Sie warf Michael einen unmissverständlichen Blick zu. »Ich habe Ihnen doch gesagt, dass diese Stadt ein Badehaus benötigt.«

Badehaus? Prudence beäugte die winzigen Hütten und sah zum ersten Mal die Latrinen dahinter. Mit stockendem Atem schaute sie zum grauen Haus hinüber. *Bitte, lass dort ein Badezimmer sein! Ich sehne mich nach einem heißen Bad!*

Die Frau lächelte Prudence an. »Die Badewanne ist bereits mit heißem Wasser gefüllt. Ich habe mir schon gedacht, dass Sie ungefähr jetzt eintreffen würden. Es sollte noch angenehm warm sein.«

»Danke.« Prudence war sich noch immer nicht sicher, ob die Dame über eine Wanne in einem Badezimmer sprach oder nicht. Sie wollte nicht fragen müssen.

Michael schaute abwechselnd von einer Frau zur

anderen. »Mrs Morgan, darf ich dir meine Köchin, Mrs Tisdale, vorstellen?«

Die Frau nickte lächelnd. »Ihr Essen ist schon fertig und wird im Ofen warm gehalten. Leider nur Kanincheneintopf, nur für den Fall, dass Sie später eingetroffen wären. Ich wollte kein anderes Gericht verschwenden.«

Kanincheneintopf? Prudence erstarrte. So etwas hatte sie noch nie gegessen.

Mrs Tisdale nickte entschieden. »So konnte ich mir sicher sein, dass Sie den Topf problemlos hätten erwärmen können, wenn Sie später eingetroffen wären. Zu diesem besonderen Anlass habe ich auch eine Hochzeitstorte gebacken.«

Das Lächeln und die Erwähnung der Hochzeitstorte trieben Prudence die Tränen in die Augen. Warum diese Frau, die doch eigentlich eine Bedienstete war, diese Wirkung auf sie ausübte, wusste sie nicht. Im Grunde genommen verrichtete Mrs Tisdale ja nur ihre Arbeit. Doch die Frau hatte sich, was das Fest anbelangte, gegen Michael gestellt und so riskiert, gefeuert zu werden. »Wie aufmerksam. Danke.«

»Heute haben Mrs Rivera und ich uns die Freiheit genommen, die Betten abzuziehen und die Laken zu waschen. Auch den Boden haben wir gefegt und gewischt.«

Michael lehnte sich näher zu Prudence. »Wenn es nötig ist, putzt Mrs Riviera das Haus und kümmert sich um die Wäsche.«

»Wenn du es für nötig hältst?«, wiederholte Prudence, nicht sicher, ihn verstanden zu haben. *Muss das Haus nicht jeden Tag geputzt werden? Und die Wäsche jede Woche gewaschen werden?*

»Etwa alle paar Wochen.«

»Alle paar Wochen?« In ihren Ohren klang ihre Stimme vor Fassungslosigkeit ganz schwach.

Michael schaute Prudence mit unnachgiebigem Blick an. »Jetzt, wo *du* da bist, *meine Liebe*, brauchen wir weder Mrs

Riveras Waschdienste, noch Mrs Tisdale zum Kochen.«

Prudence schaute ihn entsetzt an, richtete den Blick dann auf Mrs Tisdale und sah ihre besorgte Miene. Offensichtlich war die Frau auf ihre Arbeit angewiesen.

Ihre Entschlossenheit verfestigte sich. Sie würde diesem Mann nicht erlauben, sie herumzukommandieren und die einzigen Bediensteten, die sie offensichtlich hatte, zu entlassen.

Besser, ich zeige ihm gleich, wo es langgeht. Prudence hob das Kinn. »Du warst derjenige, der die ganze Stadt zu einem *Fest* eingeladen hat. Stell dir vor, wie die Leute sich morgen Abend fühlen werden, wenn sie vor einem *leeren Tisch* stehen, weil deine Frau sich weigert, sich von dir wie eine Sklavin behandeln zu lassen.«

Sie hat mich in der Hand. Michael starrte seine Frau an, verärgert darüber, dass sie ihn aus der Fassung gebracht und ihn so dazu getrieben hatte, solch eine dumme Äußerung über das Kochen zu machen, die ihn nur in Schwierigkeiten gebracht hatte. Vor seinem geistigen Auge sah er den sprichwörtlichen Scheidepunkt: Er wusste, dass er seine Dummheit entweder noch steigern konnte, indem er Prudence dazu zwang, für das Fest zu kochen. Oder aber er würde einen Rückzieher machen und einräumen, dass er einen Fehler begangen hatte. Doch wenn er das tat, würde er sie gewinnen lassen – kein guter Präzedenzfall für den Beginn ihrer Ehe.

Gott sei Dank habe ich Mrs Tisdale noch nicht offiziell gekündigt – ansonsten hätte ich zu meinem Wort stehen müssen. Michal hatte die Absicht gehabt, die Kochfähigkeiten seiner Gattin auf die Probe zu stellen, bevor er beschließen wollte, was mit Mrs Tisdale geschehen sollte. Er schaute die beiden Frauen finster an. »Es ist spät und ich bin müde. Wir besprechen alles morgen früh.«

Mrs Tisdale warf Prudence einen bemitleidenden Blick zu, der Michael nur noch mehr aufbrachte. Er würde nicht zulassen, dass seine Gemahlin sich mit seinen Angestellten gegen ihn verschwor.

Pah! Meine Fantasie geht mit mir durch.

Er kletterte vom Wagen und schaute sich nach seinem Stallburschen um.

Howie Brungar, lang und dürr, schlich aus dem Schatten an der Seite der Veranda und schlenderte auf ihn zu.

»Bring die Koffer meiner Frau hinein! Trage sie ins Schlafzimmer!« Michaels Anweisung klang kürzer angebunden, als es gewollt war. Er atmete tief ein und ging auf die andere Seite des Wagens, um Prudence beim Aussteigen zu helfen.

Sie nahm seine Hand, vermied jedoch jederlei Augenkontakt.

Howie begann, den Wagen auszuladen.

Michael biss den Kiefer zusammen. Dies hätte ein siegreicher Moment sein sollen – er brachte seine Braut in sein neues Zuhause und verschaffte Morgan's Crossing eine First Lady. Doch ihre Heimkehr glich einem Trümmerhaufen und er hatte keine Ahnung, wie sie die Sache wieder geradebiegen sollten. Vielleicht fühlte er sich nicht von Prudence angezogen und hätte anstelle der Frau, die er letztendlich bekommen hatte, eine andere bevorzugt – doch nun war er an sie gebunden und musste das Beste aus der Situation machen.

Seine Frau streckte Mrs Tisdale die Hand entgegen. »Es ist mir eine Freude, Sie kennenzulernen. Vielen Dank, dass Sie uns das Essen gebracht haben. Ich bin ganz ausgehungert.«

»Es ist mir eine Freude, Mrs Morgan. Die Badewanne steht im Schlafzimmer. Alles, was Sie tun müssen, ist, noch mehr heißes Wasser hinzuzufügen.«

Prudence ließ Mrs Tisdales Hand los und fuhr zu ihm herum. »Willst du mir etwa sagen, dass du kein Badezimmer hast?«

In Gedanken fluchend, hielt Michael besänftigend die Hände hoch. »Also, um korrekt zu sein, hat *Mrs Tisdale* dir gesagt, dass wir kein Badezimmer haben.«

»Weiche mir nicht aus, Michael Morgan.« Ihr Ton war messerscharf, knapp an der Grenze zur Hysterie.

Er verkniff sich eine Antwort.

»Hast du sanitäre Einrichtungen im Haus?« Zornig sah ihn Prudence mit erhobenem Zeigefinger an.

»Du wirst dich freuen zu hören, dass es eine Pumpe im Küchenwaschbecken gibt.«

»Was ist mit einer Innentoilette?«

Er schüttelte den Kopf. »Vielleicht in der Zukunft. Für den Moment gibt es ein Klohäuschen.«

»Ach du lieber Gott!« Prudence schaute die Straße entlang, als würde sie die Flucht in Erwägung ziehen. Ihr Gesicht errötete und in ihren Augen schien ein Feuer zu lodern. Sie sah aus wie ein Kessel voller Dampf, der kurz vor der Explosion stand.

Ich sollte sie besser erst hineinbringen.

Howie schlenderte aus dem Haus und gab ihm ein knappes Zeichen, um ihm mitzuteilen, dass er seinen Auftrag erledigt hatte.

»Kümmere dich um die Pferde!« Michael zog Prudence am Ellenbogen. »Komm in dein neues Heim, meine Liebe.«

Sie riss ihren Ellenbogen los.

Er seufzte und bezweifelte, dass der restliche Abend leichter werden würde.

Kapitel Elf

Bei seinem zweiten offensichtlichen Versuch, sie ins Haus zu manövrieren, bot Michael Prudence den Arm an, um sie die Treppen hinauf zu geleiten und tat so, als wäre dies eine normale Heimkehr.

Sie ignorierte ihn, kochend vor Wut und tief enttäuscht – nicht nur, weil sie die Wahrheit über Morgan's Crossing entdeckt hatte, sondern, weil sie so glücklich gewesen war: Sie hatte die Unterhaltung mit ihrem gutaussehenden Ehemann genossen und sich schon auf die Ankunft in ihrem neuen Zuhause gefreut. Selbst die Erniedrigung, auf ihrer Reise einen Busch als Toilette benutzen zu müssen, hatte kaum mehr als ein paar psychische Beschwerden in ihr verursacht, die sie Michael gegenüber tugendhaft nicht zum Ausdruck gebracht hatte.

Fröhlich. Ja, dieses Wort beschreibt, wie ich mich heute gefühlt habe. Sie hob ihre Röcke und schleppte sich mit schweren Gliedern die Treppe hinauf.

Prudence wurde bewusst, dass sie gerade mehr als ihr imaginäres Zuhause verloren hatte. *Ich habe die in meinem Herzen gedeihende Hoffnung verloren, dass das Leben, zum ersten Mal seit Lissas Tod, anders sein würde. Ich würde anders sein – leichter, zufrieden, sogar liebenswürdig.* Fast hätte sie beim letzten Wort geschnaubt – allerdings schnaubte man als Dame nicht, also unterdrückte sie mit Mühe ihre Reaktion.

Michael öffnete eine der äußeren Flügeltüren. Glas glänzte in den oberen Hälften. »Herzlich willkommen in deinem neuen Heim, meine Liebe.«

Er klingt gar nicht herzlich. Ganz im Gegenteil. Getroffen von seinem sarkastischen Ton, ignorierte Prudence den Mann und schritt an ihm vorbei, als wäre er nicht mehr als ein Butler. Im kleinen Vorraum wartete sie darauf, dass er an ihr vorbei ging, um die zweite Doppeltür zu öffnen, die ebenfalls mit Glasscheiben versehen war.

Aus den Augenwinkeln sah sie, wie Michael die Innentüren mit überschwänglicher Geste öffnete. Er verbeugte sich und richtete sich mit einladender Armbewegung wieder auf, um sie hinein zu geleiten.

Prudence drehte ihren Kopf gerade einmal weit genug, damit er sehen konnte, wie sie die Augen verdrehte, um ihm zu zeigen, was sie von seinem Theater hielt. Dann richtete sie den Blick nach vorn und ging an ihm vorbei durch die Eingangstür.

Im Schatten der draußen fortschreitenden Abenddämmerung schien der Eingangsbereich recht groß. Eine Öllampe brannte auf einem kleinen Tisch, gegenüber einer geraden Treppe, deren letzte Stufen vor dem Boden immer breiter wurden und deren Geländer sich zu einer Spirale bog. *Zufriedenstellend.*

»Also, was meinst du?«, fragte Michael mit leichtem Bangen in der Stimme.

Seine Gefühle sind mir egal. Innerlich zuckte Prudence die Achseln. »Ich mag Wendeltreppen lieber.« Sie warf ihm einen verstohlenen Blick zu, um seine Reaktion auf ihre Kritik zu sehen.

»Ich verstehe.« Sein Ton klang sanft. Er wies mit dem Daumen nach rechts. »Der Salon.«

Prudence näherte sich dem Tischchen und griff zur Öllampe. Dabei wurde ihr bewusst, wie sehr sie die Gaslampen und den Strom vermissen würde – Neuheiten, die vor Kurzem in St. Louis angelangt waren. Mit der Lampe vor sich ging sie in den Salon und wünschte, er wäre so groß wie der aus zwei Zimmern bestehende der Agentur.

Im kleinen Lichtkreis der Lampe sah sie eine große Couch mit Kissen, die aus violett-blauem Samt zu sein schienen. Ihr gefiel die Farbe, aber das würde sie nicht sagen. Der abgenutzte Ledersessel neben dem Sofa wirkte fehl am Platz. Prudence schaute sich um, sah jedoch keine weiteren Einrichtungsgegenstände. Mit erhobener Lampe drehte sie sich langsam herum und spähte in alle Ecken des Raumes – doch mehr als einen runden Ofen an der gegenüber liegenden Wand sah sie nicht.

Michael blieb wie angewurzelt stehen. »In meinem Brief habe ich erwähnt, dass du die Möbel aussuchen sollst.«

»Eine weitere Zweideutigkeit«, sagte sie in frostigem Ton und ließ die Lampe sinken. »Ich muss sagen, diese letzten paar Minuten haben mir einen erhellenden Einblick in deinen wahren Charakter gegeben.«

»Ich denke, ich kann das gleiche von dir sagen.« Michaels kühle Art stand ihrer in nichts nach.

Prudence machte eine Bewegung mit dem Kinn, um anzudeuten, dass sie den Salon verlassen und den Rest des Hauses besichtigen sollten.

»Mein Arbeitszimmer liegt direkt gegenüber.« Ohne auf sie zu warten, drehte er sich um, ging durch die Tür und auf die andere Seite.

Angesichts seiner Unhöflichkeit verdrehte Prudence erneut die Augen und folgte ihm dann. Im Büro entdeckte sie Bücherregale auf beiden Seiten eines waldgrünen Kachelofens. Sie nahm den Geruch von Eintopf wahr und schaute finster drein, als ihr klar wurde, dass die Küche unangenehm nah sein musste.

Sie hob die Lampe und warf das Licht auf die leeren Regale. *Hat er all seine Bücher aus einem bestimmten Grund weggepackt?* Auch wenn ihre Haushaltung in der Agentur sie zu sehr eingebunden hatte, um lesen zu können, so hatte sie doch, als sie noch zuhause lebte, ihre Zeit lieber mit dem Lesen als in Gesellschaft verbracht. Mit schmerzlichem Bedauern dachte sie an die Bibliothek ihrer Eltern – ein Zimmer mit deckenhohen Regalen, die vor Büchern, einige davon Erstauflagen, fast überquollen. »Wo sind deine Bücher?«

»Sie müssen noch besorgt werden. Ich hatte gehofft, du würdest welche mitbringen, so wie deine Freundin Trudy Flanigan.«

»Trudy hat praktisch den gesamten Inhalt des Hauses ihres Vaters mitgebracht«, entgegnete Prudence schnippisch, um den Anflug von Trauer zu verbergen. »Ich reise wesentlich leichter.« Sie hatte nicht die Absicht, ihm von den beschämenden Verlusten ihrer Familie zu erzählen.

Gott sei Dank, dass ich ein paar Bücher mitgebracht habe. Sie hatte die Geschichten von Louisa May Alcott aufbewahrt, die sowohl Lissa als auch sie geliebt hatten, und auch einige ihrer Lieblingsromane. Doch viele ihrer persönlichen Bücher hatte sie zurückgelassen, in der Annahme, sie leicht ersetzen zu können. *Ich hätte die Ballkleider da lassen und mehr Bücher mitbringen sollen.*

»Ich habe viele meiner Lieblingsromane mit. Genügend, um ein halbes Regal zu füllen.«

»Romane«, spottete er.

»Wenn du eine gelehrte Frau hättest haben wollen, hättest du eher schreiben und Darcy heiraten sollen«, sagte Prudence leichtherzig. »Aber andererseits wäre Darcys Niveau beim Lesen wesentlich höher als deines, also ist es vielleicht gut, dass du es nicht gemacht hast.«

Ihre Stichelei hatte gesessen. Micheal kniff den Mund zusammen, bevor er den Blick abwandte. »Zumindest hätte sie mir Reichtum gebracht.«

Seine spitze Bemerkung verletzte Prudence, doch sie ließ sich nichts anmerken. »Du bist der Besitzer einer Goldmine«, spöttelte sie. »Du solltest wohlhabend sein. Oder sollte der Goldstaub nur dem Schein dienen?«

»Du hast es erfasst, meine Liebe.« Er deutete mit der Hand auf ihren Körper, von oben bis unten und zurück. »Und mein Plan hat funktioniert. *Ich Glückspilz.*« Doch sein Ton brachte genau das Gegenteil zum Ausdruck.

Sie hielt ein Keuchen zurück und wandte den Blick ab, während sie versuchte, sich für eine neue Runde zu sammeln. Nie zuvor hatte jemand sie in einem Wortgefecht geschlagen, ihre Eltern ganz sicher nicht. Ihr Vater zog sich stets stumm zurück, ihre Mutter brach in Tränen aus. Schon früh hatte Prudence potentielle Freundinnen vergrault. Die Frauen in der Agentur neigten dazu, ihr aus dem Weg zu gehen, auch wenn sie ab und zu den Mut aufbrachten, ihr Paroli zu bieten.

Dieser verbale Kampf verletzte und beflügelte sie zugleich – sie konnte die schmerzhafte Energie zwischen ihnen fast knistern hören. Prudence wusste nicht, was sie von ihrem Dialog halten sollte. Sie wandte den Blick ab und schaute zu den leeren Bücherregalen. *Was ist, wenn er Analphabet ist?* Ihr Körper erstarrte. *Er könnte genauso gut in Hinsicht auf seine Bildung gelogen haben.* Sie starrte ihn angewidert an. »Liest du denn nicht?«

»Ich habe keine Zeit zum Lesen«, verteidigte Michael sich. »Ich besitze Betriebe. Ich verbringe meine Zeit mit Geschäftsbüchern.«

Geschäftsbücher. Das bedeutet, dass er sich mit Zahlen auskennt. Also muss er gebildet sein.

Prudence entspannte ihre festen Schultern und drehte

sich um, damit sie das restliche Zimmer begutachten konnte. Auch im Arbeitszimmer fehlten Möbel. Nur ein eleganter Schreibtisch nahm ein wenig Platz ein. Dahinter standen ein Holzstuhl mit breiter Armstütze und daneben ein Stuhl mit gerader Lehne, der danach aussah, als hätte jemand ihn dorthin gestellt, um neben Michael zu arbeiten. Sie hob die Brauen. *Was steht da auf dem Tisch?* Sie ging näher und betrachtete die Schreibtischfläche. Da sah sie zwei Platzteller aus Zinn mit Marmeladenbehältern, die als Gläser dienten. Ein zinnernes Tintenfass und eine Feder waren in eine Ecke geschoben worden.

Ein mit einem Mulltuch bedeckter Topf stand auf einem gehäkelten Spitzendeckchen. Neben dem Topf sah sie eine Art Hügel, ebenfalls von einem Mulltuch bedeckt. »Was ist das?« Ohne auf die Antwort zu warten, hob sie die Stoffkante und entdeckte eine dreistöckige Torte. *Wie merkwürdig.* »Warum hat Mrs Tisdale nicht das Esszimmer benutzt?« Zum ersten Mal, seit sie in das Zimmer getreten war, schaute sie Michael direkt an.

Ein schuldbewusster Blick trat auf sein Gesicht.

»*Michael Morgan*«, ermahnte sie ihn. »Sag mir, was hier los ist.«

»Ich habe dir doch gesagt, dass das Haus eingerichtet werden muss. Das bezieht sich auch auf einen Esstisch und Stühle.«

»Wie bitte?« Prudence stockte der Atem. »Wo hast du bisher gegessen?« Kopfschüttelnd ließ sie den Blick auf dem Schreibtisch ruhen, die Antwort war offensichtlich. »Aber warum?«

Er atmete schwer aus. »Weil ich zu beschäftigt war. Weil ich allein nur grundlegende Dinge brauchte. Weil ich wollte, dass meine Frau alles nach ihrem Geschmack auswählt.«

Zumindest schienen seine Antworten sinnvoll und Prudence konnte ihm keine Vorwürfe dafür machen, dass er ihr zugestand, alles nach ihrem Geschmack auszusuchen. Sie schaute auf die Torte – Vanille oder Zitrone? Im schwachen Licht konnte sie das nicht mit Sicherheit sagen. Wahrscheinlich Vanille. An Zitronen kam man an diesem abgelegenen Ort wahrscheinlich nur schwer.

Plötzlich schoss ihr ein Gedanke durch den Kopf, sodass sie den Kopf hob und ihn ansah. »Michael, du hast morgen Abend alle zu einem Fest eingeladen. Wo sollen die denn hin? Es gibt noch nicht einmal einen Tisch, um das Essen zu servieren!«

Er starrte sie, offensichtlich bestürzt, an. »Verdammt, Weib. Du hast recht.«

Das Fluchwort hing zwischen ihnen in der Luft. Prudence wusste nicht, ob sie ihn dafür schelten sollte, dass er ihre Ohren mit seiner ungehobelten Sprache beleidigt hatte, oder ob sie sich zu ihm herablassen und ein paar der unanständigen Wörter von sich geben sollte, die sie in den Straßen von St. Louis gehört hatte. *Vielleicht sollte ich beides tun.*

Gefangen in dem Dilemma, tat sie weder das eine noch das andere. Irgendwie beschlich Prudence der Verdacht, dies sei nicht das letzte Mal, dass sie, unschlüssig über die passende Antwort für ihren neuen Ehemann, in der Klemme sitzen würde.

Michael sah seine Frau an und schämte sich dafür, gerade die Kontrolle über sein loses Mundwerk verloren zu haben. Zu lange war er unter Minenarbeitern gewesen und hatte gelernt, auch den besten Fluchern in nichts nachzustehen. Manchmal musste er ihre Sprache verwenden, um seinen Standpunkt deutlich zu machen. Bis zu diesem Augenblick hatte er nie darüber nachgedacht, wie sehr sich seine Manieren – nein, seine Verhaltensweisen insgesamt – verändert hatten.

Wäre er noch ein Kind gewesen, hätte sein Vater ihn dafür über das Knie gelegt, dass er es wagte, vor einer Dame zu fluchen. Seine Mutter hätte ihn am Ohr gepackt und ihn zum Waschbecken gezerrt, um seinen Mund mit Seife von den Schimpfwörtern reinzuwaschen. *Ich bin jetzt verheiratet. Ich muss aufpassen.* Doch er vermutete, seine Braut würde seinen Vorsatz hart auf die Probe stellen.

Das Echo der Enttäuschung seiner Eltern, das noch immer in seinen Ohren nachklang, ließ Michael stöhnen. Er fuhr sich mit den Fingern durch das Haar. »Ich muss mich entschuldigen. Es war nicht recht, so zu sprechen.«

Sie machte große Augen, als hätte er sie überrascht, und er fragte sich nach dem Grund. *Vielleicht spürt sie, wie außergewöhnlich eine Entschuldigung von mir ist.*

»Danke.« Prudence legte das Gesicht in Falten. »Was fehlt noch im Haus? Bitte sag mir, dass es Betten gibt.«

»*Ein* Bett.«

Ihre Augen wurden zu Schlitzen. »Was willst du damit sagen?« Ihre Stimme hatte einen drohenden Unterton. Seine Frau machte einen Schritt auf ihn zu und sah aus, als würde sie ihm gleich mit der Lampe auf den Kopf hauen.

Ich kann ihr nichts vorwerfen. Die Führung durch das Haus verlief nicht, wie er es geplant hatte.

»Wo wirst *du* schlafen?«

Michael setzte das strahlende Lächeln auf, das er immer nutzte, um Damen zu bezaubern. »Im Bett mit dir, meine Liebe.«

Mit finsterem Blick wich sie zurück. »Du erinnerst dich an die Auflagen der Agentur, oder?«

Nur zu gut. »Ich hatte gehofft, es würde dir recht sein, drauf zu verzichten.« Seine Gattin würde zahmer werden, sobald er sie ins Bett bekommen hatte. Er vertraute auf seine Fähigkeit, einer Frau Vergnügen zu bereiten – obwohl er das schon seit zu langer Zeit nicht mehr getan hatte – und war sicher, dass sie danach anhänglicher sein würde. *Damals lästig, heute Teil meines gut kalkulierten Plans.* »Ich verspreche dir, dass du die Erfahrung genießen wirst.«

Sie hob eine Schulter. »Ich habe schon genügend Versprechen von dir erduldet. Ich bin keine Närrin, die zwei Mal darauf hereinfällt. Nein. *Ich* nehme das Bett.« Mit einer raschen Bewegung des Handgelenks wies sie ihn zurück. »Du musst dir einen anderen Platz zum Schlafen suchen.«

Er sah sich, wie er zurück in seine Hütte zog und zum Gespött der ganzen Stadt wurde ... *Oh nein. Ich schlafe in meinem eigenen Bett.*

Zeit für noch ein charmantes Lächeln. »Wenn du es mir erlaubst, dich in die Genüsse der Intimität einzuweihen«, beschwor er sie und streckte eine Hand nach ihr aus, »dann wirst du so großen Gefallen an dieser Erfahrung finden, dass du sicher einen Schritt weiter machen und unsere Ehe vollziehen möchtest.«

»Vollziehen«, wiederholte Prudence das Wort langsam, als würde sie darüber nachdenken, was er gesagt hatte.

Michaels Hoffnungen stiegen.

Seine Frau schaute auf seine ausgestreckte Hand. »Ich muss einen Anwalt hinzuziehen, doch ich glaube, dass unsere Ehe zu diesem Zeitpunkt ohne große Umschweife annulliert werden kann.«

Ihre Worte schockierten ihn. Wenn Prudence die Annullierung durchzog, würde sie ihn damit zur Lachnummer in seiner eigenen Stadt machen. Und auch in Sweetwater Springs. Fieberhaft suchte er nach einem Weg, um die Idee aus ihrem Kopf zu verscheuchen − *zumindest solange, bis ich sie verführt habe.* »Ich denke, ich könnte auf der Couch schlafen«, erklärte Michael widerwillig, um erst einmal nachzugeben. »Oder auf einer behelfsmäßigen Pritsche in einem der anderen Schlafzimmer.«

Sie nickte.

Doch anstelle des Triumphs, den er erwartet hatte, sah sie müde aus, als hätte er sie völlig ausgelaugt. *Und irgendwie habe ich das ja auch.* Obwohl er sich nicht als Schuft betrachten wollte, fühlte Michael sich schuldig. Er schaute zum Essen auf dem Schreibtisch und bemerkte, dass er ausgehungert war. »Möchtest du den Rest des Hauses sehen oder lieber essen?« Er schaute zur Tür. »Nun, ich gehe davon aus, dass du zuerst ins Bad gehen und dich waschen möchtest.«

Prudence verdrehte die Augen.

Das ist das dritte Mal, dass sie das macht. Er würde mit ihr darüber sprechen müssen, dass sie solch eine kindische Geste kontinuierlich dazu nutzte, ihre geringschätzigen Gedanken auszudrücken. *Vielleicht werde ich ihr verbieten, mir gegenüber die Augen zu verdrehen.* Doch ebenso schnell, wie ihm die Idee gekommen war, fiel Michael ein, dass der Befehl nur dazu führen würde, dass Prudence genau das tat, was er ihr gerade verboten hatte. Hastig beschloss er, seine Autorität als Ehemann in anderer Hinsicht auszuüben.

»Ich zeige dir die Küche.« Er streckte den Arm aus. »Die Hintertür führt nach draußen. Dort findest du den Abort.«

»Ich kann nicht glauben, dass es kein Badezimmer gibt«, murmelte sie und warf ihm einen wütenden Blick zu. »Du hättest mich vor diesem gottverlassenen Ort warnen sollen.«

»Du hättest mich warnen sollen, dass ich eine Widerspenstige heiraten würde.« Er zog seine Worte in die Länge.

Prudence wich zurück, als hätte er ihr einen Schlag versetzt.

Erneut fühlte er sich so schuldig, dass sich sein Magen zusammenzog.

Seine Frau starrte ihn zornig an und ballte ihre freie Hand zur Faust.

Bei ihrem Anblick verging ihm der Anflug von Schuldbewusstsein.

»Ach, Michael Morgan«, sagte sie mit gespieltem zuckersüßem Ton. Prudence entspannte die Faust und wedelte mit der Hand, um sie schließlich auf die Brust zu legen. »Du nennst *mich* eine Widerspenstige?«

»Das tue ich, meine Liebe.«

»Ach, mein *lieber* Gatte.« Ihr Ton war schneidend scharf. »Bisher hast du noch keine Widerspenstigkeit gesehen. Oh nein, nicht im Geringsten. Aber ich werde dich lehren, was Widerspenstigkeit ist. Oh ja, das werde ich.« Ihr Lächeln war genauso kühl wie ihr Tonfall. »Warte nur ab.«

Kapitel Zwölf

Nach einem überraschend schmackhaften Abendessen, auf das Prudence sich gestürzt hatte, als hätte sie gerade eine Hungersnot hinter sich – auf damenhafte Art und Weise natürlich – stieg sie die Treppen zum zweiten Stock hinauf, wobei sie den Stoff ihres Rocks in der einen und die Lampe in der anderen Hand hielt und ihren Reisemantel über den Arm gelegt hatte.

Zuvor hatte Michael ihr drei Schlafzimmer im oberen Stockwerk gezeigt, zwei davon völlig unmöbliert, auch wenn er ihr zugesichert hatte, dass er bereits ein Bett für das Gästezimmer bestellt hatte, damit Father Frederick eine komfortable Unterkunft hatte, wenn ihn sein Weg nach Morgan's Crossing führte.

Begleitet vom Klappern ihrer Absätze auf den polierten Landhausdielen ging Prudence den Flur entlang bis zu ihrem Schlafzimmer – das in etwa die Größe eines Gästezimmers im Haus ihrer Eltern hatte. Abgesehen von ihren Koffern, der Umhängetasche und einer Zinnwanne vor einem marineblau gefliesten Ofen standen nur ein Himmelbett und eine Holzkiste voller gefalteter Kleidung im Raum – kein Kleiderschrank, kein Waschbecken, kein Frisiertisch, kein Sekretär und keine Nachttischchen. Eine Fensternische in

Form eines halben Achtecks ging zum hinteren Garten, wie Michael ihn genannt hatte, hinaus.

Prudence konnte sich vorstellen, dort einen bequemen Sessel und einen kleinen Tisch hinzustellen, um Tee zu trinken, zu lesen oder Handarbeiten auszuführen. Für einen lästigen Ehemann war in diesem behaglichen Bild kein Platz.

Wehmütig platzierte sie ihre Lampe auf einem Koffer, hängte den Mantel an einem der Bettpfosten auf und ging zum dunklen Fenster ohne Vorhänge – der perfekten Kulisse für ihre Phantasie –, um dort stehen zu bleiben. Wenn dieses Haus durch Zauberhand in die Umgebung von St. Louis befördert werden würde, wo sie allein hätte leben können, wobei sich die Bediensteten in ihrer Vorstellung natürlich still einfanden, ihre Arbeit verrichteten ohne gesehen zu werden und sie ihren eigenen Angelegenheiten überließen - dann würde sie vielleicht ihren Seelenfrieden finden.

Für eine allein stehende Frau war die Größe des Hauses in der Tat perfekt. Ihre Mundwinkel hoben sich. Sie streckte die Hand aus und legte sie auf das weiße Holz des Fensterrahmens. *Meins.*

Das Geräusch von Schritten im Flur, die näher kamen, riss sie aus ihrer Träumerei. Seufzend drehte Prudence sich um und schaute zur offen stehenden Tür.

Sie sah einen schwachen Lichtschimmer, bevor Michael mit einer zweiten Lampe in der Hand hereinkam.

Mit gehobener Braue schaute er sich um.

Sie folgte seinem Blick und sah erneut, wie leer das Zimmer war.

»Ich bin gekommen, um zu sehen, ob du etwas benötigst.«

»Etwas?«, bemerkte Prudence spitz. Sie zeigte mit dem Arm um sich. »Wie du sehen kannst, benötige ich jede Menge, vor allem aber einen *ehrlichen* Ehemann – einen, der ein Gentleman ist.«

Er biss den Kiefer zusammen. »Ich bin Gentleman genug, um dich *heute Nacht* allein schlafen zu lassen.«

Ihr schauderte angesichts seiner Betonung von *heute Nacht*.

»Doch provoziere mich nicht, sonst wirst du mich dazu bringen, dass ich meine guten Manieren vergesse.« Ein Blick zum Bett machte die Bedeutung seiner Worte klar.

Ihr Magen wurde in Aufruhr versetzt. *Ich werde ihm mein Unbehagen nicht zeigen.* Prudence hielt ihre Schultern gerade und ihr Kinn aufrecht.

Michael schloss kurz die Augen und schüttelte den Kopf. Er seufzte und öffnete die Augen wieder. »Unter dem Bett findest du einen Nachttopf.«

Seine vorübergehende Schwäche konnte sie nicht erweichen. »Ich vermute, das ist besser als eine Reise im Dunkeln zum Klohäuschen nach draußen.«

Michael hob die Hand, als wüsste er nicht, was er sagen sollte, ging zur Kiste, fasste mit einer Hand zum obersten Griff und hob sie an. Er wandte sich zum Gehen.

Prudence streckte als Einwand eine Hand aus. »Michael, veranstalten wir morgen wirklich ein Fest? Mir gefällt die Idee zwar, doch ich glaube, wir sollten solch eine Veranstaltung noch verschieben, bis wir die Zeit haben, sie vorzubereiten.«

Er sah sie an. »Ich habe meinen Männern gesagt, dass es ein Fest gibt und ich werde mein Wort nicht brechen.«

Sie schnaufte verärgert.

»Du hast doch in St. Louis schon Feste gegeben, oder?«

»Abendessen. Meine Mutter war oft krank und hat mir alles überlassen.«

»Das hier sind nur eine Bande Minenarbeiter und ein paar von ihren Frauen. Wohl *wesentlich* weniger Aufwand als ein schickes Abendessen. Ich bin sicher, du meisterst das.«

»Deine Männer sind *wesentlich* mehr an der Zahl. Sie werden gar nicht alle ins Haus passen. Und Sitzmöbel gibt es auch nicht.«

»Sie sind es gewöhnt zu stehen.«

»Mrs Tisdale hat gesagt, dass es nicht genug Essen für alle gibt«, warf sie ein, frustriert über seine Dickköpfigkeit.

»Natürlich gibt es genug. Essen würden sie ohnehin.« Er hob die Hand, um ihre Antwort auf solch einen lächerlichen Kommentar im Keim zu ersticken. »Morgen schicke ich ein paar Männer zum Jagen und Fischen. Nimm dir aus dem Geschäft und dem Wohnheim, was du brauchst. Mir gehören beide.«

»Das hat keine große Bedeutung.« Sie verschränkte die Arme vor der Brust. »Ich erledige die ganze Arbeit meiner eigenen Willkommensfeier. Das ist nicht richtig.«

Er zuckte die Achseln. »Die anderen Frauen werden dir schon helfen.«

»Ich kenne sie ja noch nicht einmal«, protestierte sie.

»Dann ist das Fest eine gute Gelegenheit, damit ihr schnell Freundinnen werdet.«

Sie erinnerte sich an seine vorherige Erwähnung der Saloon Girls. »Ich weiß noch nicht einmal, ob sie von der Art von Frauen sind, mit der ich verkehren möchte.«

Seine Miene verhärtete sich. »Prudence, wir haben neun Frauen in dieser winzigen Stadt, darunter die beiden Saloon Girls. Du kannst es nicht vermeiden, mit allen zu verkehren, auch mit Marla und Becky Lee. Die beiden kommen auch mal aus dem Saloon heraus, um einzukaufen oder anderen Erledigungen nachzukommen. Selbst wenn du die Straßenseite wechseln würdest, um ihnen aus dem Weg zu gehen – und ich hoffe, das tust du nicht – dann reden wir hier über wenige Meter Abstand zwischen euch.«

Prudence war zu müde, um über das Fest und die Bekanntschaft mit neun Frauen nachzudenken. Sie sah zur Wanne. »Mein Wasser wird kalt.«

»Na, dann gute Nacht.« Michael drehte sich um und verließ den Raum.

Prudence wartete solange, bis sie hörte, dass seine Schritte sich über den Flur entfernten. Mit einem Seufzen nahm sie ihren Reisemantel vom Bettpfosten und warf das schmutzige Kleidungsstück in die Ecke. Dann ging sie zur Tür, drückte sie zu und drehte den Schlüssel im Schloss. Den Kopf gegen das glatte Holz gelehnt, kämpfte sie mit den Tränen. *Ich verschaffe diesem Mann nicht die Genugtuung, mich zum Weinen zu bringen, auch wenn er es nie erfahren würde.*

Auch wenn sein Körper vor Erschöpfung schon völlig kraftlos war, konnte Michael nicht einschlafen. Sein Kopf war zu voll von Gedanken über seine neue Ehe, seine schwierige Braut, die Anpassung seiner Frau an die Stadt, die Reaktion seiner Bürger auf ihre unverhohlene Beleidigung und seine Zweifel über Prudences Persönlichkeit.

Vorher war er einige Male zum Stall gegangen und mit seinen Armen voller Stroh zurückgekehrt, woraus er eine provisorische Pritsche auf dem Boden in einem der Schlafzimmer gebaut hatte. Er war dankbar, dass er Howie, der im Stall wohnte, nicht begegnet war. Er wollte nicht, dass der Mann ihn bei seinem Unterfangen entdeckte. Nach Prudences unglücklichem Start in Morgan's Crossing wollte er den Klatsch und Tratsch nicht noch nähren, indem sich herumsprach, dass sie getrennt schliefen.

Michael hatte oft auf dem Boden geschlafen, auch in der ersten Zeit als Besitzer einer Mine, die er in einem Pokerspiel gewonnen hatte. In jenem ersten Sommer hatte er monatelang in einem Zelt gehaust und genauso hart gearbeitet wie seine Männer, um Gold aus dem Erdinneren zu schaben. Doch später hatte er sich an ein komfortables Bett gewöhnt. *Ich bin verweichlicht.*

Am Morgen darauf fühlte Michael sich fast so müde wie

am Abend zuvor. Als er eingeschlafen war, hatten die Probleme mit Prudence sich in seinen Träumen fortgesetzt. Er wälzte sich auf der unebenen Pritsche hin und her und wachte viel zu früh auf – die ersten Sonnenstrahlen fielen gerade erst durch die unbehangenen Fenster. Das Nachgrübeln über seine Situation hatte nicht ein einziges Problem gelöst und er beschloss, sich in die Mine zu begeben und seine Frau für eine Weile zu vergessen. *Nach einer Tasse starken Kaffees natürlich.*

Michael nahm saubere Kleidung aus der abgenutzten Kiste, die er am Abend aus dem großen Schlafzimmer getragen hatte, und zog sich rasch an. Dann ging er nach unten, um sich in der Küche zu waschen. Er hielt es nicht für nötig, Wasser zum Rasieren zu erhitzen, da er davon ausging, das noch später vor dem Fest tun zu können. *Prudence wird sich heute einfach mit einem verwahrlost aussehenden Ehemann zufriedengeben müssen.* Fast animalisch entblößte er seine Zähne zu einem Grinsen und schlenderte durch die Hintertür den Pfad hinter den Gebäuden in Richtung Wohnheim entlang, auf der Suche nach Kaffee und Frühstück.

So früh am Morgen, mit dem dunklen Himmel, der sich am Horizont rosa färbte, war es noch still in der Stadt. Bald würden sich alle Männer ohne ihre Frauen im Esszimmer des Wohnheims zum Frühstück versammeln. Manchmal kamen auch seine Männer aus China hinzu. Doch im Sommer schliefen die Morgenländer lieber umsonst in Zelten und bereiteten sich das Essen selbst zu, als dafür zu bezahlen, drinnen zu wohnen.

Michael kannte den Weg so gut, dass er nicht mehr Licht benötigte. Er wich einer Grube aus, die seiner Erinnerung nach unter einem Ast lag, der sich über den Weg wölbte, schlängelte sich an Stapeln von Holzkisten vorbei, marschierte planlos durch den Garten des Wohnheims und trat durch eine Tür in die Küche ein. Im Raum hing der Duft nach gebratenem Speck und bitterem Kaffee.

Cookie Gabellini, der am riesigen schwarzen Herd stand, sah sich um. »Morgen, Boss«, sagte er mit einer Stimme, die nach Whiskey und Rauch klang. Eine Schürze, übersät mit Flecken, die wohl vom Essen der ganzen letzten Wochen stammten, war um seinen runden Bauch gewickelt. Wie Michael hatte der Mann sich noch nicht rasiert. Das tat der Koch nämlich nur, wenn Father Frederick in die Stadt kam und der Mann die Sonntagsmesse besuchte.

Einer der beiden orientalischen Jungen, die als Hilfskräfte tätig waren, nickte Michael zu, während er einen schweren Topf mit einer Schöpfkelle darin trug. Er lehnte den Rücken gegen ein Paar Schwingtüren und verschwand im Esszimmer.

Haferbrei, mutmaßte Michael, auch wenn der Koch am Morgen manchmal Bohnen zubereitete. Er ging um einen rechteckigen Tisch herum auf den Ofen zu und hatte es auf die große Kaffeekanne abgesehen. Die Sohlen seiner Stiefel knirschten auf dem mit Krümeln übersätem Boden.

»Hätte nicht damit gerechnet, dich heute Morgen hier zu sehen«, brummte Cookie, ohne von seiner riesigen Bratpfanne voller Rührei aufzuschauen, das er mit einem Kochlöffel durchmischte. Speckstreifen brutzelten in einer Bratpfanne. Flink drehte er die Stücke mit einer Gabel um. Er griff zu einem Geschirrtuch, machte einen Schritt zurück, öffnete die Ofentür, fasste hinein und zog ein Blech voller goldener Brötchen heraus, das er auf einen Untersetzer auf dem Tisch stellte. Er legte das Tuch neben dem Blech ab.

Michael nahm sich eine Blechtasse von einem wankenden Stapel und schaute hinein, um zu kontrollieren, ob der Becher einigermaßen sauber war. Er fasste zum Geschirrtuch auf dem Tisch, wickelte es um den Henkel der Kaffeekanne und goss sich eine Tasse ein.

Dann stellte er die Kanne ab und nahm einen Schluck. Das Getränk, in dem der Kaffeesatz schwamm, war heiß und bitter und mundete ihm in diesem Moment wie der Nektar der Götter. Die Hand durch das Tuch geschützt, hob er ein Brötchen vom Blech und brach es entzwei. Innen war es fast genauso hart wie außen.

Der andere orientalische Junge rannte in die Küche, zückte ein Tuch, das er in seinen Hosenbund gesteckt hatte, griff zum Brötchenblech und eilte wieder hinaus, wobei er seinen Rücken benutzte, um die Tür aufzudrücken.

Michael beugte sich über den Herd, nahm die Gabel und schnappte sich zwei knusprige Speckstreifen, die er in das Brötchen schob. Ein kurzer, wehmütiger Gedanke an Mrs Nortons leichte, luftige Semmeln, von denen Butter und Marmelade tropften, ging ihm durch den Sinn. Doch er war so hungrig, dass er sofort zubiss, kaute und schluckte, als die Temperatur ihm kühl genug erschien. Erst mit Verspätung erinnerte er sich an Cookies Frage. »Mrs Morgan schläft noch und ich wollte sie nicht stören. Ich muss zur Mine.«

Cookie warf ihm einen wissenden Blick zu, hatte jedoch den Anstand, den Mund zu halten.

Nein, meine Frau ist nicht erschöpft, weil ich im Schlafzimmer meinen Unfug mit ihr getrieben habe. Michael wurde klar, dass er viele wissende Blicke für etwas erhalten würde, das er nicht *im Geringsten* bekam. Niedergeschlagen starrte er in seine Tasse. *Was zum Teufel soll ich nur mit Prudence machen?*

Wenn ich mich wie ein liebender Ehemann benehme, fühle ich mich vielleicht auch eher wie einer.

Kapitel Dreizehn

Am gleichen Morgen stand Prudence neben dem Bett und schaute auf das violette Tageskleid hinab, das sie herausgelegt hatte. Ihre Kehle war wie zugeschnürt. Sie hatte die Hemdbluse und den Rock aus einem Stoff in ihrer Lieblingsfarbe anfertigen lassen, bevor sie St. Louis verlassen hatte – schließlich, so ihre Annahme, würde sie die Bürgersteige von Morgan's Crossing in diesem Kleid auf und ab stolzieren, denn es passte zu dem Sonnenschirm, der ihrem Gesicht Schatten spenden würde. Die Hutschachtel, die noch im Koffer lag, enthielt eine violette Spitzenkonfektion. Sie berührte die lavendelfarbene Borte, welche die Manschette des Ärmels verzierte. *Nicht heute.*

So viel zu diesem Tagtraum. Die Stadt hat keine Bürgersteige, nur eine staubige Straße.

Als sie noch in der Agentur war, hatte Mrs Seymour darauf gedrängt, dass Prudence sich Arbeitskleidung kaufte. So hatte die Hausmutter sie tatsächlich in ein Geschäft gezerrt, damit sie sich ein praktisches, fertiges Kleid aussuchte.

Prudence hatte das Stück ganz unten in ihren zweiten Koffer gesteckt und geschworen, dieses grässliche Teil niemals zu tragen. *In Zukunft werde ich mit meinen Schwüren vorsichtiger sein müssen.*

Was soll ich tun? Nach Hause zurückkehren? Michael gegenüber den größten Wutanfall meines Lebens bekommen, weil er mich hereingelegt hat? Die Idee gefiel ihr. So würde sie die ängstlichen und zornigen Gefühle ablassen, die in ihr hochkochten, seit sie in Morgan's Crossing angekommen war und entdeckt hatte, dass der Mann sie vollkommen hinters Licht geführt hatte.

Normalerweise hätte Prudence nicht zweimal darüber nachgedacht, ob sie sich einen Tobsuchtsanfall gönnen sollte. Sie wäre einfach explodiert. *Aber ich bin gefangen in der Wildnis, weitab von jeglicher Zivilisation.* Ihre Vernunft sagte ihr, dass sie abwarten sollte, um die Situation besser einschätzen zu können. *Ich kann immer noch wütend werden. Ich verschiebe meinen Ausbruch einfach.* Die Idee gefiel ihr – gab sie ihr doch das Gefühl, die Kontrolle über eine Situation zurückgewonnen zu haben, in der sie sich zuvor so hilflos gefühlt hatte.

Letzten Abend hatte Prudence ihr Reisekleid, den Mantel und ihre Unterwäsche in die hinterste Ecke geschleudert – auch das Korsett, das sie getragen hatte. Sie untersuchte den Stoffhaufen und war völlig ratlos, was sie mit all den schmutzigen Kleidungsstücken tun sollte, die nach Rauch stanken, denn diese Frage ging über ihre Erfahrungen mit dem Wäschewaschen in der Agentur hinaus. Vielleicht wusste die Waschfrau, wie man sie sauber bekam. *Wie war doch gleich ihr Name?*

Ach ja, Mrs Rivera. Nach dem gestrigen Tag war Prudence erstaunt, dass sie sich noch an den Namen einer Bediensteten erinnern konnte, die sie noch nicht einmal kennen gelernt hatte.

Sie schaute sich im Raum um. *Ich bräuchte dringend einen Kleiderschrank.* Sie fragte sich, ob das Geschäft in der Stadt Möbel führte – gar ein Stück, das sie vorübergehend nutzen konnte. Unten brauchten sie auch einen Esszimmertisch – vielleicht einen rustikalen, den sie mit einer der Tischdecken aus Leinen von ihrer Großmutter bedecken konnte. Sie stieß einen Laut der Verärgerung aus, als ihr klar wurde, dass das Fass mit ihrem Geschirr und den Tischdecken noch in Sweetwater Springs war.

Trotzdem ist mein erster Punkt auf der Tagesordnung, dem Geschäft einen Besuch abzustatten.

Prudence grub sich durch ihren Koffer, bis sie das blaue Arbeitskleid gefunden hatte. So sehr sie es auch verabscheute, ihren ersten Auftritt in diesem Aufzug zu haben, hatte sie doch zu viel für das Fest am Abend zu tun, um sich Gedanken über elegante Kleidung zu machen. Sie wühlte weiter im Koffer herum, bis sie eine Schürze entdeckte, und warf sie auf das Bett. Sowohl das Kleid als auch die Schürze waren zu zerknittert, um sie ungebügelt zu tragen. Doch sie hatte weder ein Bügeleisen noch ein Bügelbrett. *Ich werde mit der Frau darüber sprechen müssen, dass sie herkommen soll, um jedes Stück im Koffer zu plätten.*

Doch wo soll ich die Sachen aufhängen? Prudence schaute sich im Raum um. Vielleicht sollte sie Michael oder den Stallburschen bitten, eine Wäscheleine zwischen den Bettpfosten anzubringen.

Prudence richtete sich auf, zog sich an und bürstete sich das Haar. Ohne großen Spiegel konnte sie ihr Haar nur schlicht frisieren, also musste sie es zu einem dicken Zopf flechten, den sie zu einem Dutt drehte und mit Haarnadeln an ihrem Hinterkopf feststeckte.

Sie griff zu dem silbernen Handspiegel auf dem Bett und musterte sich angesichts der unscheinbaren Frisur mit gerunzelter Stirn. Dann ging sie auf den Kamin zu, vorbei an der Badewanne, die noch immer mit kaltem Seifenwasser gefüllt war. Da es an Regalen mangelte, legte sie den Spiegel auf dem Kaminsims ab, auf dem das Foto von Lissa in weißem Debütantinnenkleid stand, aufgenommen im Jahr vor ihrem Tod. Prudence hatte noch weitere Familienfotos im Koffer, doch dieses war ihr liebstes und sie hatte es in der Umhängetasche transportiert.

Liebe Lissa, wenn du dort oben im Himmel an irgendwelchen Fäden für mich ziehen kannst, könnte ich deine Hilfe dringend gebrauchen. Prudence stockte und wusste nicht, worum sie eigentlich bitten sollte.

Bevor sie ihre vagen Sehnsüchte in Worte fassen konnte, hörte Prudence die Glocke der Eingangstür läuten. Der Gedanke an Besuch brachte ihr Herz zum Rasen. Sie schaute auf ihr Arbeitskleid herab und fragte sich, ob sie sich schnell umziehen sollte. Dann versuchte sie erfolglos, die Falten glatt zu streichen. *Wie peinlich, so bekleidet vor Gäste zu treten!*

Achselzuckend versuchte sie sich an einen von Mrs Seymours Sprüchen über Damen, deren innere Stärke und Erscheinungsbild zu erinnern. Sie konnte sich nicht recht entsinnen, welchen Rat die Hausmutter ihr gegeben hatte. *Ich wünschte, ich hätte ihr öfter zugehört.* Doch unvermittelt kam ihr eine Weisheit ihrer Mutter in den Sinn, vielleicht, weil Prudence deren Warnungen zu vielen Anlässen gehört hatte, oder vielleicht, weil sie sich die Worte erst wenige Tage zuvor selbst wiederholt hatte. *Man kann eine Dame immer an ihrer guten Erziehung erkennen – an ihrer Haltung, an der Anmut jeder ihrer Bewegungen.*

Prudence eilte aus dem Zimmer und die Treppe hinab. Durch das Glas in den Türen konnte sie zwei Frauen erkennen, die im Vorraum standen. Als sie näherkam, erkannte sie Mrs Tisdales schneeweißes Haar und sie ging weiter, um die Tür zu öffnen. »Guten Morgen, die Damen!« Normalerweise klang sie vor dem Frühstück nicht so fröhlich, doch sie war froh, Gesellschaft zu haben.

»Wie schön, Sie heute so munter zu sehen, Mrs Morgan. Sie werden uns sicher entschuldigen, wenn wir nicht unsere beste Kleidung tragen, wie es sich für einen anständigen

Besuch gehört. Doch mit dem Fest heute Abend haben wir zu viel zu tun, um uns mit Frivolitäten zu beschäftigen.«

Prudence zeigte auf ihr eigenes Kleid. »Da bin ich der gleichen Meinung.«

Mrs Tisdale hielt einen bedeckten Teller hoch. »Ich habe das Frühstück mitgebracht. Pfannkuchen und Würstchen.« Sie neigte den Kopf in die Richtung der anderen Frau. »Und das hier ist Rosa, Mrs Carlos Rivera, die oft putzt und Mr. Morgans Wäsche wäscht.«

Mrs Rivera war genauso dunkel und schmal wie Mrs Tisdale weiß und rund war. Ihre ausgeblichenen, abgenutzten Kleider ließen Prudence aussehen, als wäre sie im Sonntagsaufzug. Die ältere Frau trug einen mit einem Mulltuch bedeckten Teller und Mrs Rivera hielt um einen Arm einen Korb und eine kleine Blechtasse in der anderen Hand.

Normalerweise hätte Prudence solche Frauen links liegen gelassen. Doch sie erinnerte sich an Michaels Worte vom letzten Abend und sah ihr freundliches Lächeln und so öffnete sie die Tür weiter und winkte sie herein.

Mrs Tisdale ging ins Arbeitszimmer und setzte den Teller auf dem Schreibtisch ab. Sie griff zum Mulltuch und breitete es wie eine Miniaturtischdecke aus, bevor sie den Teller nahm und ihn in der Mitte des Tuches platzierte. »Mr. Morgan lässt Ihnen ausrichten, dass er heute früh im Wohnheim gegessen hat. Er musste zur Mine hinauf, weil er so lange fort gewesen ist.«

Prudence beschlich das Gefühl, dass das zeitige Aufbrechen ihres Gatten eher den Zweck hatte, ihr aus dem Weg zu gehen, als zur Arbeit zurückzukehren.

Mrs Rivera stellte die Blechtasse auf die Decke. »Wir haben gedacht, Sie mögen Tee lieber als Kaffee, doch, wenn wir uns irren ...« In ihrer sanften Stimme schwang ein leichter spanischer Akzent mit.

»Nein, Tee ist gut.«

Mrs Rivera stellte den Korb auf den Tisch, holte einen Satz Silberbesteck, eine Serviette, einen Buttertopf, zwei Gläser Marmelade und eines mit Honig heraus. Sie klopfte auf den Deckel von einem der Behälter. »Wir wussten nicht, welche Sie auf den Pfannkuchen bevorzugen.«

»Selbstverständlich Ahornsirup. Doch heute Morgen will ich nicht wählerisch sein.«

»Wir haben Schwarzbeer- und Saskatoon-Beer-Marmelade mitgebracht.« Mrs Rivera berührte jede Marmelade, um deutlich zu machen, welche welche war.

»Wie aufmerksam von Ihnen. Ich habe noch keine von beiden gegessen, also muss ich beide probieren.«

Mrs Tisdale stellte die fehlenden Dinge auf den provisorischen Tisch und redete dabei pausenlos. »Rosa und ich haben uns über das Fest beratschlagt. Ich denke, wenn alle Frauen mit anpacken, schaffen wir alles schneller als ein Lamm mit dem Schwanz wedeln kann.«

Prudence war mit dieser Art der Zeitmessung nicht vertraut, hoffte aber, dass die Frauen nicht mehr als ein paar Stunden damit meinten.

»Ich weiß mit Gewissheit, dass Mr. Morgan kein Geschirr hat. Er benutzt meins. Also werden wir uns nach dem Mittagessen Geschirr und Besteck von allen Stadtbewohnern ausleihen und herbringen.«

Sehnsüchtig dachte Prudence an das 24-teilige Tafelservice ihrer Großmutter. *Ich hätte den zweiten Koffer da lassen und die Kiste mitbringen sollen.* »Mein Mann sagt, er würde ein paar Männer mit Jagen und Fischen beauftragen.«

»Das hat er uns erzählt und wir haben die anderen Frauen schon darüber informiert. Und natürlich möchten sie alle etwas beisteuern, also machen Sie sich nicht die Mühe, ein Dessert zuzubereiten. Marla und Becky Lee werden selbstverständlich keine Speisen mitbringen, da sie keine

Küche haben. Sie essen im Wohnheim. Doch Becky Lee hat angeboten, eine Tischdecke aus ihrer Aussteuertruhe mitzubring–«

»Aussteuertruhe«, fiel Prudence ihr ins Wort, überrascht, dass ein Saloon Girl an eine zukünftige Ehe dachte. *Wer würde denn schon eine gefallene Frau heiraten?* Und Mrs Tisdale und Mrs Rivera klangen, als stünden sie in Kontakt mit den zwei Prostituierten.

Undenkbar. Mit Sicherheit kann man nicht von mir erwarten, das Gleiche zu tun! Sie unterdrückte ein missbilligendes Schnauben. *Nach dem Fest werde ich die Standards hier erhöhen müssen.*

Die beiden Frauen wechselten einen Blick.

Mit Unbehagen fragte Prudence sich, ob sie ihre Gedanken durchschaut hatten. Sie brauchte die Damen heute zu sehr, als dass sie sie verprellen konnte.

Mrs Tisdale seufzte. »So sehr es mich schmerzt, das zu sagen – denn es rückt uns in genauso schlechtes Licht wie Marla und Becky, die diese Arbeit gewählt haben – hat der liebe Gott selbst sich denn nicht in die Gesellschaft von gefallenen Frauen begeben? Zu unserer Schande haben die Damen in Morgan's Crossing die Saloon Girls immer wie den letzten Dreck behandelt.«

»Wir haben sie ignoriert«, stimmte Mrs Rivera zu.

»Dann, im vorletzten Winter, hat sich eine Krankheit in der Stadt verbreitet.« Mit einer kreisförmigen Armbewegung deutete sie auf die ganze Stadt um sie herum. »Fast jeden hat es hart getroffen, auch Mr. Morgan. Diejenigen, die verschont geblieben waren – größtenteils die Chinesen, weil sie ihre ausländischen Kräuter und so was hatten – pflegten die Kranken. Nun, unsere Saloon Girls packten sofort mit an – und kümmerten sich um uns, als wären sie Verwandte. Schließlich brachte die Krankheit auch Becky Lee zum Erliegen. Marla blieb als einzige Frau wohlauf, auch wenn sie sich die Hacken ablief, weil sie sich um so viele Menschen kümmern musste. Sie gab den Männern, die der Krankheit nicht erlegen waren, Anweisungen, als wäre sie ein General, der seine Truppen herumkommandiert.«

»Wir haben drei Erwachsene verloren und ...« Mrs Rivera senkte den Blick und ihre Stimme stockte. »Fünf Kinder.«

Mrs Tisdale berührte mit tröstender Geste die Schulter ihrer Freundin. »Darunter Rosas neugeborene Tochter. Wir hätten weitaus mehr verloren, hätten uns diese beiden Frauen und die Chinesen nicht geholfen. Da habe ich mich über mich selbst geärgert, dass ich so voreingenommen war. Vielleicht machen sie einen Fehler mit ...« Sie deutete mit der Hand in die Richtung des Saloons. »Aber das Buch der Bücher ermahnt uns dazu, andere nicht zu richten, also denke ich, dass wir fast genauso mit Sünde behaftet sind.«

Prudence war nicht sicher, ob ihr gerade eine Geschichte erzählt worden war oder ob es eine Predigt war.

Mrs Tisdale griff zum Korb und stellte ihn auf die Erde. »Wir lassen Sie essen, Mrs Morgan. Wenn es Ihnen nichts ausmacht, bringen Sie dann bitte das Geschirr zurück zu mir nach Hause. Sie brauchen es nicht abzuwaschen.«

Das hatte Prudence gar nicht vorgehabt.

»Behalten Sie die Marmeladen- und Honiggläser. Mein Haus ist das zweite rechts, direkt nach dem Saloon. Wir schauen uns in der Speisekammer vom Wohnheim und im Geschäft nach Vorräten für heute Abend um.

»Ich brauche nur ein paar Minuten.« Sie nickte, um die Frauen zu entlassen.

Die beiden lächelten und gingen allein nach draußen.

Während sie an ihrem Tee nippte, dachte Prudence über das Lächeln der Damen nach – so warm und unverfälscht, wie sie es oft gesehen hatte, wenn andere angelächelt wurden. Sie war es nicht gewohnt, solch ein strahlendes Lächeln zu erhalten, und die Wirkung war irgendwie befremdend, als wäre ihre normale Welt durch solch eine simple Handlung auf den Kopf gestellt worden.

Sie sind meine Bediensteten, versuchte sie sich zu ermahnen, um den Frauen ihren angemessenen Platz zuzuweisen. Doch Mrs Tisdale und Mrs Rivera schienen nicht dorthin zu gehören und Prudence tat sich schwer damit, sie in diese Ecke zu drängen.

Sie strich Butter auf den ersten Pfannkuchen und entschied sich zunächst für die Schwarzbeermarmelade. Sie nahm einen Bissen, kaute und genoss den ungewöhnlichen Geschmack. *Vielleicht kann ich zu guter Letzt auf Ahornsirup verzichten.*

Obwohl Prudence sich sagte, dass sie besser gleich klare Verhältnisse schaffen sollte − und von Anfang an zeigen sollte, wo es langging − war einem anderen Teil von ihr bewusst, dass sie warten konnte. *Ich bin ein Neuankömmling hier und ganz allein. Ich muss den rechten Augenblick abwarten.* Ihr war nicht ganz klar, was es mit ihrem umsichtigen Verhalten auf sich hatte, doch sie wusste, dass der Rest ihres Lebens von diesen ersten paar Tagen abhängen könnte.

Mrs Seymours Worte fielen ihr wieder ein. *Sie werden sehen, dass die Beziehung zu anderen Frauen durchaus Trost und Hilfe spendet. Und das ist etwas, das wir manchmal bitter nötig haben.*

Vielleicht hat die Hausmutter recht.

Wäre Mrs Seymour nicht amüsiert zu sehen, wie ihre scharfe Kritik, die ihrer Meinung nach sicher bei Prudence zum einen Ohr hinein und zum anderen hinaus gegangen sein musste − was in der Tat meist zutraf − nun als Wegweiser in diesem unbekannten Territorium diente?

Sie strich Butter auf den zweiten Pfannkuchen und probierte die Saskatoon-Marmelade, deren süßer, nussiger Geschmack genauso exquisit war. *Ich kann mich gar nicht entscheiden, welche besser schmeckt.* Dann wurde Prudence bewusst, dass sie das gar nicht musste. Sie konnte an beiden in gleichem Maß Gefallen finden.

Vielleicht ist das eine Parallele zu meinem neuen Leben.

Erst als Prudence nach oben gegangen war, um einen Hut aufzusetzen, bemerkte sie, dass sie immer noch das faltige Kleid trug. Mit einem Seufzer holte sie einen kleinen Pompadour hervor. Darin befand sich eine kleine Schachtel mit den Visitenkarten, die sie so optimistisch in St. Louis hatte drucken lassen. *Es wirkt lächerlich, sie hier zu benutzen.* Doch Prudence war entschlossen, ein gutes Beispiel abzugeben und ihre hohen Standards zu bewahren. Sie nahm Baumwollhandschuhe aus der dafür vorgesehenen Schachtel, zog sie an und streifte sich die Riemen des Pompadours über das Handgelenk.

Schließlich nahm sie eine Hutschachtel aus dem Koffer, öffnete den Deckel und entnahm ihren schlichtesten Strohhut mit blauem Ripsband um die Krempe herum. Aus der Gewohnheit heraus schaute Prudence sich nach einem Spiegel um und verzog dann das Gesicht. *Ich muss einen kaufen.* Sie setzte sich den Hut auf den Kopf, steckte eine Hutnadel hinein und verließ das Zimmer.

Unten angekommen, begab sie sich in das Arbeitszimmer, um den Korb mit Mrs Tisdales Geschirr zu holen, und begann dann ihren ersten Spaziergang durch Morgan's Crossing. Sie ließ den Henkel des Korbes in die Beuge ihres Ellenbogens gleiten. Sie verspürte einen schmerzhaften Stich der Enttäuschung. *Zerknittertes Arbeitskleid, schmuckloser Hut und einen Korb voller schmutziger Teller. Nicht gerade, wie ich mir meinen ersten Auftritt vorgestellt hatte.*

An der Ecke der Veranda blieb Prudence stehen, um sich umzusehen. Um die Konfrontation mit der Realität einer

Bergbaustadt hinauszuzögern, schaute sie zum Himmel auf. Das Wetter war schön, sonniger und kühler als an den letzten Tagen, und das Blau des wolkenlosen Himmels war fast blendend intensiv. *Wenn die Schönheit dort oben sich doch bloß auch unten spiegeln würde.* Sie holte tief Luft und bereitete sich darauf vor, ihre neue Umgebung zu betrachten.

Wie sie vermutet hatte, sah der Ort im hellen Tageslicht noch übler zusammengeschustert aus. Sie biss sich auf die Lippe, um ein Ächzen zu unterdrücken. *Nun, dieses Mal hast du es geschafft, Prudence Crawford,* dachte sie in einem Ton, der dem von Mrs Seymour glich. *Prudence Morgan,* korrigierte sie hastig und vermerkte sich im Geiste, dass sie Mrs Seymour schreiben sollte − nur, damit sie ihr neues Briefpapier verwenden und ihren Namen, *Mrs Michael Morgan,* darunter setzen konnte.

Wird die Ehe ausreichen, um das Leben hier wettzumachen? Gestern hätte Prudence, von Michaels Aufmerksamkeit in Aufregung versetzt, wohl mit Ja geantwortet. Doch seine starken Stimmungsschwankungen beunruhigten sie. Manchmal schien er sie zu hassen, obwohl er die meiste Zeit ausgesprochen höflich gewesen war.

Mit einem Kopfschütteln angesichts des Dilemmas ihrer Ehe, ging Prudence die Stufen zur Straße hinunter. Sie hob den Rock etwas an, um zu verhindern, dass der Saum im Schmutz schleifte, und fragte sich, ob sie Michael dazu würde überreden können, Gehwege zu bauen. Entweder das, oder sie musste ihren Saum kürzen lassen. *Praktisch, kommt aber einem Skandal nahe.*

Auf der anderen Seite der Straße versperrte kein Gebäude die Sicht auf die trockenen Wiesen, die sich bis zum Fluss schlängelten und von einer Reihe Laubbäumen gesäumt wurden. Zwischen Michaels Haus, das von der Straße zurückversetzt stand und zu allen Seiten einen großen Garten hatte, und den Nachbarhütten war jede Menge Platz.

Die Gardinen bewegten sich, als sie an der ersten vorbei kam. *Irgendjemand muss mich beobachten.*

Danach kam das zweistöckige gelbe Wohnheim, gegenüber vom Saloon. Dieser war das erste Gebäude auf der anderen Straßenseite – ein quadratischer Gebäudeblock, über dessen Tür in schiefen Buchstaben *Rigsby's Saloon* stand.

Sie erschauderte und wandte das Gesicht wieder dem Wohnheim zu. Eine überdachte Veranda erstreckte sich über die gesamte Front des Schindelgebäudes und vor der Tür standen beidseitig lange Bänke.

Es folgte das Geschäft, das weitaus kleiner aussah als Prudence erwartet hatte. Sie runzelte die Stirn und bezweifelte, dass sie in solch einem winzigen Laden Möbel finden würde. Dann überquerte sie die Straße und näherte sich dem Blockhaus, das Mrs Tisdale gehören musste.

Blumen blühten in schmalen Beeten vor dem Haus. Sie stieg die Treppe hinauf und klopfte.

Die Tür öffnete sich und Mrs Tisdale strahlte sie an. »Willkommen in meinem Heim, liebe Mrs Morgan.«

Das *»liebe«* brachte Prudence aus der Fassung. *Zuerst Mrs Norton und jetzt Mrs Tisdale.* Vor ihrer Ankunft im Montana-Territorium war sie in ihrem ganzen Leben noch nicht *»liebe«* genannt worden. Die Sache gefiel ihr ganz gut.

»Geben Sie mir den.« Mrs Tisdale griff zum Korb.

Prudence reichte ihr den Korb, öffnete den Pompadour, zückte ihre Visitenkartenschachtel und öffnete sie. Überschwänglich reichte sie Mrs Tisdale eine Karte.

»Was ist das?« Die Frau beäugte die Schrift.

»Meine Visitenkarte«, erklärte Prudence stolz.

»Entzückend. Mir gefallen die Rosen am Rand.« Die Frau trat zurück und winkte Prudence herein.

Die Hütte war dunkel, mit niedriger Decke, und nur einem kleinen Fenster neben der Tür und einem an der seitlichen Wand. Über der Ecke hing ein Laken, das zum

Teil ein schmales Bett bedeckte. Unter dem mit Vorhängen ausgestatteten Fenster stand ein zweites Bett. Ein quadratischer Tisch mit vier Stühlen, ein kleiner Ofen und einige Kisten, die mit Nägeln als Regale an der Wand befestigt waren, vervollständigten die Einrichtung des Zimmers. Noch nie hatte Prudence ein Haus wie dieses gesehen und sie konnte sich nicht vorstellen, in solch einem beengenden Raum zu wohnen. *So ganz ohne Privatsphäre muss der Winter die Hölle sein.*

Mrs Tisdale ging zu einem Kasten an der Wand, der offensichtlich für Dekorationszwecke genutzt wurde, denn er enthielt das eingerahmte Foto eines jungen Paares, das einen Ehrenplatz in der Mitte neben einem blauen Glaskästchen innehatte. Sie lehnte die Karte an die Kiste, als wäre sie ein Ausstellungsstück. »Hübsch. Ich werde mich freuen, sie vor Augen zu haben.«

Das Kompliment erfüllte sie mit Beschämung. Nicht die Frau war Grund für ihre Scham – ganz und gar nicht –, sondern die Tatsache, dass Prudence im Vergleich zu dieser Familie Besitztümer in Hülle und Fülle hatte. Sie war so beschäftigt damit gewesen, sich darüber zu beklagen, wie viel sie verloren hatte, dass ihr gar nicht aufgefallen war, wie viel sie noch immer besaß. *Ich bin fürwahr reich im Vergleich zu diesen Leuten. Ich sollte wirklich dankbar sein.*

Wieder eine von Mrs Seymours Lehren, die sich als wahr erweist.

Mrs Tisdale setzte sich ihren abgenutzten marineblauen Hut auf und band die Schleifen zu. »Lassen Sie uns zu Rosa gehen, einverstanden? Ein paar von den anderen Frauen werden dazu stoßen. Marla und Becky Lee nicht, die schlafen sicher noch.«

Prudence schaute misstrauisch.

»Sie arbeiten bis spät in die Nacht.«

Als sie daran dachte, warum die beiden so lange wach blieben, wurde ihr Gesicht ganz heiß und sie erstarrte.

Wir haben nur eine Frau aus dem Morgenland hier, und zwar Jingy Guan. Sie ist im letzten Sommer angekommen, um Hong Guan zu heiraten. Die meisten älteren Männer sind verheiratet und schicken ihren Frauen Geld nach Hause. Hong hat seine Frau mit dem Segelschiff nach Kalifornien übersetzen und dann hierher reisen lassen. Sie spricht keinen Brocken Englisch und bleibt immer in der Nähe ihres Hauses.«

Sie muss Heimweh haben.

»Julia Zaires und ihr Baby besuchen in den nächsten Wochen Verwandte in Sweetwater Springs, deshalb werden Sie sich gedulden müssen, sie kennen zu lernen. Und Portia Rossmore, das arme Ding, darf ohne ihren Mann nicht aus dem Haus, um sich mit anderen zu treffen.

»Wie bitte?«, rief Prudence aus.

»Clyde Rossmore ist ein Grobian! Das habe ich ihm schon ins Gesicht gesagt. Und als ich das tat, hat der Mann die Faust geballt und sah so aus, als wolle er mich schlagen. Wahrscheinlich hätte er das auch, wäre mein Sohn nicht dabei gewesen.« Sie stemmte die Hände in die Hüften. »Mein Dean ist ganz schön groß, das kann ich sagen.«

Prudence schluckte und entsann sich Mrs Seymours Warnung, dass ihr Mann sie würde verprügeln können, wenn sie ihn provozierte. »Schlägt er sie?«

Mrs Tisdale presste die Lippen aufeinander und plötzlich füllten ihre Augen sich mit Tränen. »Ich befürchte, Clyde hat seine Wut über mich an dem armen Mädchen abgelassen. Am nächsten Tag habe ich blaue Flecke auf ihrem Gesicht erkennen können und seitdem werde ich das Schuldgefühl nicht los. Portia ist schön und lieb, hat aber sogar vor ihrem eigenen Schatten Angst.

»Kann denn niemand etwas tun?«

»Mr. Morgan hat es versucht und mein Dean hat ihn einmal grün und blau geschlagen, als er Clyde dabei ertappt hat, wie er Portia verprügelte. Er dachte, wenn Clyde am eigenen Leib spürt, wie es ist, wenn man geschlagen wird, würde er aufhören.« Sie schüttelte den Kopf. »Fehlanzeige.«

Als sie sich daran erinnerte, dass sie die First Lady dieser Stadt war – wie armselig diese auch sein mochte – ergriff Prudence ein plötzlicher und ungewöhnlicher Anflug von Selbstlosigkeit. »Sie sollte ihn verlassen. Wir können ihr helfen.«

»Aber wo soll sie denn hin? Wie sollte sie sich ernähren? Portia könnte ohne Scheidung nicht heiraten und Clyde würde sie umbringen, wenn er sie findet.«

»Es muss einen Weg geben«, sagte Prudence aufgebracht, überrascht über ihre eigene Reaktion einer Frau gegenüber, der sie nie begegnet war.

»Selbst, wenn es einen gäbe, würde Portia Clyde nie verlassen. Zufällig weiß ich, dass Mr. Morgan sich angeboten hat.«

Ein kurzer unangenehmer Gedanke ließ Prudences Augen zu Schlitzen werden.

Mrs Tisdale hob ihre Hand. »Ich weiß, was Sie denken, aber Sie irren sich. Mr. Morgan hat angeboten, Portia zu seiner Familie zu schicken. Einige Brüder von ihm haben Farmen. Aber sie hat sich geweigert zu gehen. Ich kann mir einfach nicht vorstellen, warum.«

Auch Prudence fiel das schwer.

»Vielleicht bringt Clyde Portia heute Abend mit auf das Fest, aber er wird sie immer an seiner Seite behalten. Eine Sträflingskugel, das ist er.« Mrs Tisdale rückte den Hut zurecht. »Gehen wir zu den anderen Damen.«

Als sie auf die drei Frauen stießen, die sich vor dem Geschäft versammelt hatten, zeigte Mrs Tisdale mit der Hand auf eine nach der anderen. »Cecilia, Mrs Leviticus Garr. Ava, Mrs Paulo Tuccio, und Verna, Mrs George Copelin.«

»Mrs Morgan«, murmelten sie und senkten das Kinn.

Wie auch Mrs Tisdale und Rosa Rivera trugen die drei ausgeblichene Arbeitskleider und alte Strohhüte, auch wenn Ava sich einen Kranz aus frischen Blumen um die Krempe geflochten hatte.

»Ich fürchte, unser Geschäft hat nicht viel zu bieten, Mrs Morgan«, sagte Ava mit einem Kopfschütteln, durch das ein Gänseblümchen in den Schmutz geschleudert wurde.

Gar nicht so anders als mein Reisehut.

Verna Copelin, groß und schlank mit krausem rotem Haar und schmalem Gesicht voller Sommersprossen, stieß einen geplagten Seufzer aus. »Wir wären wirklich dankbar, wenn Sie Mr. Morgan dazu anregen könnten, das Angebot zu erweitern«, erklärte sie in klagendem Ton.

Prudence runzelte angesichts der Bestätigung ihrer Befürchtungen die Stirn. »Ich habe gehört, dass ein Geschäft gewöhnlich der Mittelpunkt des Treibens einer Kleinstadt ist.«

»Nicht in unserer«, bemerkte Ava Tuccio abfällig. »Wie sehr ich es vermisse, einzukaufen, in einem Café eine Pause für den Nachmittagstee einzulegen ...«

Avas olivstichige Haut, ihre dunklen Haare und Augen sowie ihr italienischer Akzent erinnerten Prudence an Lina Barrett, wodurch sie umgehend eine Abneigung gegen die Frau verspürte – obwohl sie geistesgegenwärtig genug war, diese nicht zu zeigen.

Cecilia Garr, rundlich und hübsch, mit einem herzförmigen Gesicht und blauen Augen, warf den Kopf in den Nacken und ließ die blonden Locken, die ihr Gesicht einrahmten, auf und ab wippen. »Wie Sie sehen, Mrs Morgan, brauchen wir dringend eine Frau, in deren Macht es steht, diese Stadt zu verändern.«

Obwohl die Frau mit dem schwersten Südstaatenakzent sprach, den Prudence je gehört hatte, erfüllten die Worte sie mit einem Gefühl der Selbstherrlichkeit. Sie schenkte Mrs Garr ein zustimmendes Lächeln. »Das sehe ich genauso.«

Mrs Copelin schüttelte den Kopf. »Ich bezweifle, dass Sie viel ausrichten können. Immerhin ist das hier eine Bergbaustadt. Da zählen die Bedürfnisse von ein paar Frauen und Kindern nicht.«

Prudences Entsetzen wurde noch größer. »Wie wäre es, wenn ich mir selbst ein Bild verschaffte?« Sie marschierte zum Laden.

Die Frauen folgten ihr wie eine Gänseschar.

Auf beiden Seiten der Tür waren die beiden großen Fenster so schmutzig, dass Prudence nicht hindurchschauen konnte. Ihre Begierde, hineinzusehen, löste sich in Luft auf. *Was für eine Art von Geschäft stellt seine Ware nicht im Schaufenster aus?* Ein Blick über die Schulter zu den Frauen und auf die armselige Möchtegern-Stadt lieferte ihr die Antwort – *eine, die den Kunden keine Möglichkeit zur Wahl gibt.*

Das ist nicht recht! Selbst wenn man hier keine Alternativen beim Einkaufen hatte, so sollte der Laden trotzdem ansprechend aussehen und die Menschen dazu einladen, Geschäfte abzuschließen.

Mit einem tiefen Atemzug zur Vorbereitung öffnete sie die Tür und trat ein. Sie sog den Geruch von Kaffeebohnen, Leder und Staub in sich auf. Die schmutzigen Fenster ließen nur wenig Licht herein, auch wenn es neben dem hinteren Verkaufstisch ein weiteres Fenster gab. Prudence schaute sich mit zunehmender Bestürzung um. Sie sah eine ganze Wand voller Männerbekleidung und -stiefel, viele Werkzeuge, Fässer, die wahrscheinlich Mehl, Bohnen und weitere Lebensmittel enthielten, aber nur wenig, was den Bedürfnissen einer Frau gerecht wurde.

Langsam ging sie den Raum im Kreis ab. Sie musste suchen, bevor sie drei dünne Stoffrollen fand und erkannte in der mittleren den Stoff von Mrs Tisdales Vorhängen und

Mrs Copelins Rock wieder, während Mrs Garrs grünes Kleid aus dem Tuch der unteren Rolle angefertigt war.

In einigen Regalen standen Gläser mit Marmelade, Essiggemüse und Honig. Prudence ging näher und sah eine einzige Teedose. Als sie sich vorbeugte, um besser zu sehen, verschlug es ihr angesichts des unverschämten Preises den Atem. Sie drehte sich um die eigene Achse, um den Raum noch einmal zu betrachten und entdeckte nicht ein einziges Produkt, das sie hätte erwerben wollen.

Ihr Magen zog sich zusammen und sie ging hinüber, um das Schild am Brett mit den Stoffrollen zu begutachten. Der unerhörte Preis von Textilien, die Prudence bestenfalls als Putzlappen verwenden würde, war fast so hoch wie der von wesentlich feineren Stoffen in St. Louis.

Die Tür öffnete sich und die Frauen traten stillschweigend ein und versammelten sich um die Kisten und Fässer.

Prudence konnte sie nur sprachlos anstarren.

Sie ließen den Blick auf ihr ruhen.

Prudence streckte die Hände in einer hilflosen Geste aus und fand endlich die Worte wieder. »Ist das der einzige Laden, in dem Sie einkaufen können?« Sie schaute Mrs Copelins Rock an. »Stoffe und Kleidung?«

Mrs Copelin verzog das Gesicht. »Mr. Hugely sagt, er bestellt solange keinen Stoff mehr, bis diese Rollen aufgebraucht sind.«

»So etwas habe ich ja noch nie gehört!«, rief Prudence aus. »Aber was ist, wenn Sie, sagen wir einmal, einen ... Hut benötigen?«

»Wir sagen Mr. Hugely was wir brauchen und er macht die Bestellung. Das ist allerdings ziemlich teuer, deshalb finden wir uns generell mit dem ab, was wir haben.«

»Was halten Sie davon, über den Montgomery Ward Katalog Ihre eigenen Bestellungen aufzugeben?«

Sie starrten sie mit ausdruckslosem Blick an.

Mrs Tisdale schüttelte den Kopf. »Ich weiß nicht, was das ist.«

Gänzlich unbekannt. Prudence schaute sich hilflos im Raum um. »Wie kommen Sie damit zurecht?«

Mrs Tisdales Mund verzog sich zu einer Seite. »Wir treiben Tauschhandel. Ich stricke Socken, Mützen, Schals und Handschuhe. Mrs Copelin hält Hühner und wir bekommen Eier von ihr. Mrs Tuccio hat eine Kuh. Mrs Garr stellt Seife zum Waschen und Baden her und die Chinesen züchten Schweine ...«

»Ich verstehe.« Prudence schaute zum Ladentisch und hob eine Augenbraue. »Wo ist Mr. Hugely?«

»Zweifelsohne ist er mit der Angel in den Händen am Fluss und nutzt die Ausrede, dass der Boss den Männern befohlen hat, zu fischen und zu jagen.«

Mrs Tuccio stemmte die Hände in die Hüften. »Oder er hält auf seiner Veranda hinter dem Haus ein Nickerchen im Sessel.«

Prudence traute ihren Ohren nicht. *So führt man doch kein Geschäft!* »Und er hat den Laden einfach offen gelassen? Was ist mit Dieben?«

Mrs Garr zuckte die Achseln. Nun, vielleicht stiehlt mal jemand einen Bonbon und isst ihn rasch auf. Alles andere würde man wiedererkennen.«

»Sehen wir doch mal nach, ob er ein Nickerchen hält. Führen Sie mich zu ihm!«

Mrs Tisdale neigte den Kopf und deutete auf eine Tür hinter dem Ladentisch. »Ich bezweifle, dass wir durch sein Schlafzimmer gehen möchten, um auf die Rückseite zu gelangen. Nehmen wir die Eingangstür!«

Die Damen marschierten hinaus und umrundeten das Gebäude. Auf einer kleinen offenen Veranda schlummerte ein dicker Mann in einem abgenutzten Ledersessel im

Schatten eines Baumes. Sein Kopf hing schlaff herab und er schnarchte.

Prudence trat auf die Veranda.

Die Frauen blieben hinter ihr zurück.

»Mr. Hugely«, sagte Mrs Tisdale in schrillem Ton.

Der Mann schüttelte sich, um wach zu werden und schaute zu der Gruppe, die sich dort versammelt hatte. Seine dünnen weißen Haare standen zu Berge. Als er Prudence sah, erhob er sich schwungvoll aus seinem Sessel. »Sie brauchen sich nicht vorzustellen«, erklärte er in dem scherzhaften Tonfall eines gewieften Verkäufers. »Sie sind Mrs Morgan. Es ist eine Freude, Sie kennenzulernen. Wie kann ich Ihnen behilflich sein?«

Sie ignorierte sein Gehabe. »Ich habe gerade Ihr Geschäft unter die Lupe genommen, Mr. Hugely. Ich muss sagen, ich habe mich über die hohen Preise gewundert.«

»Ach, die Lieferkosten, meine liebe Dame. Sie haben ja keine Ahnung, wie viel es kostet, die Waren von der Bahnlinie nach Morgan's Crossing bringen zu lassen.«

Vielleicht hat der Mann recht. »Und die mangelnde Auswahl für Damen?«

»Ich habe kein Gespür für weiblichen Schnickschnack, Mrs Morgan. Wenn eine der Frauen etwas benötigt, braucht sie nur eine Bestellung bei mir aufzugeben.« Mit einer hilflosen Geste hob er die Hände, die Innenflächen nach oben gerichtet. »Natürlich kommen dann auch hier noch diese ärgerlichen Lieferkosten hinzu.«

»Ich verstehe.« Prudence vermerkte sich im Geiste, dass sie Nachforschungen über die *ärgerlichen* Lieferkosten anstellen sollte. »Wir kommen in Kürze zurück, um das Notwendige für das Fest zu besorgen.«

»Dann sehen wir uns später.« Der sympathische Ton des Mannes passte nicht zum harten Blick in seinen blauen Augen.

»Natürlich.« Prudence wandte sich zum Gehen. Doch bevor sie die Treppen hinabstieg, schaute sie noch einmal über die Schulter zurück. »Ach, und Mr. Hugely ... putzen Sie die Fenster! Ich möchte sie blitzblank sehen, wenn ich zurückkomme.«

Ohne seine Reaktion abzuwarten, verließ Prudence die Veranda und konnte sich denken, dass der Mann sie wahrscheinlich gerade mit seinen Blicken tötete. Doch die Freude auf den Gesichtern der Frauen gab ihr Mut. »Nun, meine Damen, müssen wir eine Bestandsaufnahme im Wohnheim machen. Wenn ich mir den Laden ansehe, wage ich es kaum, an den Zustand des Wohnheimes zu denken.«

Kapitel Vierzehn

Als die Abenddämmerung hereinbrach, bereitete Prudence sich auf das Fest vor und legte ihr petrolfarbenes Lieblingskleid aus Seide an, frisch gebügelt von Mrs Rivera, die ihr auch beim Frisieren behilflich war. Geschickt bediente sich die Frau in der Küche eines Lockenstabs, den sie auf dem Herd erhitzte, und vieler Haarnadeln und zauberte damit einen zarten Stil, der Prudences unscheinbares Antlitz verschönerte – zumindest vermittelte ihr der kleine Handspiegel diesen Eindruck. Mrs Rivera hatte Mrs Tisdale außerdem dabei geholfen, die Badewanne auszuleeren und sie nach unten zu schleppen, wo sie dann auf der Veranda hinter dem Haus deponiert wurde, bevor die beiden Frauen nach Hause gingen.

Als sie sich blind in ihrem Schlafzimmer anzog, wurde Prudence bewusst, wie sehr sie immer darauf angewiesen war, sich in einem großen Spiegel zu sehen. *Zumindest habe ich in der Agentur gelernt, ohne Hausmädchen zurechtzukommen. Ich kann wohl kaum meine Nachbarn rufen, wenn ich Hilfe beim Ankleiden benötige.*

Ich habe jetzt einen Mann. Beim Gedanken daran, wie Michael die Bänder ihres Korsetts zuschnürte ... oder löste, spürte sie ein Flattern im Bauch. *Nein, ich bin ganz sicher noch nicht für seine Hilfe bereit.*

Sie rückte die Rüschen um den tiefen Ausschnitt ihres Kleides zurecht, die ihrer flachen Brust etwas mehr Fülle verliehen, und bauschte die kurzen Ärmel auf. Die Rückseite des Kleides war mit einer Reihe von Rüschen verziert, die die gesamte Tournüre bedeckten.

Prudence hatte das Kleid zum letzten Mal vor dem Tod ihres Vaters getragen, dann hatte sie getrauert und so war das Stück dann etwas aus der Mode geraten – nicht, dass das hier jemand erkannt hätte. Genau genommen war sie immer noch in Trauer um ihre Mutter, doch niemand wusste davon. Sie hasste es, Schwarz zu tragen, denn die Farbe ließ ihre Haut bleich wirken und so hatte sie das Trauergewand, kaum in der Agentur angekommen, abgelegt und die Kleider nun ganz unten in Koffer Nummer drei vergraben.

Prudence platzierte ein grünes Herz aus Jade in die Mulde am Hals – eine Kette, die einst Lissa gehört hatte und ein Geschenk des Vaters war, der Geschäftsbeziehungen im Orient hatte. Wenn sie die Kette trug, fühlte sie sich mit Lissa verbunden. *Gib mir heute Abend Kraft, liebe Schwester.* Sie tupfte ein wenig Blumenduft auf ihre Handgelenke und hinter die Ohren. Zu guter Letzt zog sie ihre langen Handschuhe an.

Begleitet vom Rascheln der Seide, verließ sie das Schlafzimmer. An den Stufen hielt Prudence mit der Hand auf dem Geländer inne. Unten sah sie Michael am Fuße der Treppe warten.

Das dämmrige Licht von den Fenstern warf einen Schatten auf ihn. Er hatte eine Hand in die Tasche desselben Anzugs gesteckt, den er zu ihrer Hochzeit getragen hatte. Mit der anderen hielt er den gebogenen Geländerpfosten umfasst. Sein Kopf war gebeugt, als würde er seine Füße anstarren.

Zum ersten Mal fragte Prudence sich, wie ihr Mann sich wohl angesichts dieser Feier wirklich fühlte, ob er wohl genauso mit dieser Ehe zu kämpfen hatte wie sie. *Zweifel und Freude, immer wieder abwechselnd, und am Ende siegen die Zweifel.*

Sie legte eine behandschuhte Hand auf das Geländer und raffte mit der anderen eine Rockfalte hoch – gerade so weit, dass ihre Füße sich nicht im Saum verfingen und ihren Auftritt zunichtemachten. Langsam, mit königlicher Anmut, schritt sie hinunter.

Das Klappern ihrer Absätze auf den Treppen ließ Michael aufschauen und er richtete sich mit weit geöffneten Augen und gehobenen Mundwinkeln auf. »Oha!« Er setzte den Fuß auf die erste Stufe und bot ihr die Hand an, um sie den restlichen Weg zu begleiten. »Du wirst heute Abend alle verzaubern, meine liebe Pru. Eine echte First Lady.«

Sie merkte, wie sein Kompliment eine Hitzewelle durch ihren Magen, ihre Brust und dann in ihre Wangen jagte. Prudence fühlte sich schön und selbstsicher.

Als sie unten angelangt war, hob Michael ihre Hand zu seinen Lippen. Er schaute ihr einen Moment lang in die Augen. »Du hast wirklich magische Augen, meine Pru ... wie die sich verändern. Heute Abend bist du eine Seenixe.«

Sie schaute ihn zweifelnd an, doch sein Blick schien aufrichtig zu sein, und sie genoss sein Kompliment.

Michael drehte sich um und zeigte auf die geborgten Stühle, die in Reih und Glied den Flur entlang standen. »Ich bin beeindruckt, was du heute alles geschafft hast.« Ihre Hand in seiner führte er sie zum Eingang des Esszimmers, in dem es nach gebratenem Fleisch, gebackenem Fisch und anderen Speisen duftete.

Prudences Ansicht nach war der mit marineblauen Kacheln geflieste Kamin und dessen Sims mit Regalbrettern der beste Teil des Esszimmers. Sie stellte sich vor, dort einige Porzellanstücke ihrer Großmutter auszustellen – die blau-weißen, die sich mit den Kacheln ergänzen würden.

Auch wenn Prudence das Speisezimmer mit kritischem

Auge betrachtete und ahnte, wie ihre Bekannten in St. Louis darüber spotten würden, konnte sie nicht umhin, ein wenig stolz darauf zu sein, was sie und die anderen Frauen zusammen gesammelt hatten, um diese improvisierte Feier auf die Beine zu stellen.

An ihrem Enthusiasmus kann ich ganz sicher nichts aussetzen.

Becky Lees weiße Tischdecke bedeckte zwei geliehene Tische, die zusammengeschoben waren und so eine lange Fläche bildeten, wenn auch in unterschiedlicher Breite. Mrs Copelins glänzend polierte Kerzenständer aus Silber enthielten weiße Kerzen, die noch nicht angezündet waren. Mit Mulltüchern bedeckte Schalen und Platten voller Speisen: Kaninchen, Eichhörnchen und Fisch – der Fang dieses Tages –, Wildfleisch von einem Bock, das einige Tage zuvor von Howie mitgebracht worden war, ein kleines Spanferkel, das von den Chinesen gestellt wurde, und weitere von den Frauen zubereitete Gerichte füllten den größten Teil des provisorischen Tisches.

In einer Ecke stand ein Stapel Teller aus Zinn, Emaille und Porzellan und daneben ein Korb mit Besteck. Geliehene Servietten in allen Farben – einige davon, nach Prudences Auffassung, kaum mehr als Lumpen – lagen sorgfältig gestapelt auf der anderen Seite der Teller.

Durch das Fenster konnte sie in den Garten schauen – nichts als Erde im Schatten von Bäumen und ganz hinten ein Stall. Die Tische und Bänke aus dem Esszimmer des Wohnheims waren unter die Bäume gestellt worden – selbstverständlich nach einer gründlichen Reinigung. Auf jedem standen Laternen aus dem Bergwerk. Prudence bezweifelte, dass irgendwo in der Stadt noch eine Leuchte übrig geblieben war. *Ein Glück, dass wir heute fast Vollmond haben.*

Michael ließ ihre Hand los. »Lass mich die Kerzen anzünden.« Er ging auf den Tisch zu.

Prudence zeigte auf die Öllampen auf dem Kamin. »Die auch. Da wir uns so viele ausgeliehen haben, sollten wir jede Menge Licht haben.«

Während Michael die Kerzen und Lampen anzündete, lugte Prudence in die Küche und sog den Duft nach Zimt und Vanille ein. Der schwarze gusseiserne Herd dominierte den großen Raum, dem es ansonsten an allen notwendigen Möbelstücken mangelte. Eine eingebaute Arbeitsfläche an einer Wand mit Schränken darüber und darunter, bot einer Reihe von Kuchen, Torten und Tellern voller Kekse, sowie einem Stapel weiterer kleiner Blechteller Platz.

Prudence hatte noch nie so viele Desserts an einem Ort gesehen. Angesichts der Fülle an Nachspeisen hoffte sie, dass alle Naschkatzen zufrieden sein würden. Sie vermutete, dass die Bergmänner sich nicht auf so bescheidene Portionen beschränken würden, wie es die höflichen Gäste auf den eleganten Festen in St. Louis taten. *Auch wenn das hier rein gar nichts mit einem eleganten Fest gemein hat.*

Eine der Frauen vom Saloon hatte ihr über Mrs Tisdale das Weckglas mit Wildblumen zukommen lassen, das am anderen Ende des Tresens stand. Prudence fiel ein weiterer Teller Kekse auf, der vorher nicht da gewesen war, und schüttelte erstaunt den Kopf. *In der letzten halben Stunde muss eine der Frauen durch die Hintertür ins Haus geschlüpft sein, während ich mich oben angezogen habe.*

Den ganzen Tag über hatten die Frauen von Morgan's Crossing – mit Ausnahme der beiden Saloon Girls, Jingy Guan und Portia Rossmore – vergnügt für das Fest geschuftet und dabei eine, wie Prudence schien, ansteckende Lebhaftigkeit verbreitet. *Also, wenn ich in der Agentur so hart gearbeitet hätte, wäre ich mürrisch gewesen, nicht so fröhlich. Alle um mich herum hätten von meiner Unzufriedenheit erfahren.*

Um ehrlich zu sein, war Prudence die Arbeit angesichts der Art, wie die anderen mit ihr umgegangen waren, wie sie gelacht und Geschichten erzählt hatten, gar nicht schwergefallen. Nie war ihr klar gewesen, was für einen Unterschied es machte, wenn man in sympathischer Gesellschaft war, auch wenn sie in der Agentur gesehen hatte, dass andere Bräute in den Genuss solcher Freundschaften kamen. Darcy und Kathryn hatten immer besonders großen Gefallen daran gefunden, sich gemeinsam um den Haushalt zu kümmern. Genauso wie Prudence stammten die beiden aus guter Familie und waren ähnlich unerfahren bei häuslichen Arbeiten. Sie hatten sich gegenseitig ermutigt und über ihre Fehler gelacht, während Prudence sich über ihre eigenen nur ärgerte.

Ein Gefühl der Reue beschlich sie. *Vielleicht wäre alles anders gewesen, wenn ich mitgemacht hätte, statt ...*

Michael trat neben ihr durch die Tür und legte einen Arm um ihre Taille.

Die unerwartete, intime Geste verblüffte sie und sie erstarrte.

Er wollte die Hand wegziehen, doch Prudence stoppte ihn, indem sie sich an ihn lehnte. Sie musste den Kopf nach hinten neigen, sodass er ihr Gesicht sehen konnte. Sie waren sich so nah, dass sie die Bay Rum Seife, die er benutzt hatte, riechen konnte, ein männlicher Duft, der genauso intim war wie ihre Nähe zueinander. »Meinst du, das Essen wird reichen?«, fragte sie. »Ich kann es nicht einschätzen.«

»Nein«, sagte er grinsend.

Prudence richtete sich kerzengerade auf und schaute ihn entsetzt an.

Er tippte ihr auf die Nasenspitze. »Schau nicht so besorgt, meine Liebe. Meine Männer sind wie Heuschrecken. Sie werden das Essen verschlingen, bis nichts mehr da ist. Sicher werden sie keinen Krümel übrig lassen.«

»Das ist gar nicht lustig, Michael. Was machen wir, wenn uns alles ausgeht?« *Keine gute Gastgeberin in St. Louis könnte solch eine Schande ertragen.*

»Ich wollte dir keine Sorgen bereiten, Pru. Feste sind eine Seltenheit in Morgan's Crossing, deshalb werden sich trotzdem alle amüsieren. Du wirst schon sehen. Die Leute hier sind es gewohnt, dass alles aufgegessen wird, ohne dass etwas übrig bleibt.«

Pru. Normalerweise hasste sie es, wenn jemand ihren Namen in der Mitte abschnitt. Doch die Art, wie Michaels Stimme das Wort jedes Mal streichelte, wenn er den Kosenamen verwendete, gab *Pru* eine neue und besondere Bedeutung.

»Ich habe eine Überraschung für dich.«

Ihr Herz machte einen kleinen Sprung. Überraschungen liefen ihr nur selten über den Weg. »Wie bitte?«

Michael deutete mit dem Kopf auf die Eingangstür. »Komm und sieh nach!« Er umschloss erneut ihre Hand.

Sie gingen durch den Eingangsbereich und das Wohnzimmer, in dem die Damen die Couch gegen die hintere Wand und den Ledersessel in eine Ecke gerückt hatten. An den Seiten reihten sich die von den Nachbarn und dem Wohnheim geborgten Holzstühle aneinander.

Prudence nahm die spärliche Ausstattung kaum zu Kenntnis, da sie mehr auf das Gefühl konzentriert war, das vom Händchenhalten mit ihrem Mann in ihr ausgelöst wurde. In den letzten paar Minuten hatte er sie mehr berührt, als irgendwer sonst in den ganzen letzten Jahren. *Alle zusammengenommen.*

Mit einem plötzlichen Anflug von Traurigkeit bemerkte Prudence, dass ihr noch nicht einmal bewusst gewesen war, dass ihr körperliche Zuneigung fehlte. *Die Distanziertheit meiner Eltern war selbstverständlich für mich.*

Michael hielt ihr eine der Zimmertüren auf. Sie ging durch den Vorraum und stieß die Außentüren auf. Gemeinsam traten sie auf die Veranda.

An jeder Ecke des Daches hing eine runde, rote

Seidenkugel mit einem Licht darin. »Oh. Was ist das denn?« Prudence ließ Michaels Hand los und näherte sich, um eine der Lampen zu begutachten. Sie staunte über die goldenen Muster, die auf die Seide gemalt waren. »So etwas habe ich noch nie gesehen. Die spenden wirklich ein wunderschönes Licht.«

»Jingy Guan hat sie aus China mitgebracht, als sie angekommen ist. Ich habe sie für heute Abend ausgeliehen.«

»Bezaubernd.« Prudence drehte sich um und kehrte zu ihm zurück. Sie sah in sein attraktives Gesicht und fühlte sich ihrem Mann gegenüber so wohlgesinnt wie seit ihrer Ankunft noch nie. »Danke, Michael. Sie geben eine einmalige, festliche Note.« Sie legte ihm die Hand auf den Arm und drückte ihn.

Er schaute ihr tief in die Augen. Mit seinem Finger fuhr er ihren Nacken und ihr Kinn entlang.

Sie zitterte und schnappte angesichts des erregenden Gefühls nach Luft.

Michaels Finger hielt unter ihrem Kinn inne. Er neigte den Kopf und legte seinen Mund auf ihren.

Mit einem Seufzer öffnete Prudence die Lippen, hob ihren Arm und legte die Handfläche auf seine Brust, in der sein Herz kräftig pochte. Die Berührung von seinen Lippen auf ihrem Mund jagte Prudence einen Schauer über den Rücken. *So fühlt sich also ein Kuss an – heiß, sanft, männlich ...* Ganz benommen von der Empfindung, wollte sie mehr.

Als Stimmen erklangen, hob Michael den Kopf. Doch er ließ seinen Blick noch einen Moment auf ihr ruhen, bevor er zurücktrat und sie losließ.

Prudence löste sich mit brennenden Wangen von ihm und spürte immer noch, wie seine Lippen von ihr Besitz ergriffen hatten. Sie hoffte, das schummrige Licht würde ihre vielsagende Röte verbergen.

Ein etwa achtjähriges Mädchen rannte, gefolgt von einem

etwa gleichaltrigen Jungen und einem ein paar Jahr jünger aussehenden Kind, auf das Haus zu. Alle drei lächelten erwartungsvoll.

Prudence vermutete, dass sie keine Geschwister waren, denn der Kleinste hatte rote Haare, grüne Augen und Sommersprossen, das Mädchen war dunkelhaarig mit braunen Augen und olivstichiger Haut, und der größere Junge hatte volles braunes Haar mit Topfschnitt und neugierige blaue Augen.

Die Kinder sprangen die Stufen hinauf und kamen hüpfend auf sie zu.

»Mr. Morgan«, sagte das Mädchen, das Rosa Rivera stark ähnelte. Sie hielt die Rockzipfel in die Höhe, um die kleinen roten Blümchen auf dem blauen Stoff zu zeigen. »Ich trage mein neues Kleid. Eigentlich sollte ich es mir für die Sonntage aufheben, wenn Father Fredrick die Messe abhält. Aber Mamá sagt, Feste sind besondere Anlässe.«

»Deine Mama hat recht. Und du siehst auch wirklich hübsch aus, Juanita.« Er lächelte den rothaarigen Jungen an. »Ich wette, du bist hungrig, Rufus.«

»Natürlich!« Sein Grinsen offenbarte eine Zahnlücke.

»Bobby«, sagte er zum älteren Jungen, »hat deine Großmutter dir Mrs Morgan vorgestellt?«

»Nein, Sir.« Der ältere Junge grinste Prudence unverfroren an. »Die Miss Morgan hab ich noch nicht gesehen. Robert Tisdale, Ma'am, zu Ihren Diensten.« Er deutete eine Verbeugung an.

Juanita fuhr herum, um Prudence anzuschauen, und ihre schwarzen Zöpfe flogen dabei um ihren Kopf. Sie ließ das petrolblaue Kleid auf sich wirken und ihre Augen weiteten sich in offensichtlicher Ehrfurcht.

Erstaunt über das plötzliche Auftauchen der Kinder, schaute Prudence von den dreien zu Michael. Den ganzen Tag über hatte sie kein einziges Kind gesehen und bemerkte ihr Fehlen erst jetzt. Genauso wenig war sie auf eine Schule oder eine Lehrerin gestoßen, und sie vermerkte sich im Geiste, dass sie den Zustand des städtischen Bildungssystems untersuchen sollte. Sie beugte sich zu ihm vor. »Was machen die denn hier?«

Michael warf ihr einen kurzen warnenden Blick zu. »Ein Fest in Morgan's Crossing bedeutet, dass *alle* dabei sind, selbst Babys auf dem Arm.«

»Aber was sollen wir denn mit denen machen?«

»Sie werden sich schon allein amüsieren. Das machen sie immer.«

Prudence blieb keine Zeit, um noch irgendetwas zu sagen, denn schon stiegen auch die Familien der Kinder die Treppe hinauf und versammelten sich auf der Veranda.

Mrs Tisdale schritt neben einem stattlichen Mannsbild einher – ausgehend von der Ähnlichkeit zu ihr und Bobby, wohl ihr Sohn Dean. Sie trug ein marineblaues Kleid aus einem feineren Stoff als der ihrer Arbeitsbekleidung, dessen Schnitt jedoch genauso einfach war.

Doch ihr gutmütiger Ausdruck machte ihre mangelhafte Kleidung wett. Prudence wunderte sich über ihre ungewöhnlich fürsorgliche Denkweise.

Mit einem Grinsen, das ihre Zahnlücke entblößte, und erhobenem Zeigefinger wandte Mrs Tisdale sich an Prudence: »Also, Mrs Morgan, Sie genießen jetzt Ihre Feier. Überlassen Sie ruhig uns die Arbeit!«

Prudence lachte. »Sehr gern.«

Danach kam Rosa Rivera, die Hand in die Armbeuge ihres Mannes gelegt. Es folgten weitere Familien. Nach einer kurzen Vorstellung gingen die Männer und die Kinder ins Haus. Die Frauen verweilten.

Mrs Rivera schaute das petrolblaue Gewand an und drückte sich eine Hand auf die Wange. »Ich habe das Kleid zwar gebügelt, aber es an Ihnen zu sehen, *ach* ...«

»Vielen Dank«, sagte Prudence, erfreut über die aufrichtige Bemerkung.

Mrs Garr hielt inne und legte sich theatralisch eine Hand auf die Brust, während sie Prudences Kleid ansah. Sie trug ein hübsches himmelblaues Kleid, dessen gerade fallender Rock einen altmodischen Stil aufwies. Das kleine Mädchen an ihrer Hand hatte das gleiche herzförmige Gesicht wie die Mutter und auch ihre lockigen blonden Haare. »Was für ein bezauberndes Kleid, Mrs Morgan«, ihr schwerer Südstaatenakzent war nicht zu überhören. »Meine Schwester hat mir eine Seite aus einer Zeitschrift ausgeschnitten und zugeschickt. Auf dem Bild sieht man ein Kleid wie Ihres.« Sie seufzte und zupfte an ihrem Rock. »Das ist mein bestes Kleid seit vor meiner Hochzeit gewesen. Ich darf jetzt kein Pfund mehr zulegen, denn der Saum ist vollständig ausgelassen.«

Mit geschwellter Brust nahm Prudence ihre Komplimente zur Kenntnis und genoss es, im Mittelpunkt zu stehen. *Das ist schon eher, wie ich es mir vorgestellt hatte.*

Keine der Frauen trug eine Tournüre, nicht einmal eine kleine, gepolsterte Version. Sie wechselte den Platz, damit die anderen die Silhouette ihres Kleides mit dem drapierten Stoff über der Tournüre sehen konnten.

Die mürrische Verna Copelin gesellte sich zu Prudence und den drei anderen Frauen.

Alle sind hier, um mich zu feiern. Die Veranstaltung entpuppt sich ja doch als ausgesprochen angenehm! Prudence schaute zu Michael.

Ihr Mann lächelte und trat zurück, damit sich die Frauen um sie versammeln konnten.

Mrs Copelin trug ihr krauses rotes Haar zu einem strengen Dutt zurückgekämmt, sodass keine Strähne es wagen konnte herauszurutschen. Schnaubend warf sie einen vielsagenden Blick auf Prudences Tournüre. »Ich weiß nicht, wie Sie sich in diesem neumodischen Ding wohlfühlen können. Bequem sitzen können Sie sicher nicht.« Doch in ihren Augen war offensichtlicher Neid zu lesen.

Prudence ignorierte die unausgesprochene Beleidigung und schaute zu Mrs Garrs kleiner Tochter. »Wo waren die Kinder heute?«

Mrs Tisdale schaute Mrs Rivera an. »Sie wären uns heute nur im Weg gewesen. Also haben Juanita und Bobby sich im Haus der Garrs um sie gekümmert. Juanita kommt gut mit den Kleinen zurecht und Bobby behält die beiden im Auge und unterhält sie.«

»Meine Jungs haben beim Fischen geholfen«, erklärte Mrs Copelin mit einem stolzen Lächeln, das ihr sonst so strenges Aussehen verwandelte und ihrem sommersprossigen Gesicht eine verschmitzte Schönheit verlieh.

Verblüfft über diese veränderte Mimik, fragte Prudence sich unvermittelt, welcher Ausdruck das wahre Wesen der Frau offenbarte. *Ist Verna einst ein vergnügtes Mädchen gewesen? Und wenn ja, warum hat sie sich verändert?* Sie fühlte sich unwohl bei dem Gedanken daran, und wandte ihre Aufmerksamkeit wieder der Unterhaltung zu. »Ich nehme an, die Schule hat noch nicht wieder angefangen?«

Mrs Tisdale wechselte einen Blick mit den anderen Frauen und schüttelte dann den Kopf. »Wir haben keine Schule.«

»Wie bitte?« Prudence schaute Michael fragend an. »Wie kann das sein?«

Er hob die Hand, um das Gespräch im Keim zu ersticken. »Darüber sprechen wir später.«

»Ganz sicher.« Prudence setzte das Thema auf ihre immer länger werdende Liste.

Mit ausladender Geste winkte Michael denjenigen zu, die noch auf der Veranda standen. »Gehen Sie doch rein!«

Als sie sich im Laufe des Tages den Abend vorgestellt hatte, war sie davon ausgegangen, dass Michael und sie die in der Schlange stehenden Gäste am Hauseingang begrüßen würden, während er ihr die einzelnen Stadtbewohner vorstellte. Doch sie schienen nie die Gelegenheit zu bekommen, sich von der Veranda zu entfernen, denn ein scheinbar unendlicher Fluss von Männern strömte an ihnen vorbei.

Die meisten Minenarbeiter hatten sich offensichtlich zurechtgemacht, denn ihr Haar war gepflegt, ihre Gesichter geschrubbt, die Kleidung sauber – auch wenn Prudence eine Menge Flecken und Falten sah, und einige ihre Hüte aus Stroh oder ausgebleichtem Filz in ihren von der Arbeit aufgerauten Händen trugen.

Michael stellte sie vor.

Prudence nickte und lächelte, ohne auch überhaupt nur zu versuchen, sich an den Namen von jemandem zu erinnern, es sei denn, er hob sich vom Rest ab. Cookie Gabellini, der das Wohnheim leitete, nahm sie kaum wahr. Der Zustand seiner Küche und seines Speisesaals hatte sie so angewidert, dass sie nicht länger als die wenigen Minuten im Gebäude geblieben war, die nötig waren, um festzustellen, wie es um Vorräte, Besteck und Möbel bestellt war. Das Wohnheim war ein weiteres Projekt auf ihrer Liste. Sie konnte nicht zulassen, dass die Bergarbeiter ihres Mannes in solch einem Schuppen wohnten.

Mr. Hugely war der einzige Mann außer Michael, der einen Anzug trug, auch wenn der Betreiber des Ladens mit seiner billigen roten Weste, die sich vor seinem Bauch spannte, im Kontrast zu Michaels elegant geschnittener Kleidung stand. »Wie bezaubernd Sie heute Abend aussehen, Mrs Morgan«, sagte er überschwänglich. »Sie erleuchten uns mit Ihrer Anwesenheit.«

Prudence schenkte seiner Heuchelei keine Beachtung. Sie hütete sich davor, einem dreisten Verkäufer Gehör zu schenken, insbesondere einem, dem sie befohlen hatte, die Fenster zu putzen.

Mit freudigem Kreischen eilten zwei Frauen die Stufen zur Veranda hoch.

Angesichts ihrer kurzen Röcke und der geschminkten Gesichter, hatte Prudence keinerlei Schwierigkeiten, sie als Saloon Girls zu erkennen. Selbst wenn sich ihr Rücken bei der Vorstellung, ihnen zu begegnen, immer mehr versteifte, erinnerte sie sich daran, dass Becky Lee Mrs Tisdale die Tischdecke aus ihrer Aussteuertruhe geliehen und Marla einen Strauß Wildblumen gepflückt hatte. Sie konnte es nicht vermeiden, ihre Bekanntschaft zu machen, wenn sie doch zum Fest beigetragen hatten – doch eine warme Begrüßung war sie ihnen auch nicht schuldig.

Bei Einbruch der Dunkelheit erschienen alle Chinesen schweigsam in einer Gruppe. Die meisten hatten einen drahtigen Körperbau und trugen ihr glattes, dunkles Haar zum Zopf gebunden, der ihnen über den Rücken fiel. Mit einem respektvollen Nicken verbeugten sie sich leicht, sprachen aber kein Wort.

Ein Mann und eine Frau, die ein ganzes Stück kleiner waren als Prudence, blieben vor ihr stehen und nickten ihr lächelnd zu.

»Hong Guan und seine Frau Jingy«, sagte Michael und zeigte auf eine hängende rote Laterne. »Die sind von ihr.«

»Jing-*Wei*.« Hong betonte die zweite Silbe, als würde sie eine Botschaft über seine Frau beinhalten. »Sie nicht Englisch sprechen.«

Ich dachte, sie heißt Jingy? »Jing-Wei?« Prudence wiederholte den Namen, um sicher zu sein.

Michael hob eine Augenbraue. »Jing-Wei«, murmelte er, um seinen Fehler zu berichtigen.

Jing-Wei, klein und robust, nickte und lächelte. Sie war mit einer schwarzen Tunika aus Seide und einer weiten Hose bekleidet. Ihr merkwürdiger Aufzug sah bequem aus.

»Danke, dass Sie uns Ihre Laternen ausgeliehen haben.«

Prudence wartete, bis Hong übersetzt hatte. *Wenn diese Stadt schon für mich ein Schock ist, wie muss es dann erst für jemanden aus dem Orient sein, hier zu wohnen?* Sie konnte sich kaum vorstellen, wie es sein musste, aus einem fremden Land in eine Stadt zu ziehen, in der es keine Frauen ihrer Art gab, und noch dazu die Sprache nicht zu verstehen. *Vielleicht können wir ihr Englisch beibringen.*

Jing-Wei fasste sich an den Hals und zeigte auf Prudences Kette. Sie murmelte etwas auf Chinesisch.

Ihr Gatte nickte. »Sie sagen, bringen Glück. Die Jade.«

»Oh, gut zu wissen.« *Ich brauche all das Glück, das ich bekommen kann.* Erfüllt von der warmherzigen Güte, die alle ihr entgegengebracht hatten, wagte Prudence zu hoffen, dass ihr Schicksal schon im Wandel begriffen war.

Zu guter Letzt endete der Besucherstrom.

Als der letzte Mann hineingegangen war, atmete Prudence erleichtert auf. »Unser Haus muss bis unters Dach gefüllt sein.«

Michael schmunzelte. »Oh nein, meine Liebe. Nur der erste Stock ist brechend voll. Oben gibt es kein Licht, also wird keiner im zweiten Stock sein.« Er schaute zur Straße und zog seine Brauen zusammen.

»Was ist los?«, fragte sie und folgte seinem Blick.

»Die Rossmores sind nicht gekommen. Und wo zum Kuckuck ist Obadiah Kettering?«

»Wer ist Obadiah Kettering?«

»Unser Unterhaltungsprogramm.«

Sie gab einen genervten Laut von sich. »Das ist keine Antwort.«

Michael lächelte zwinkernd. »Warte nur ab!« Er legte seine Hand unter ihren Ellenbogen und geleitete sie hinein.

Sein Zwinkern berührte etwas tief in ihr, für dessen genauere Untersuchung sie bisher noch nicht die Zeit gehabt hatte. Wie Prudence vermutet hatte, nahmen die Männer drinnen den Großteil des Raumes ein und drängten sich sogar die Treppe hinauf. Sie hatten am Eingang einen schmalen Durchgang frei gelassen, der gerade einmal breit genug für Michael und Prudence war.

Alle Augen auf sich gerichtet, bewegte sich Prudence mit ihrer königlichsten Anmut, schenkte dem Gesindel hier ein Nicken und dort ein kleines Lächeln, während sie es genoss, im Mittelpunkt zu stehen. Für diese wenigen Minuten machte es ihr nichts aus, dass ihr Publikum nur aus einem Haufen ungehobelter Bergarbeiter und deren Ehefrauen bestand.

Michael blieb am Eingang des Esszimmers stehen, wo Mrs Tisdale und ihr stattlicher Sohn Wache standen, und drehte Prudence herum, sodass beide die Gäste anschauten. Er legte ihr eine Hand auf das Kreuz. »Meine lieben Gäste. Vielen Dank, dass Sie sich versammelt haben, um meine Frau willkommen zu heißen. Morgan's Crossing hat lange eine First Lady gefehlt und nun haben wir eine. Ich kann schon vorhersagen, dass Mrs Morgen dringende Veränderungen einleiten wird.«

Ist der Enthusiasmus in seiner Stimme echt? Sie schaute in das Meer der Gesichter und entdeckte einige, die sie wiedererkannte. Einige sahen müde aus, einige teilnahmslos, doch die meisten wirkten einladend, als wären sie gewillt, ihr nach ihrem Patzer angesichts des Gestanks der ungewaschenen Männer vom Vorabend eine zweite Chance zu geben. Ein merkwürdiges Gefühl nagte an ihrem Magen – eines, das sie nicht zuordnen konnte.

Bevor Prudence ihre Eindrücke analysieren konnte, sah sie, wie die Männer an der Tür zur Seite traten, um einem Mann und einer Frau Platz zu machen, die in der Türschwelle erschienen.

Die blonde Frau war hochschwanger. Ihr streng zurückgekämmtes Haar und das schlichte graue Kleid standen im Gegensatz zu ihrer zarten Schönheit. Nachdem sie Prudence kurz angeschaut hatte, hielt sie den Blick gesenkt. Ein Schatten lag auf ihren blauen Augen, die zu niemandem Kontakt suchten.

Portia Rossmore. Die tragische Figur erregte Prudences Mitleid – ein seltenes Ereignis.

Der Mann, den Mrs Tisdale als Grobian bezeichnete, hatte die Hand mit offensichtlich zu festem Griff um den Arm seiner Frau gelegt.

Ausgehend von der Beschreibung, die sie gehört hatte, hatte Prudence eine Bestie erwartet, eher einen Mann von Dean Tisdales Größe – keinen mittelmäßig großen.

Auf den ersten Blick wirkte Clyde Rossmore ganz normal. Er trug das braune Haar zurückgekämmt, und ein rund geschnittener Bart verbarg sein Kinn. Wie auch die meisten anderen Männer trug er ein Hemd und eine Hose, die abgetragen, doch sauber waren, von Jacke keine Spur. Seine Kleidung war steif gebügelt, zweifelsohne der Verdienst seiner eingeschüchterten Frau. Er begegnete Prudences Blick und seine hellgrauen Augen wurden zu Schlitzen.

Nichts an seinem Blick wies auf einen Versuch der Einschüchterung hin, und doch lief ihr ein Schauer über den Rücken. Gern wäre sie näher an Michael gerückt, doch sie sammelte all ihren Mut und blieb mit gehobenem Kinn standfest an Ort und Stelle.

Michael unterbrach seine Rede und kam näher zu Prudence, als wollte er sie beschützen.

Das Paar näherte sich ihnen langsam.

»Clyde.« Michaels Ton war alles andere als einladend. »Portia.«

Prudence wunderte sich, dass er sie beim Vornamen nannte.

»Darf ich Ihnen meine Frau, Mrs Morgan, vorstellen?«

Prudence schaute Clyde mit geneigtem Kopf an und

ignorierte ihn dann, um Portia ein warmes Lächeln zu schenken. »Ich freue mich, dass Sie unserem Fest beiwohnen können.«

Die Frau wich ihrem Blick aus.

»Um nichts in der Welt würden wir solch ein ausgelassenes Fest verpassen«, polterte Clyde mit vorgetäuschter Gutmütigkeit, durch die er brutaler wirkte, als sein Aussehen vermuten ließ.

Prudence schaute zu Michael auf.

Er ließ seinen Blick an den Rossmores vorbei durch das Zimmer schweifen. »Normalerweise«, setzte er an und erhob die Stimme, um sich an die Menge zu wenden, »würden wir als gute Gastgeber Ihnen erlauben, dass zuerst Sie sich auf das Essen stürzen. Da ich jedoch meine Frau schon gewarnt habe, dass nichts mehr übrig sein wird, nachdem die gefräßige Horde angerückt ist ...«

Gelächter ging durch den Raum.

Michaels Lächeln wurde noch breiter. »Und da dies ein Fest zu Ehren meiner frischgebackenen Braut ist, werden sie und ich die Ersten sein, die sich an der Auswahl an Köstlichkeiten bedienen, die von den bezaubernden Damen unserer Stadt zubereitet wurden.« Er führte sie ins Esszimmer. Als der Applaus losbrach, blieb er stehen, grinste und nickte dankbar.

Prudence schaute sich um und sah lächelnde Gesichter voller aufrichtiger Freude – sei es, wegen der Feier, wegen ihrer Anwesenheit, oder wegen des anstehenden Festmahls. *Vielleicht wegen allen dreien.* Sie versuchte, ihre Gefühle mit Hilfe ihrer zynischen Ader unter Kontrolle zu halten, doch als das Klatschen in ein Crescendo mündete, gab sie sich dem Augenblick hin. *Nie hätte ich mir vorstellen können, dass ich eine Versammlung wie diese genießen würde!*

»Küssen! Küssen!«, rief ein Mann aus der hintersten Ecke des Zimmers.

Andere Stimmen fielen mit ein. »Küssen Sie sie!«

»Geben Sie ihr einen Kuss, Boss!«

Prudences Wangen brannten. Sie schaute sich um, doch es gab keinen Fluchtweg, also gab sie bereitwillig nach und hob ihr Gesicht zu seinem.

Mit einem Lachen in den Augen drückte Michael ihr einen sanften Kuss auf die Lippen.

»Ach, kommen Sie, Boss, das können Sie aber besser!«, rief ein Mann.

Die Stimme kam ihr bekannt vor, doch sie schaute sich nicht um, um zu sehen, wer der Anstifter war.

Um für Ruhe zu sorgen, hob Michael lachend die Hand. »Vielleicht kann ich das. Aber nicht vor Zeugen. Und ich bin sicher, Sie sind alle genauso ausgehungert wie ich und können es kaum erwarten, dem Fest gerecht zu werden, das unsere lieben Damen vorbereitet haben.«

Als sie spürte, dass Michael ihr mit seiner Hand auf ihrem Rücken ein Signal gab, ging Prudence an den Tisdale-Wächtern vorbei ins Esszimmer. Irgendjemand, wahrscheinlich Mrs Tisdale, hatte die Mulltücher von allen Tellern entfernt.

»Ah«, sagte Michael, in einer Mischung aus Wort und Seufzer. »Ein Festessen für eine Braut – Wild, Schwein und frisch gefangene Forelle. Ich glaube, ich sehe sechs Arten von Bohnen, Sahnemais und Stampfkartoffeln. Ich erkenne Cookies Brötchen daran, wie braun sie sind.«

Prudence lachte. »Michael, hör auf, das Essen zu katalogisieren, sonst wird deine gefräßige Horde uns überrennen und wir enden ohne Mahlzeit.«

»Du hast recht.« Er schmunzelte und reichte ihr einen Porzellanteller. »Nach dir, meine Liebe.«

Prudence überlegte nur einen Augenblick lang, ob sie ihre Portionen auf eine damenhafte Größe beschränken sollte, und ging dann um den Tisch herum und bediente sich hier und da. Ihre Portionen waren angemessen, und trotzdem häufte sich das Essen auf ihrem Teller zu einem hohen Berg. Als sie mit ihrem Rundgang fertig war, wartete sie auf ihren Mann.

Auch Michael hielt einen randvollen Teller in der Hand. »Am besten probiert man alles, damit sich niemand beleidigt fühlt.«

»Ach, ist das deine Entschuldigung?«, fragte sie verschmitzt.

»Absolut, meine liebe Frau.« Mit dem Kinn deutete er zur Küchentür. »Ich glaube, draußen ist ein besonderer Platz für uns reserviert.«

Wirklich? Die Positionierung der Tische und Stühle im Garten war unter der Aufsicht von Prudence erfolgt und sie konnte sich an nichts Besonderes erinnern. Doch als sie ins Freie trat, sah sie eine weitere chinesische Laterne, die ihr rötliches Licht auf einen kleinen quadratischen Tisch warf, der mit einer weißen Decke bedeckt war. In der Mitte stand eine gläserne Vase mit weißen Rosen.

Das Bild war ziemlich romantisch und ihr wurde ganz warm ums Herz. »Woher kommt denn das alles? Und die Rosen? Ich habe keine hier blühen sehen.« Blumen waren auf ihrer kurzen Tour durch Morgan's Crossing ein seltener Anblick gewesen.

Michael grinste. »Der Tisch stammt aus meinem Büro in der Mine. Die Tischdecke kommt aus Becky Lees Aussteuertruhe. Mrs Garr ist die stolze Besitzerin der Vase und Mrs Tisdale hat die Blumen mitgebracht. Sie hat einen Strauch im Garten.«

»Oh, wie aufmerksam von dir!« Prudence blinzelte, um die plötzlich aufsteigenden Tränen zu unterdrücken – überrascht von dieser albernen Welle der Gefühle.

Michaels Ausdruck wurde sanft.

Sehe ich da Zärtlichkeit? Sie hoffte es sehnlichst – und wünschte sich, dass dieser Abend echt war, nicht nur eine

Manipulation ihres Ehemannes, damit seine Arbeiter sie akzeptierten und sie kapitulierte und mit ihm ins Bett ging. *Und um mich so dazu zu bewegen, in dieser schäbigen Bergbaustadt zu bleiben.*

Doch zum ersten Mal hatte die Vorstellung von einem Leben in Morgan's Crossing auch etwas für sich.

Ursprünglich hatte Michael aus Verärgerung über das Verhalten seiner Frau die Einladung zum Fest ausgesprochen. Den ganzen Tag über hatte er sich eingeflößt, er müsse sich auf der Feier wie ein liebestrunkener Ehemann verhalten, auch wenn er sich nicht so fühlte. Er hatte alles in die Wege geleitet, um dem Abend einen Hauch von Romantik zu verleihen, in der Hoffnung, Prudence damit genug zu erfreuen, damit sie den körperlichen Teil ihrer Beziehung beginnen konnten.

Doch heute Abend fühlte er sich in unerwartetem Einklang mit ihr. Als Prudence die Treppe herunter kam – ein schimmernder Anblick in Blaugrün, wie die Seenixe, mit der er sie verglichen hatte – hätte ihn fast der Schlag getroffen, denn in seinem Kopf hatte er die Vorstellung von seiner Versandbraut als unscheinbarer Frau fest verankert – eine Zuchtstute, die sein Bett wärmen, seine Kleider waschen, sein Essen kochen und die weiblichen Beschäftigungen in seiner Stadt beaufsichtigen würde. *Vielleicht wird mein Entschluss, meiner Frau gegenüber liebevoller aufzutreten, zu guter Letzt doch nicht so schwer umzusetzen sein.*

Prudence war noch immer keine Schönheit, doch mit Sicherheit hatte sie einen eleganten Stil, den er bewunderte. Die lockere Frisur machte ihre Züge weicher und durch die Farbe des Kleides wirkten ihre Augen blaugrün. *Traumaugen.* Er fragte sich, wie sie wohl aussahen, wenn sie sich mit

Leidenschaft füllten. *Wenn ich meine Karten richtig ausspiele, finde ich das heute Abend vielleicht heraus.* Bei dem Gedanken durchfuhr eine Welle der Erregung seinen Körper.

Nach dem Essen hatte er sie auf die Stadtbevölkerung losgelassen und war unsicher, welches Verhalten er von ihr zu erwarten hatte – die Arroganz, die sie seit ihrer Ankunft einige Male an den Tag gelegt hatte, oder die freundliche Art, die er heute Abend gesehen hatte, als Prudence mit den anderen Frauen in Kontakt trat. Während er sich in die gesellige Runde begab, behielt Michael seine Frau im Auge. Ab und zu trat er eine Weile an ihre Seite und schlich sich dann davon, wenn sie ein Gespräch mit einer der Frauen begann und das Thema zu weiblich wurde.

Gerade wollte er seinen Stallburschen Howie auf die Suche nach Obadiah Kettering schicken, als der Geiger mit Violine in der Hand hereinstolperte. Michael atmete erleichtert auf, runzelte jedoch kurz darauf die Stirn, als er den berauschten Zustand des Mannes bemerkte. Er hatte die Anweisung gegeben, den Saloon früh zu schließen, doch Obadiah konnte trotzdem aus einer Flasche getrunken haben, die er beiseitegeschafft hatte.

Der Musiker war spindeldürr, mit langen Spinnenarmen und -beinen, die im Widerspruch zu seiner Fähigkeit standen, den Bogen zu streichen. Er hatte sich umgezogen, sich jedoch wohl – dem Gestank nach zu urteilen – nicht die Umstände gemacht, zu baden. »Tagchen, Boss!«, lallte er und schwankte.

Michael unterdrückte eine Welle des Zorns. *Ob betrunken oder stocknüchtern – der Mann kann gut spielen, und das ist alles, was heute Abend zählt.* Er beugte sich nach vorn. »Du hast Glück, dass ich dich nicht in den Fluss schmeißen lasse, damit du wieder klar wirst«, grummelte er mit gedämpfter Stimme, um dem Mann keinen Zweifel an seinem Missfallen zu lassen. »Und sauber auch.«

Obadiah öffnete den Mund, um etwas zu entgegnen.

Michael bereute schnell seine Nähe zum Geiger und trat aus seinem Geruchskreis zurück, während er warnend den Kopf schüttelte. »Erinnerst du dich daran, mit welchem Lied du anfangen sollst?«

»Ja, Boss. ›Der Schlittschuhläufer-Walzer‹ von Waldteufel.« Er schüttelte schwermütig den Kopf. »Ohne Orchester wird das nicht dasselbe sein.«

»Wie du mir schon zehn Mal gesagt hast.« Heute Morgen hatte Michael eine frustrierende halbe Stunde damit verbracht, die Musikauswahl mit dem Mann durchzugehen. Er wünschte sich etwas Elegantes für seinen ersten Tanz mit Prudence. Er befahl dem Musiker mit einem Kopfnicken, in den Raum einzutreten.

Als die Gäste den Geiger sahen, verebbten die Gespräche. Michael hatte zuvor bekannt gegeben, was er sich für den ersten Tanz wünschte, und nun taten die Menschen ihm den Gefallen und verließen das Wohnzimmer, um die Fläche freizugeben.

Prudence stand mit dem Rücken zum Eingang und unterhielt sich mit den Garrs. In diesem Moment schaute Cecilia an ihr vorbei und lächelte.

Seine Frau fuhr herum. »Was ist los?«

»Noch eine Überraschung.« Michael streckte ihr die Hand entgegen. »Das ist für uns, meine Liebe.«

»Was meinst du damit?« Noch während Prudence die Frage stellte, ließ sie ihre behandschuhte Hand in seine gleiten.

Michael zog sie in die geschlossene Haltung. Er genoss ihre Nähe und legte einen Arm um ihre Hüfte. Seit Jahren hatte er keinen Walzer mehr getanzt, doch als er noch bei seinen Eltern zu Hause wohnte, war er ein begehrter Partner auf Festen gewesen.

Bei einem Walzer kann ein Paar gemeinsam über das Parkett

schweben, aber ein schlechter Tänzer kann das Erlebnis auch in eine Qual verwandeln. Er hatte beide Arten von Partnerinnen gehabt. *Ich frage mich, wie Prudence sein wird.*

Bevor seiner Braut Zeit zum Protestieren blieb, nickte Michael Obadiah zu, der folgsam die Klänge des Walzers anstimmte.

Sie rang nach Luft. »Waldteufel in Morgan's Crossing? Letztes Jahr habe ich die Philharmoniker von St. Louis dieses Stück spielen hören.«

»Obadiah hat einst in einem Orchester gespielt.« *Bis sie ihn wegen Trunkenheit verjagt haben.* »Er hat ein beachtliches Repertoire.« Ohne auf Einzelheiten einzugehen, zog er sie in die erste Drehung des Walzers.

Folgsam begleitete sie ihn. »Tanzen die anderen denn nicht?«

»Nicht diesen Tanz. Sie stoßen später hinzu.«

Michael vermutete, dass seine Frau an äußerst geräumige Ballsäle gewöhnt war, doch sie folgte seinen Rechtsdrehungen durch den Salon völlig problemlos. Er hatte vergessen, wie intim ein Walzer war – das sinnliche Gefühl ihrer Hüfte unter seiner Hand, der betörende Duft ihres Parfums, während sie sich zusammen bewegten, als wären sie eins.

Mit funkelnden blaugrünen Augen, roten Wangen und einem breiten Lächeln strahlte Prudence pure Freude aus, wie eine Braut es tun sollte.

Michael fühlte sich zu ihr hingezogen und genoss die Tatsache, dass *er* der Mann war, der ihr diese Fröhlichkeit schenkte.

Mit einem Tusch brachte Obadiah den Walzer zu Ende und riss den Bogen in die Luft.

Michael verlangsamte den Schritt, ließ Prudence jedoch nicht los, sondern schaute ihr in die Augen, bis ein donnernder Applaus sie auseinander riss. Er griff nach ihrer Hand. »Jetzt eine Polka«, rief er, mit der freien Hand winkend. »Gesellen Sie sich alle zu uns!« Er gab Obadiah das Zeichen zum Anfangen und zog Prudence an sich.

Sie hob eine Rockfalte an und er führte sie schwungvoll in die erste Drehung. Trotz der atemberaubenden Geschwindigkeit der Polka hatten sie gerade einmal eine Runde im Raum zurückgelegt, da hatten die Männer auch schon ihre Frauen geholt, zwei Männer hatten sich Marla und Becky Lee geschnappt und Dean hatte seine Mutter auf die Tanzfläche gezogen. Selbst Juanita und Bobby galoppierten durch das Zimmer. Auf so engem Raum und inmitten unerfahrener Tänzer musste Michael oft unvermittelt stoppen und wieder anfangen, oder scharfe Drehungen hinlegen, um die Kollision mit tanzenden Menschen zu vermeiden.

Prudence überraschte ihn mit schallendem Gelächter und klammerte sich an ihn, wenn sie mit jemandem zusammenzustoßen drohten. Einige Haarsträhnen lösten sich aus den Haarnadeln und fielen ihr ins glühende Gesicht.

Als der Tanz endete, legte sie sich eine Hand auf die Brust. »Nicht noch mehr, Michael, ich bitte dich«, keuchte sie. »Ich muss wieder zu Atem kommen.«

Er lachte. Einen Arm um ihre Taille gelegt, führte er seine Frau aus dem Wohnzimmer in den Flur.

Ihre Beobachter machten ihnen Platz. Andere wirbelten um sie herum, da die Bergmänner sich sputeten, um Partnerinnen zu finden. Die Frauen würden sich die Füße wund tanzen, da sie bei jedem Lied den Partner wechselten, damit jeder Mann zumindest eine Chance bekam. Portia Rossmore war die einzige Ausnahme: Sie stand neben ihrem Mann und warf den herumwirbelnden Paaren verstohlene Blicke zu. Die anderen Männer hüteten sich davor, sie aufzufordern.

Während sie mit Michael die Tänzer beobachtete, die durch den Raum fegten, wedelte Prudence sich mit der

Hand vor dem Gesicht Luft zu, um sich abzukühlen. »Ich hätte meinen Fächer mitbringen sollen. Du hast mich nicht gewarnt, dass wir tanzen würden.«

»Ich wollte dich überraschen.«

»Das hast du.« Prudence legte eine Hand auf seinen Arm und drückte ihn. »Ich habe noch nie einen Tanz so sehr genossen.«

»Ich auch nicht, meine Liebe.« Zu seiner Verwunderung wurde Michael bewusst, dass er gerade die Wahrheit gesagt hatte – keine leere Floskel, um höflich zu sein oder an seinem Plan zu arbeiten, sie ins Bett zu bekommen.

Ihre Lippen teilten sich.

Michael konnte der Versuchung nicht widerstehen, sich zu ihr herabzubeugen und ihr ein Kuss auf den Mund zu drücken. »Mögen noch viele folgen.« Sein Ton klang verheißungsvoll.

»Mögen noch viele folgen«, flüsterte sie mit sanftem Blick.

Für einen Augenblick wünschte er sich, sie wären allein und könnten sich küssen und den Körper des anderen erforschen. Doch es würde später noch Zeit sein, um das Fest ganz intim ausklingen zu lassen.

Die Musik endete und Michael führte Prudence zu Obadiah, blieb jedoch mit genügendem Abstand stehen, damit sie den Whiskey in seinem Atem und den üblen Gestank seines Körpers nicht riechen konnte – so hoffte er zumindest. »Obadiah Kettering, unser Geiger.«

»Mr. Kettering, ich hätte nicht erwartet, solch ein ausgezeichnetes Violinspiel in Morgan's Crossing zu hören.«

»Oh, danke, Ma'am«, lallte er mit glasigen grünen Augen. Er wankte nach vorn.

Ein ungutes Gefühl machte sich in Michaels Bauch breit. Er streckte die Hand aus, um seine Frau vom Geiger weg zu ziehen. Doch er war nicht schnell genug.

Mit einem gurgelnden Geräusch legte Obadiah sich eine

Hand auf den Magen, beugte sich vor und erbrach sich über ihrem Kleid.

Prudence schrie auf und Michael fluchte in der Gewissheit, dass der Betrunkene gerade seine Pläne für den restlichen Abend zunichte gemacht hatte.

Kapitel Fünfzehn

Am Morgen nach dem Fest konnte Prudence sich kaum überwinden, aus dem Bett zu steigen. Normalerweise stand sie sofort auf, wenn sie erwachte, doch heute konnte sie es kaum ertragen, der Realität – ihrem Leben in Morgan's Crossing – ins Gesicht zu schauen. Ihr schauderte bei der Erinnerung an das schreckliche Ende des gestrigen Abends – das Zugrunderichten ihres schönen Kleides; ihre Schreie voller Ekel und Wut; ihr Mann, der den Geiger verfluchte und dabei eine Sprache verwendete, die sie entsetzte; Mrs Tisdale und Mrs Rivera, die sie nach oben schafften, um ihr dabei zu helfen, sich zu waschen, und dann das beschmutzte Gewand mitnahmen; ihre Weigerung, mit Michael zu sprechen, als er an ihre Schlafzimmertür kam.

Stundenlang war ich so glücklich.

Zweifel und Freude, immer wieder abwechselnd, und am Ende siegen die Zweifel, rief sie sich ihre Gedanken vom Vorabend in Erinnerung. Ihr Herz schmerzte angesichts dessen, was hätte sein können. *Zu guter Letzt hatten die Zweifel die Freude über das Fest besiegt.*

Prudence wandte das Gesicht vom Fenster ab, da sie den rosigen Schein des frühen Morgens nicht sehen wollte. Ihr Magen rumorte, doch sie hatte nicht genug Energie, um sich vom Bett zu erheben, anzuziehen und etwas zu essen. Stattdessen folgten ihre Gedanken den altbekannten Pfaden, als sie sich fragte, was sie mit ihrem Leben anstellen sollte. Doch sie kehrte immer wieder zu ihrem Ausgangspunkt zurück. *Ich habe keine Verwandten oder Freunde, an die ich mich wenden kann, kaum Geld und keinerlei Fähigkeiten, um mich selbst zu ernähren.*

Ich kann nirgendwohin. Diese Erkenntnis hatte noch nie ein so deprimierendes Gefühl der Ohnmacht in ihr hervorgerufen, und Prudence fragte sich, wie lange sie noch hier bleiben und die Augen vor ihrem Leben verschließen konnte. *Ich könnte mich verkümmern lassen.* Die Vorstellung, im Bett dahinzusiechen und Gegenstand der Sorge zu sein, gefiel ihr. Doch sie wusste, dass sie sich schon nach wenigen Stunden langweilen würde.

So sehr ich mir auch wünschen würde, nicht in Morgan's Crossing zu leben – vorerst bin ich hier festgenagelt. Deshalb muss ich diesen Ort mehr nach meinem Geschmack gestalten. Sie begann, über ihre Liste notwendiger Veränderungen nachzusinnen – ihr Haus, das Geschäft und eine Schule. Das Ordnen ihrer Ideen gab Prudence ein wenig dringend benötigte Energie.

Michael hat gesagt, ich würde dringende Veränderungen in dieser Stadt einleiten, also sollte ich besser anfangen. Zuerst muss ich einkaufen gehen. Ich werde Mr. Hugely den Katalog entreißen und eine Bestellung aufgeben.

Die Idee beflügelte sie. Prudence befreite sich von der Bettdecke, setzte einen Fuß auf die polierten Dielen und stand auf. Im Einklang mit ihrem Plan, Veränderungen herbeizuführen, beschloss sie, mit ihrem zukünftigen Erscheinungsbild in der Stadt zu protzen – und den Leuten Stoff zu liefern, um an etwas anderes zu denken als an das Desaster vom Vorabend. Sie beäugte das violette Gewand, bestehend aus Hemdbluse und Rock, das mit Wäscheklammern an der Leine hing, die am Ende ihres

Bettes befestigt war – ihr provisorischer Kleiderschrank. *Ich werde damit anfangen.*

Prudence wusch sich, kleidete sich an und kämmte sich das Haar so schnell wie möglich. Sie ergänzte ihren Auftritt mit dem passenden Hut, den sie mit einer Hutnadel feststeckte. Dann befestigte sie eine goldene Uhr an ihrer Brust. Sie prüfte ihr Bild im Handspiegel und vermerkte sich im Geiste, dass sie als Erstes ein großes Spiegelglas bestellen musste.

Um ihrem Äußeren den letzten Schliff zu geben, ging sie zum nächsten Koffer und holte den violetten Sonnenschirm heraus, den sie passend zu ihrem Kleid bestellt hatte. Prudence entfaltete ihn und ließ die Finger über den Rand aus gekräuselter Spitze gleiten. Zum Spaß hielt sie sich den Schirm über den Kopf, drehte den Griff hin und her und tänzelte aus dem Zimmer.

Auf dem Treppenabsatz angekommen, schaute sie hinab und horchte nach Michael. Im Eingangsbereich und Flur standen keine Stühle mehr. Offenbar hatten nach dem Fest alle ihre Sitzmöbel wieder mitgenommen, oder ihr Mann hatte die Bergmänner damit beauftragt, sie zurückzubringen.

Das Haus war still und sie ging davon aus, dass Michael schon zur Mine gegangen war. Mit einem Anflug schneidenden Schuldgefühls fragte sie sich, ob er wohl wieder im Wohnheim gegessen hatte. *Lieber würde ich verhungern, als da zu essen.*

Durch die Glastüren hindurch nahm sie eine Bewegung auf der Veranda wahr und ging zum Wohnzimmerfenster, um nachzusehen.

Juanita Rivera nahm auf den Stufen der Veranda Platz.

Warum sollte ein Kind zu Besuch kommen? Und noch dazu so früh?

Prudence stellte ihren Sonnenschirm in eine Ecke und eilte hinaus. »Juanita, was machst du hier?« Wie vom Schlag getroffen bemerkte sie, dass die roten Laternen verschwunden waren und die Erinnerung an ihren ersten Kuss versetzte ihren Magen in Aufruhr. Sie bemühte sich, ihre Aufmerksamkeit auf Juanita zu lenken, die eine ausgebleichte graue Schürze über einem verwaschenen rosa Kleid trug.

Das Kind erhob sich und seine großen, dunklen Augen sogen den Anblick von Prudences violettem Kleid in sich auf. »*Ave Maria*«, sagte sie ehrfurchtsvoll. Ihre Hand näherte sich dem Rock, doch sie fasste den Stoff nicht an. »Wie schön! Sie sehen wie eine *Königin* aus, Mrs Morgan.«

»Du liebes Kind«, sagte Prudence, bewegt von der Aufrichtigkeit des Mädchens.

»Ich könnte Sie den *ganzen* Tag ansehen!«

Sie kicherte, aber ganz unerwartet brannten Tränen in ihren Augen. Aus einem Impuls heraus, beugte sie sich zu Juanita hinab und schloss sie in die Arme. Als sie sich wieder aufrichtete, wurde Prudence, ergriffen von plötzlicher Melancholie, bewusst, dass sie sich nicht daran erinnern konnte, jemals jemanden umarmt zu haben. *Mit Sicherheit haben Lissa und ich uns umarmt?* Doch wenn es so gewesen war, sind diese Erinnerungen im Laufe der der Zeit verloren gegangen.

Prudence gab sich einen Ruck und richtete ihre Aufmerksamkeit auf die Gegenwart. »Jetzt sag mir doch«, sagte sie in aufmunterndem Ton, »was dich dazu verleitet hat, so früh am Morgen vor meiner Tür zu stehen!«

Juanita hielt eine abgenutzte Schiefertafel und ein zerfleddertes Buch hoch. »Ich habe Mamá zu Papi sagen hören, dass Sie eine gebildete Dame sind.«

»Das bin ich.« Als sie den eifrigen Ausdruck des Kindes sah, unterdrückte Prudence ein Lächeln.

»Ich brauche Hilfe bei einigen Wörtern.«

Das ist ja merkwürdig. »Warum hilft deine Mutter dir nicht?«

»Sie kann nicht lesen. Papi auch nicht.«

»Aber wer hat dir denn schon so viel beigebracht?«

»Mrs Copelin und Mrs Garr geben uns abwechselnd Unterricht. Aber sie haben viel zu tun und sagen, sie wissen auch nicht viel mehr als das, was wir schon gelernt haben.«

Diese Stadt braucht einen Lehrer. Prudence zählte die Kinder im Schulalter zusammen, die sie am Vorabend gesehen hatte – Juanita, Bobby, Rufus, die drei Jungen der Copelins, deren Namen sie sich nicht gemerkt hatte. Sie fragte sich, welches Alter wohl die orientalischen Jungen hatten, die im Wohnheim arbeiteten. *Zwar eine kleine Schule, doch trotzdem notwendig.*

Sie hielt dem Mädchen die Tür auf. »Komm herein, Juanita, ich werde mal sehen, was ich tun kann.« Als sie im Haus waren, führte Prudence das Kind ins Arbeitszimmer, nahm am Schreibtisch Platz und rückte einen Stuhl neben sich. Sie klopfte auf die Sitzfläche.

Juanita stürmte auf den Stuhl zu und legte Buch, Schiefertafel und ein dickes Stück Kreide auf den Tisch.

»Nun, mein Kind. Dann zeig mir mal, wo das Problem ist.« Prudence nahm das Buch und schaute auf den Titel. »Aha, *Little Women.* Eines meiner Lieblingsbücher, als ich so alt war wie du. Deshalb habe ich es auch zusammen mit vielen anderen Büchern von dieser Autorin mitgenommen.« Sie öffnete die erste Seite und begann vorzulesen. »›Weihnachten ohne Geschenke wird kein Weihnachten sein‹, brummte Jo, ausgestreckt auf einem Läufer.«

Mit vor Begeisterung leuchtenden Augen klatschte Juanita in die Hände und wippte auf dem Stuhl. »Noch mehr, noch mehr!«

Ergriffen von dem ansteckenden Temperament des Kindes fragte Prudence: »Wie wäre es damit?« Sie tippte auf die Stelle, wo sie aufgehört hatte. »Wir lesen zusammen. Ich lese einen Abschnitt und dann liest du einen. Ich helfe dir dabei, alle Wörter auszusprechen, die du nicht kennst. Als ich in deinem Alter war, habe ich mit meiner großen Schwester genau das mit dieser Geschichte gemacht.« Zum ersten Mal schmerzte die Erinnerung an Lissa nicht.

»Oh *ja*, Ma'am.« Juanita beugte sich über das Buch und folgte Prudences Finger, um die Geschichte fortzusetzen.

Sie lasen immer weiter, machten nur ab und zu eine Pause, um ein Wort auf der Tafel zu notieren, damit Juanita es später abschreiben konnte.

Prudence war völlig in den Unterricht versunken, als sie plötzlich die Türglocke läuten hörte. Ihr wurde bewusst, dass mindestens eine halbe Stunde vergangen sein musste. Sie stand auf und schaute aus dem Fenster.

Mrs Tisdale winkte und hielt dann einen Korb hoch.

Prudence gab der Frau ein Zeichen, einzutreten.

Mrs Tisdale kam zur Tür herein und eilte zum Schreibtisch, um den Korb abzustellen. »Guten Morgen, Mrs Morgan. Sie sind ja mit den Hühnern auf. Und ich dachte, Sie bräuchten an diesem schönen Tag Ihren Schlaf.«

»Vielen Dank für Ihre Fürsorge, Mrs Tisdale. Ich habe zu viel zu tun, um im Bett zu liegen.« Sie trat zur Seite und zeigte auf Juanita. »Zunächst einmal hat das Mädchen mir gesagt, sie braucht Hilfe bei ihrer Bildung. Warum ist sie nicht zu Ihnen gegangen?«

»Gütiger Himmel, Mrs Morgan.« Sie nickte Juanita zu. »Ich weiß genug, um meinen Namen zu schreiben, Wörter zu buchstabieren und Berechnungen anzustellen, aber das reicht nicht, um die Kinder zu unterrichten. Mrs Garr und Mrs Copelin sind beide ein paar Jahre lang zur Schule gegangen, deshalb tun sie, was sie können.«

Ein paar Jahre. Für Prudence war eine Gouvernante eine Selbstverständlichkeit gewesen – sodass sie lesen konnte, was sie wollte, Zahlen berechnen konnte, etwas über die Geschichte wusste, eine Fremdsprache beherrschte – *auch wenn Französisch hier völlig überflüssig ist.*

Mrs Tisdale packte den Korb aus und breitete das Besteck, einen Teller mit Speck, Rührei und Toastbrot, sowie ein Marmeladenglas mit Kaffee auf dem Tisch aus. »Allerdings findet der Unterricht für die Kinder auf gut Glück statt, denn beide Damen haben schon mit ihren eigenen Familien alle Hände voll zu tun.«

»Ich verstehe.« *Das wird nicht reichen.* »Nun, darüber muss ich ganz sicher mit Mr. Morgan sprechen. Diese Stadt braucht eine Schule.«

Mrs Tisdale schenkte ihr ein zustimmendes Lächeln. »Mrs Morgan, ich glaube, das wäre das Beste, was hier seit langem geschehen ist.«

Prudence setzte sich auf. »Das hoffe ich. Vielen Dank, dass Sie mir das Frühstück gebracht haben.«

»Aber gern doch. Außerdem steht im Brunnenhaus ein Kaninchen-Auflauf für Sie zum Abendessen. Nun, ich vermute, Sie möchten bald selbst anfangen zu kochen.«

Nicht unbedingt. »Ich denke, ich warte, bis die Küche gut ausgestattet ist. Ich habe vor, heute eine Großbestellung aufzugeben.«

»Selbstverständlich.« Mrs Tisdale deutete auf den Korb. »Wie ich gestern schon gesagt habe, brauchen Sie das Geschirr nicht abzuwaschen.« Sie winkte Juanita zu sich. »Komm mit, Kind. Lassen wir Mrs Morgan in Ruhe essen.«

Das Mädchen sprang auf und sammelte ihre Tafel und das Buch zusammen. »Danke, Ma'am«, sagte sie mit offensichtlicher Bewunderung.

Ma'am. Noch ein neuer Titel.

Erfüllt von echter Zuneigung für das Mädchen, lächelte Prudence. »Gern, Juanita. Komm morgen wieder und wir machen weiter!«

Auf den Zehenspitzen wippend, trippelte das Mädchen zur Tür, als würde sie vor Freude tanzen.

Lächelnd beobachtete Prudence Juanita, überrascht über dieses Gefühl, das – so stellte sie sich vor – mütterlicher Wärme gleichkam. Sie hatte Kinder nie gemocht und sie immer als Störenfriede betrachtet. *Wie meine Eltern mich.* Sie war verblüfft über die plötzliche Erkenntnis und fragte sich, welche ihrer Charaktereigenschaften noch auf ihre Familie zurückzuführen waren.

Mrs Tisdale wünschte ihr einen schönen Tag und eilte davon.

Prudence begann zu essen und dachte über ihre Liste nach. Als sie mit dem Frühstück fertig war, packte sie alles in einen Korb, griff zum Sonnenschirm und trat zur Haustür hinaus. Draußen angekommen, hielt sie inne, denn sie wollte nicht Korb und Sonnenschirm tragen. Sie hatte ein genaues Bild von diesem besonderen Spaziergang vor Augen, und der Korb passte nicht dazu. Und außerdem brauchte sie beide Hände, um den Griff richtig zu halten und ihre Garderobe perfekt zur Geltung zu bringen.

Auf dem Weg zum Frühstück im Wohnheim – mit zu vielen Problemen, die in seinem Kopf herumschwirrten, als wären sie Flöhe im Fell eines streunenden Hundes – wurde Michael bewusst, dass er allein sein musste, fern von seiner Frau, seinen Minenarbeitern und den restlichen Stadtbewohnern. Wenn er sich früher so gefühlt hatte, konnte er einfach nach Hause gehen. Doch nun bedeutete Prudences Anwesenheit, dass sein Heim keine Zuflucht mehr bieten konnte, und er musste sich in die Ferne zurückziehen.

Zum Fluss, dachte er in einem plötzlichen Schub der Inspiration, und ging auf die Suche nach seiner Angelausrüstung, die im Stall gelagert war. *Ich werde genug Fisch für die Tisdales und für uns zum Abendessen fangen.*

Die männliche Ausrede, dass er seine Familie mit Nahrung versorgen musste – *wie merkwürdig, dass ich Prudence und mich als Familie bezeichne* – hob seine Stimmung und half Michael dabei, sich beim Gedanken daran, blau zu machen, nicht schuldig zu fühlen. Aber nur solange, bis er in den Stall trat und mit dem großen, schlaksigen Howie zusammenstieß, der sich wie üblich im Schatten des ersten Stalls aufhielt.

Der Stallbursche nickte. »Morgen, Boss. Habe King schon gesattelt und zum Ausritt fertig gemacht.«

Michael führte einen inneren Kampf mit sich selbst. So sehr er sich auch davonstehlen wollte – er hatte Verantwortung und sollte zumindest jemand in der Mine über seine Pläne in Kenntnis setzen. »Ich gehe fischen, nicht zur Mine. Wenn du mich brauchst, findest du mich am Dreiecksfelsen. Nach dem Fest gestern muss ich die Vorräte wieder aufstocken.«

Howie hob eine Braue, sagte jedoch nichts.

Beide wussten, dass das Fischen eine brenzlige Angelegenheit war. Genauso gut, wie Michael einen Forellenschwarm angeln konnte, konnte er auch mit leeren Händen nach Hause zurückkehren. Aber andererseits war die Ausrede gar nicht schlecht.

Michael deutete mit dem Kopf in Richtung Mine. »Du reitest hoch und sagst Rossmore Bescheid ... Nein! »Besser Cal Johnson.« Er entschied sich für den anderen Vorarbeiter, der ihm als Vertretung geeigneter schien. »Ich werde heute nicht kommen. Sag ihm, er soll alle nötigen Vorsichtsmaßnahmen für die Männer treffen.«

»Das mache ich, Boss.« Der Stallbursche ging in den zweiten Stall und kam dann wieder heraus. »Da ich sehe, dass Sie kein Esspaket dabei haben, möchten Sie vielleicht etwas Dörrfleisch mitnehmen?«

»Das wäre gut.« Michael warf dem Stallburschen ein aufrichtiges Lächeln zu. Howie war kein Mann der großen

Worte, doch er hatte ein treues Wesen und bemerkte Michaels Bedürfnisse oft von allein, und kam ihnen nach, ohne dazu aufgefordert zu werden. *Eine seltene Eigenschaft – fast wie die einer Ehefrau, nur, dass sie auf meine eigene nicht zuzutreffen schein.* Der entmutigende Gedanke erstickte seinen Enthusiasmus im Keim.

Howie nickte und kehrte in den Stall zurück, um den anderen Wallach zu satteln.

Versunken in seine Gedanken über Loyalität, Besorgtheit, und darüber, was diese Eigenschaften für eine Ehe bedeuteten, griff Michael geistesabwesend seinen Fischkorb mit abgeflachter Seite, die Harke für das Graben nach Würmern, zusätzliche Angelhaken, die Angel mit bereits daran befestigten Haken und Schnur. Er begrüßte King, indem er dem Pferd über den Kopf strich, und befestigte alles außer der Angel am Sattel. Er führte den Wallach nach draußen und stieg mit der Rute in der Hand auf.

Michael drehte den Wallach in Richtung Mine und wollte lieber den langen Weg zu seinem Lieblingsangelplatz nehmen, statt durch die Stadt zu reiten, wo er womöglich jedes Mal, wenn ihn jemand sah, anhalten und alles erklären musste. Er sehnte sich nach Einsamkeit, um über seine Ehe nachzusinnen und eine neue Art zu finden, mit seiner Frau zurechtzukommen. Er sträubte sich dagegen, ewig besorgt und unglücklich wie auf glühenden Kohlen zu sitzen.

Er überdachte seinen Plan noch einmal. *Andererseits brauche ich Zeit für mich, um nicht an meine Ehe zu denken.* Nach ein paar Stunden am Fluss konnte er seine Aufmerksamkeit wieder auf das Problem mit Prudence richten und versuchen herauszufinden, was er als Nächstes tun sollte. *Es muss einen Weg geben, die lachende Frau, mit der ich gestern Abend getanzt habe, hinter der Wand hervorzulocken, die sie zwischen uns gezogen hat.*

Kapitel Sechzehn

In einer leicht abgeänderten Version von Juanitas Tanz stolzierte Prudence die Straße entlang. Es war der perfekte Tag für einen Spaziergang, sonnig und warm mit ein paar Federwölkchen, die sich über den strahlend blauen Himmel erstreckten. Man hatte ihr gesagt, dass Sonnenschein im Montana-Territorium von nun an ein Segen war, doch sie konnte sich einen Schneesturm im September einfach nicht vorstellen.

Zu schade, dass Morgan's Crossing keinen Park mit Bäumen, Wiesen und Blumen besitzt. Immer noch die Wolken betrachtend, fügte Prudence die Idee zu ihrer Liste hinzu – natürlich an die letzte Stelle, doch trotzdem war es ein schöner Traum. Sie vermerkte sich im Geiste, dass sie einen Samen im Kopf ihres Mannes pflanzen sollte, wenn sie die anderen Themen mit ihm besprach.

»Mrs Morgan!«

Aufgeschreckt durch den schrillen Schrei, zuckte Prudence zusammen und fuhr herum. Ihr Herz raste.

Mrs Tisdale, deren eine Hand den Strohhut umklammert hielt, während die andere ihre Röcke auf unansehnliche Weise anhob, eilte mit ängstlichem Gesichtsausdruck auf sie zu. Ein schwerer, gehäkelter Pompadour hing an ihrem Arm.

Prudences Magen zog sich vor Sorge zusammen. *Ein Unfall im Bergwerk!* Die Furcht packte sie. *Bitte nicht Michael!* Sofort fühlte sie sich schuldig. *Ich hätte mich nach dem Fest nicht weigern sollen, mit ihm zu sprechen.* Sie legte einen Schritt zu, um schneller bei der Frau zu sein. »Was ist passiert?«

Mrs Tisdale kam stolpernd zum Halt, sodass ihr voller Busen bebte. »Portia Rossmore ist so weit!«, rief sie nach Luft ringend.

Prudence atmete erleichtert auf. *Also nicht Michael.*

»Ich habe ihr Schreien gehört und bin zu ihrer Tür gegangen, doch dieser Grobian von Ehemann lässt mich nicht rein! Alle Männer, die eingreifen könnten, sind tief im Bergwerk. Bis ich Bobby zur Mine schicke, er seinen Vater oder den Boss findet und sie sich davonmachen und zur Stadt zurückflitzen, könnte es für Portia oder das Baby zu spät sein. Ich weiß nicht, wie lange sie schon in den Wehen liegt.«

»Ach du lieber Gott!« Sie war sich nicht sicher, ob die Worte ein Gebet oder ein Fluch waren. »Wie wäre es mit einem Arzt?« Noch während sie die Frage stellte, wurde Prudence bewusst, wie lächerlich sie war. Gäbe es in dieser Stadt einen Mediziner, hätte sie ihn bereits kennen gelernt. *Wie kann ich bloß in einer Stadt ohne Doktor leben?*

»Einer der neueren Bergmänner, Rye Rawlins heißt er, verarztet uns, wenn es nötig ist – bei Schnittwunden, gebrochenen Gliedmaßen und ähnlichem.« Mrs Tisdale holte tief Luft. »Aber ich bin die Einzige, die hier alle Babys entbunden hat.«

Entschlossenheit machte sich in Prudence breit. »Und das werden Sie auch dieses Mal sein.« Sie ließ ihren Sonnenschirm zuschnappen. »Kommen Sie mit!« Mit dem schnellsten Schritt, den sie mit ihrem so eng geschnürten Korsett hinlegen konnte, stürmte sie die Straße entlang.

Mrs Tisdale versuchte sie schnaufend einzuholen. »Die

Rossmores leben zwei Häuser weiter als ich«, sagte sie gestikulierend.

Prudence eilte zu dem Gebäude, auf das Mrs Tisdale gezeigt hatte. Braune Farbe voller Blasen bedeckte die Tür und blätterte an einigen Stellen ab. Am Eingang wuchsen keine Blumen. Mit der Faust klopfte sie an die Tür, wobei ein paar Splitter abfielen. Sie wartete ein paar Sekunden lang und klopfte dann erneut.

»Clyde hat das Fenster geschlossen«, erklärte Mrs Tisdale zwischen schweren Atemzügen. »Wahrscheinlich, damit niemand etwas hört und versucht, sich einzumischen.«

Die Tür öffnete sich schwungvoll. Clyde Rossmore, dessen Haar zu Büschel verklebt war, streckte den Kopf heraus. »Gehen Sie weg!«, brüllte er. Sein Atem stank nach Alkohol.

Innerlich bebte Prudence vor Angst angesichts der Antipathie in seinen Augen, und sie wich zurück. Doch als sie einen erstickten Schrei von drinnen hörte, stellten sich ihr die Nackenhaare auf. »Das tun wir nicht«, erwiderte sie. »Lassen Sie uns *sofort* hinein, damit Mrs Tisdale sich um Ihre Frau kümmern kann.«

Clyde verlagerte sein Gewicht, um die Tür zu schließen.

Als Prudence seine Absicht durchschaute, dachte sie nicht lange nach und stach ihm so kräftig sie konnte mit der Spitze ihres Sonnenschirms in den Leib.

Erschrocken stolperte der Tyrann zurück und hielt sich den Bauch mit den Händen.

Offensichtlich ist er Widerstand nicht gewohnt, denn mein Stoß kann gar nicht so schmerzhaft sein.

Prudence nutzte die Gunst des Augenblicks und rauschte an ihm vorbei. Drinnen angekommen, ging sie mitten in den Raum und stellte sich neben ein Tischlein, das mit einem ausgebleichten rot karierten Tuch bedeckt war, wobei sie ihren Schirm wie ein Schwert vor sich hielt.

Grummelnd folgte Clyde ihr, was Mrs Tisdale die Möglichkeit gab, hinter ihm ins Haus zu schlüpfen und sich schnurstracks auf die Ecke zuzubewegen, in der Portia lag. Da er seine boshafte Aufmerksamkeit auf Prudence gerichtet hatte, schien er die Anwesenheit der älteren Frau nicht einmal zu bemerken.

Obwohl ihre Knie vor Angst schlotterten, stand Prudence aufrecht und setzte, so gut es ging, einen gebieterischen Blick auf. »Ein Baby zu gebären, ist *Frauensache*, Clyde Rossmore.« Mit einer Bewegung des Handgelenks wies sie zur Tür. »Sie machen sich davon! Kümmern Sie sich um Angelegenheiten von *Männern*, in Gottes Namen! Sollten Sie nicht um diese Zeit in der Mine sein? Wir rufen Sie herbei, wenn das Kind da ist.«

Er ballte die Hände zur Faust. »Scheren Sie sich fort, bevor ich sie rausschmeiße!«

»Wagen Sie es ja nicht, die Hand gegen mich zu erheben!«, warnte ihn Prudence in messerscharfem Ton. Mit felsenfester Gewissheit erklärte sie: »Mr. Morgan kann Sie vielleicht nicht davon abhalten, *Ihre* Frau zu schlagen, doch er kann und wird Sie sicherlich dafür bestrafen, wenn Sie *seiner* ein Haar krümmen.«

Der unbändige Zorn in seinen blassgrauen Augen brachte Prudence dazu, ihren Sonnenschirm fester zu umklammern, doch sie bewahrte ihre königliche Fassade, entschlossen, ihm keinerlei Anzeichen ihrer Furcht zu offenbaren. Sie hatte solch einen Blick einmal bei einem tollwütigen Hund gesehen, bevor er auf einen Mann losgegangen war und ihn brutal gebissen hatte. Sie war auf einem Spaziergang mit Papa und er hatte sie hinter sich gestoßen. Bisher hatte sie diesen Moment vergessen gehabt – den Wonneschauer darüber, sich von ihrem Vater beschützt zu fühlen, der normalerweise so distanziert war. *Jetzt bin ich diejenige, die uns beschützen muss.*

Mit erhobenen Händen, als würde er sie um ihren Hals legen wollen, stürzte Clyde sich auf sie.

Mit beiden Händen hob Prudence ihren Sonnenschirm und ließ ihn mit aller Kraft auf seinen Kopf hinabsausen. Ihre Arme kribbelten von der Heftigkeit des Aufpralls.

Der Sonnenschirm brach entzwei. Das Ende baumelte herab und wurde nur noch vom violetten Stoff zusammengehalten.

Clyde wankte zurück, legte sich eine Hand auf die blutende Stirn und hatte einen benommenen Blick in den Augen. Zumindest einen Moment lang schien sein Kampfgeist ihn verlassen zu haben.

»Verschwinden Sie!«, befahl Prudence ihm in donnerndem Ton, in vollem Bewusstsein, dass sie Clyde aus dem Haus verscheuchen musste, bevor er ihm gelang, sich zu erholen. Mit dramatischer Geste richtete sie den kaputten Sonnenschirm auf die offene Tür. »Kommen Sie nicht zurück, bevor das Kind geboren ist!«

Mit mörderisch bösem Blick stampfte der Grobian aus der Hütte und schlug die Tür hinter sich zu. Das Gebäude bebte, doch dann breitete sich eine Stille im Raum aus, die nur von Portias keuchenden, schmerzerfüllten Atemzügen unterbrochen wurde.

Prudence sprang zur Tür und rückte den Holzriegel zurecht, sodass der Mann aus seinem eigenen Haus ausgeschlossen war. Sie lehnte sich mit zitternden Knien und aufsteigender Übelkeit an die Wand.

»Gut, dass wir den Dreckskerl los sind!« Mrs Tisdale rieb sich die Hände. »Ausgezeichnete Leistung, meine liebe Mrs Morgan.« Sie deutete mit dem Kinn auf ein Gewehr an einem Haken über der Tür. »Er wird eine Axt brauchen, um wieder reinzukommen. Und wenn er es versucht, benutzen wir das da!«

Der aufmunternde Ton der älteren Frau machte

Prudence Mut. Sie atmete so tief ein, wie ihr Korsett es zuließ, und löste sich taumelnd von der Wand, bemüht darum zu verbergen, wie aufgewühlt sie war.

Mrs Tisdale legte ihren Pompadour auf den Tisch und ging dann wieder zum Bett. »Lass mich mal sehen, mein Liebes.« Sie schlug die Decken über Portias Körper zurück und zog das Nachthemd bis über ihre gebeugten Knie hoch.

Da Prudence die Nacktheit der Frau unangenehm war, wandte sie den Blick ab und schaute sich in der Hütte um. Mit nur einem Bett bot das Zimmer mehr Platz als das der Tisdales, was immer noch wenig war. Die Möbel wirkten schlicht und sie konnte nichts entdecken, was einen Ehrenplatz erhalten hatte – keine Fotografien oder Bilder, kein Nippes, nicht einmal ein Weckglas mit Blumen. *Was für ein bemitleidenswertes, nüchternes Dasein!*

»Bitte machen Sie etwas Wasser heiß, Mrs Morgan«, forderte Mrs Tisdale sie auf. »Das Kind könnte jeden Moment kommen, und wir müssen bereit sein.«

Prudence ging zu einem kleinen, runden Herd, der dringend einen Anstrich gebrauchen konnte. Dankbar für ihre Erfahrungen in der Agentur, legte sie mit schnellen Handgriffen Holz auf und steckte ein Zündholz an. Glücklicherweise war der Kessel bereits gefüllt, sodass sie sich nicht auf die Suche nach Wasser begeben musste, denn eine Pumpe sah sie nicht. *Woher bekommen die bloß ihr Wasser? Aus einem Brunnen? Aus dem Fluss?*

Portias Schmerzensschreie bohrten in ihr. Prudence hielt inne und schaute zum Bett.

Die Frau hob die Schultern. Mit vorgebeugtem Kopf und geöffnetem Mund gab sie ein ächzendes Stöhnen und keuchende Laute von sich.

Mrs Tisdale stellte sich ans Bettende und lehnte sich über Portias gebeugten Knien nach vorn, um die Lage des Babys zu prüfen. »Wir sind soweit, Portia, mein Liebes. Du machst das ganz hervorragend.« Als die Wehe nachließ, ging die alte Frau zum Ofen und schüttete warmes Wasser in eine Schale. Sie seifte sich die Hände ein und trocknete sie mit einem sauberen Handtuch mit ausgefransten Rändern ab, das sie von einem Stapel auf der schmalen Küchentheke nahm. Mit einem Kopfnicken wies sie Prudence an, dasselbe zu tun.

Auch wenn sie bei der Vorstellung davon, was die scharfe Laugenseife mit ihrer Haut anrichten würde, zusammenzuckte, folgte sie der Bitte und goss das Wasser anschließend aus der Schale in einen Schmutzwassereimer.

»In meinem Pompadour habe ich getrocknete Kräuter, Mrs Morgan. Bitte holen Sie sie und weichen Sie sie für später ein. Sie werden dabei helfen, die Blutungen zu stoppen.«

Im Pompadour auf dem Tisch fand Prudence ein Paket mit Kräutern, verpackt mit braunem Papier und Zwirn. »Die alle?«

»Ja, genau die.« Mrs Tisdale trat wieder an Portias Seite.

Prudence fand eine verbeulte Blechtasse im Schrank, warf die Kräuter hinein und begoss sie mit heißem Wasser.

Mrs Tisdale warf Prudence einen kurzen Blick zu und winkte sie ans Bett. »Nehmen Sie ihre Hand. Eine Frau braucht in solchen Momenten etwas, woran sie sich festhalten kann.«

Mit pochendem Herzen gehorchte Prudence.

Portias Hand war zierlich, ihre Haut rau mit schwieligen Handflächen. Sie klammerte sich an Prudence, als wäre sie ein Rettungsring.

Die nächste Stunde verging vor Spannung im Nu, und Prudence beobachtete, wie die alte Frau darum kämpfte, das Baby entbinden zu können. Einige Dutzend Male schwor sie sich, *niemals* ein Kind zu bekommen. Ihre Hand pochte durch den Druck von Portias eisernem Griff und ihre Haut war blutig und voller Flecken. Doch sie wich der Frau nicht von der Seite und war mit jeder Faser ihres Seins darin vertieft, diesem Baby bei seiner Geburt zu helfen, selbst wenn sie nur seelische Kraft geben konnte. Sie beugte sich vor, um Portia mit einem Tuch den Schweiß vom Gesicht abzutupfen.

Die Frau schrie ohrenbetäubend auf und bäumte sich auf.

»Stützen Sie ihr die Schultern!«, befahl Mrs Tisdale. »Das Baby kommt.«

Ohne auf ihr neues Kleid zu achten, setzte Prudence sich hinter Portia auf das Bett und lehnte die Frau an ihren Körper.

Portia gab animalische Grunzlaute von sich, während sie presste.

»Da ist es! Fast geschafft!« Mrs Tisdale hielt die Hände zwischen Portias Beine, als das Baby herausglitt. »Ein Mädchen. Ein wunderschönes Mädchen.« Zärtlich drückte sie sich das Kind an die Brust.

Eine unansehnliche graue Schnur baumelte vom Bauch des Babys herab und endete zwischen Portias Beinen.

Mit dem Neugeborenen in der Armbeuge, griff Mrs Tisdale zu einem Tuch und wischte dem Baby kurz und sanft über Kopf und Gesicht.

Das Kleine zuckte und stieß einen Schrei aus.

»Da hast du es!« Mrs Tisdale beugte sich vor, um das Neugeborene in die ausgestreckten Arme seiner Mutter zu legen.

»Mein Baby!« Weinend legte Portia sich ihre Tochter an die Brust.

Als sie die frischgebackene Mutter vor offensichtlicher Erleichterung und Freude schluchzen sah, kullerten Prudence Tränen aus den Augen über die Wangen.

Portia küsste die Stirn des Babys und untersuchte ihre Tochter, indem sie die klitzekleinen Finger und Zehen der Reihe nach begutachtete. »Sie ist perfekt.«

»Das ist sie«, stimmte Mrs Tisdale lächelnd zu. »Du hast dich tapfer geschlagen, meine Liebe.« Sie machte sich daran, die Nabelschnur abzubinden und zu durchtrennen. Dann warf sie diese zusammen mit dem Mutterkuchen in den Abwassereimer, wusch sich die Hände und nahm die Blechtasse mit Kräutertee.

Prudence zog ein Taschentuch aus dem Ärmel – dankbar, dass sie vorsorglich genug gewesen war, eines mitzunehmen. *Nach so vielen Jahren, in denen Mama mich dazu ermahnt hat, immer ein sauberes Taschentuch bei mir zu tragen.* Nach dieser Erfahrung würde sie für immer ein neues Bild von Mutterschaft haben. *Solch eine riesige Verantwortung!* Sie strich sich die Tränen aus dem Gesicht und putzte sich die Nase. Dabei wurde ihr bewusst, dass sie zu guter Letzt vielleicht doch nichts dagegen hatte, eines Tages Mutter zu werden.

Mit mütterlicher Glut schaute Portia auf das Baby hinab, doch ein Schatten lag in ihrem Blick. »Clyde wird mich dafür verprügeln, dass ich ein Mädchen zur Welt gebracht habe. Er war sich so sicher, dass wir einen Sohn haben würden.« Sie küsste ihr Baby auf den Kopf. »Aber das macht mir nichts aus. Ich bin so dankbar für meine niedliche Tochter.«

Dieses Mal fühlten sich die Tränen in Prudences Augen anders an als zuvor. Sie fühlte sich vollkommen hilflos angesichts Portias Lage – eigentlich angesichts der Lage aller Frauen, deren Gatten gesetzlich dazu berechtigt waren, sie zu misshandeln – und war gleichzeitig tief betroffen darüber, dass ein Vater sich nicht über das Geschenk einer wunderschönen Tochter freute.

Mrs Tisdale rückte den Tisch neben das Bett und stellte die Tasse Tee hinter Portias Schulter. Sie beugte sich vor, um das Baby an der Wange zu berühren. »Wie wirst du sie nennen?«

Portia schaute zuerst die alte Frau und dann Prudence

an. Ihr Lächeln wirkte traurig. »Ich möchte, dass meine Tochter stark wird. Nicht so ängstlich und schwach wie ich. Ich nenne sie *Prudence*.« Sie richtete den Blick auf Mrs Tisdale. »May. Prudence May.«

Mrs Tisdale legte sich eine Hand auf die volle Brust. »Ich bin geehrt.«

Auch wenn sie von Portias Wahl und dem Glauben der jungen Mutter an ihre Stärke berührt war, schüttelte Prudence den Kopf. »Oh nein, tun Sie das nicht! Bürden Sie ihrem süßen Baby nicht solch einen schrecklichen Namen auf wie meinen, selbst wenn Clyde es Ihnen erlaubt, nachdem ich meinen Sonnenschirm auf seinem Kopf zerschlagen habe.

»Aber ...« Sie unterdrückte einen unerwarteten Schluchzer, bedeckte sich den Mund und musste den Atem wiederfinden. »Ich hatte eine Schwester, die mir lieb und teuer war. Lissa. Es wäre eine Ehre für mich, wenn Sie ihren Namen verwenden würden.«

»Lissa«, flüsterte Portia lächelnd. »Sie soll Lissa May heißen.«

Eine Stunde nach Lissa Mays Geburt saß Prudence am Schreibtisch in Michaels Büro. Mrs Tisdale hatte sie aus dem Haus der Rossmores fortgeschickt, da Portia Ruhe brauchte, wie sie sagte, und sie dort bleiben würde, um sich um sie zu kümmern. Der Teller mit den Resten einer Scheibe Kaninchen-Auflauf war in eine Ecke gerückt worden und sie studierte den Montgomery Ward Katalog, den sie Mr. Hugely abgeluchst hatte.

Prudence hatte gewartet, bis der Mann in seinem Privatzimmer verschwunden war, um den Katalog zu holen. Dann hatte sie das Hauptbuch stibitzt und, bevor der Mann zurückkam, hinter ihrem Rücken versteckt, um die

Geschäftsunterlagen verschwinden zu lassen. Sie hatte sich auch die Preise einiger Waren eingeprägt.

Heute habe ich viele Schlachten gewonnen!

Zufrieden mit sich, blätterte Prudence durch den Katalog und wählte die hochwertigsten Waren, die ihrem Geschmack entsprachen. Dann kritzelte sie die Preise auf einen Bogen Briefpapier – da sie keine anderen Blätter besaß –, sowie auch die Seitenzahl des jeweiligen Artikels.

Sie hatte einen weiteren Briefbogen in lange Streifen gerissen und beschriftet, diese dann zwischen die Seiten des Katalogs gesteckt, um ihre Auswahl zu markieren. Sie wollte sichergehen, dass alles, was sie aussuchte, auch nach Michaels Geschmack war. Bei ein paar Stücken war sie zu Kompromissen bereit, doch beim Rest wollte sie ein Machtwort sprechen.

Prudence hatte die größten Schwierigkeiten damit, festzulegen, was sie für die Küche brauchte, und sie wünschte, sie hätte alles, was Mrs Seymours in ihrer hatte, einzeln aufgelistet. Vor ihrem geistigen Auge ging sie, Schrank für Schrank, die ganze Küche der Agentur durch, die mit verschiedenen Töpfen und Pfannen in allen Größen ausgestattet war, auch wenn Dona und die Versandbräute immer nur die großen zu nutzen schienen.

Prudence würde meist nur für sich selbst und Michael kochen. *Sollte ich sowohl kleine als auch große Größen bestellen, oder mich mit den kleinen begnügen? Aber wenn wir Gäste haben, brauche ich größere Töpfe.* Sie tippte sich mit dem oberen Ende der Feder ans Kinn. *Entscheidungen. Entscheidungen. Und nicht annähernd so amüsant wie Mode-Einkauf.*

Sie seufzte angesichts der enormen Herausforderung und tat ihr Bestes. *Ich frage mich, ob Dona das Fehlende hinzufügen würde, wenn ich ihr die Liste zuschicke und um ihre Hilfe bitte.* Doch die Köchin konnte das Blatt genauso gut in den Mülleimer werden. Im Nachhinein bereute Prudence, nicht netter zu der Frau gewesen zu sein. *Vielleicht wenn ich ein Entschuldigungsschreiben beilege …*

Als sie fertig war, hatte sich eine erstaunliche Menge angesammelt, was ihr unangenehm war. Sie stand kurz davor, einen Großteil des Vermögens ihres Mannes auszugeben.

Michael besitzt eine Goldmine und mehrere Unternehmen, beruhigte Prudence ihr Gewissen. *Ich richte unser Haus von oben bis unten ein, inklusive Küchenausstattung mit Töpfen, Pfannen und anderen Geräten, die ich zum Kochen und Aufbewahren von Lebensmitteln brauche – und hinzukommen auch noch die Vorräte selbst …*

Unter die Gesamtmenge für das Haus zog Prudence eine waagerechte Linie und begann, die notwendigen Vorräte für das Geschäft aufzulisten – angefangen mit Stoffrollen, die auch Baumwolle für Unterwäsche und Flanell für Windeln einbezogen.

Wir sollten ein Geschenk für Lissa May kaufen. Sie fügte *Babykleidung* auf der oberen Liste hinzu und kehrte dann dazu zurück, weitere Waren für den Laden zu notieren. *Die Frauen brauchen Hüte.* Sie suchte ein paar einfache Stroh- und Filzhüte aus, die alle mit den Bändern, der Spitze und den Netzen verziert werden konnten, die sie ebenfalls auf die Liste setzte.

Was noch? Wieder tippte Prudence sich mit der Feder ans Kinn und dachte über Dinge nach, die Frauen zusagen würden, ohne monate- oder jahrelang unverkauft im Geschäft liegen zu bleiben. Schließlich musste Michael Gewinne mit dem Geschäft erzielen. *Garn, Faden, Knöpfe, Nähnadeln.*

Ich muss Mrs Tisdale fragen, ob noch andere Dinge hinzuzufügen sind. Prudence wandte sich den Lebensmitteln zu und begann mit Dosenpfirsichen, denn Pfirsich- Cobbler war eines ihrer Lieblingsdesserts. Wahrscheinlich sehnten sich auch andere nach Früchten, die sie nicht vor Ort anbauen oder pflücken konnten. *Tee. Schokolade.* Sie lächelte. *Beide sind lebensnotwendige Güter. Wahrscheinlich sollte ich auch Bonbons aufschreiben.*

Sie dachte an die Häuser der Tisdales und Rossmores. In keinem hing ein Spiegel. *Wandspiegel*, schrieb sie auf, auch wenn sie bezweifelte, dass Clyde Portia solch eine Anschaffung erlauben würde.

Auf ein zweites Blatt Papier zog Prudence Spalten, in die sie die Produkte eintrug, die sie im Laden gesehen hatte: Arbeitshandschuhe, Ersatzgriffe für Werkzeuge, Männerkleidung, und ähnliches. Dann suchte sie sie im Katalog und schrieb deren Preis heraus, kreiste diejenigen ein, von denen sie den Preis kannte, und zog Linien zu anderen. Später wollte sie die Preise mit den restlichen Waren des Ladens vergleichen. *Transportkosten in Erfahrung bringen*, kritzelte sie unten auf die Seite.

Zwei Stunden später, als sie ihre Arbeit fast beendet hatte, hörte Prudence das Geräusch der Eingangstüren und schaute auf, um zu sehen, wie ihr Mann durch den Vorraum schritt. Überrascht schaute sie auf die Uhr, die an ihrem Kleid befestigt war. *Er ist früh dran.* Sie musterte ihr Werk. *Gut. Ich kann ihm noch bei hellem Tageslicht alles zeigen.*

Michael trat durch die zweite Tür, in der Hand einen geflochtenen Korb. Seine Ärmel waren hochgekrempelt und feuchte Kleckser verunstalteten sein Hemd und seine Hose. Seine Haut war von der Sonne gerötet.

Sie erhob sich und lächelte ihn zur Begrüßung an.

Er machte große Augen. Offensichtlich hatte er nicht mit einer Begrüßung gerechnet. Er grinste und hob den Deckel des Korbes. »Sieh mal, was ich dir mitgebracht habe.«

Neugierig kam Prudence näher, um hineinzusehen. Der Behälter war voller geköpfter Fische, sorgfältig gestapelt. Sie rümpfte die Nase angesichts des Gestanks und wich zurück.

»Ich habe die Forellen schon ausgenommen. Sie sind fertig für die Bratpfanne.«

»Sie sind sehr ... ähm ... sehr *schöner* Fisch.«

»*Schön*, aha.« In seiner Stimme schwang ein scherzhafter Unterton mit.

»Auch, wenn ich lieber Blumen bekomme, oder teure Schokolade, oder Juwelen ...«

»Zur Kenntnis genommen, meine Frau. Doch vorerst wirst du dich mit Forelle zum Abendessen begnügen müssen.«

Prudence war froh, dass er ihr den Fisch nicht lebendig mitgebracht hatte. Die schlimmste Lektion, die sie in der Agentur gelernt hatte, war, als sie einem Huhn den Hals umdrehen musste, es in kochendes Wasser eintauchen und anschließend die Federn rupfen und die Innereien entfernen musste. Die ganze Zeit über hatte sie versucht, den Gestank – schlimmer als der eines nassen Hundes – nicht einzuatmen. Ihr schauerte es bei der Erinnerung daran.

Michael musste die Bewegung bemerkt haben, denn er deutete mit dem Kopf zur Tür. »Ich stelle ihn gleich auf die Veranda. Sobald sich Howie um mein Pferd gekümmert hat, bringt er den Fisch zu den Tisdales. Aber ich wollte dir meinen Fang vorher zeigen.«

»Oh, danke!« Behutsam streckte sie eine Hand aus. »Ich bringe sie für dich nach draußen, damit du dich waschen kannst.« Sie wies mit der Hand auf den Schreibtisch. »Ich habe an einigen Dingen gearbeitet und würde sie gern mit dir besprechen.«

Seine Augenbrauen zogen sich zu einem Stirnrunzeln zusammen, doch Michael nickte, reichte ihr den Korb, drehte sich um und ging den Flur entlang in die Küche.

Das Gewicht des Korbes war schwerer als sie erwartet hatte. *Aber wie oft habe ich schon etwas Schweres getragen?* Nicht einmal in der Agentur, als sie gelernt hatte, wie man den Boden scheuerte, denn auch da hatte Evie den Eimer mit Wasser gefüllt und ihn ihr gebracht. Ein schmerzhaftes

Gefühl der Reue packte sie, weil sie nie zu schätzen gewusst hatte, wie hart das Hausmädchen arbeitete. *Ich hätte nicht so gemein zu ihr sein sollen.*

Während sie die Forellen nach draußen brachte, ging Prudence die Punkte durch, die sie mit ihrem Mann besprechen wollte. *Schade, dass ich nicht mit meiner Prüfung des Geschäftsbuches fertig bin.* Soweit sie es bisher einschätzen konnte, war sie sicher, dass Hugely ihren Mann nach Strich und Faden betrog. Doch dieses Gespräch würde noch etwas warten müssen, bis sie Michael Beweise liefern konnte.

Sie dachte an ihre Begegnung mit Juanita und die Hoffnungen, die sie für die Zukunft der kleinen Lissa May hegte, und beschloss, dass *Bildung* der erste Punkt auf der Tagesordnung war – natürlich erst, nachdem sie ihn über die Neuigkeiten des Tages in Kenntnis gesetzt hatte. Ein recht trockener Anfang vielleicht, doch ein Thema, das heute mehr Bedeutung gewonnen hatte als die neuen Möbel und die anderen Einrichtungsgegenstände, die sie für ihr Heim ausgewählt hatte.

Cecilia Garr, die gerade am Haus vorbeikam, entdeckte Prudence auf der Veranda und blieb stehen, um über Portias Baby zu plaudern.

Amüsiert darüber, wie schnell sich der Tratsch in der Stadt verbreitet hatte, und geschmeichelt von der offensichtlichen Bewunderung der Frau, verweilte Prudence bei der Unterhaltung. Die Ausschmückungen, die Mrs Garr der Geschichte in ihrem schweren Südstaatenakzent gab – Clyde, der durch das Haus tanzt, um Prudence und ihrem Sonnenschirm zu entgehen, und der dann zur Tür hinaus flüchtet und die Straße entlang rennt, während sie ihm dicht auf den Fersen ist – klangen so lustig, dass Prudence sich vor Lachen kaum noch halten konnte.

Ich kann mich nicht erinnern, wann ich das letzte Mal gelacht habe, bis mir die Tränen kamen. Sie wischte sich über die feuchten

Augen und wünschte der Frau einen angenehmen Tag.
Prudence ging zum Haus zurück und nahm sich spitzbübisch
vor, Mrs Garrs Akzent zu übernehmen, wenn sie Michael
mit ihren Neuigkeiten ergötzte.

Kapitel Siebzehn

Michael war verwundert über die Erleichterung, die er angesichts Prudences freundlicher Begrüßung verspürt hatte, auch wenn sie von den Forellen, die er gefangen hatte, nicht im Geringsten beeindruckt war. Nach dem Debakel vom Vorabend hatte sie sich im Schlafzimmer eingeschlossen. Er hatte vermutet, heute derselben gefühlskalten Frau zu begegnen.

Während er sich im Küchenbecken wusch, fragte Michael sich, ob er die letzte Nacht erwähnen oder besser so tun sollte, als wäre nichts passiert. Immerhin hatte er sich schon mehrmals erfolglos entschuldigt. Prudence hatte, besudelt von Obadiahs Erbrochenem, weitergeschrien, bis sie die Treppe hinauf ins Dunkle gestürmt war, gefolgt von Mrs Tisdale und Mrs Rivera, die Lampen trugen.

Anschließend hatte sie sich wohl aus Zorn und Scham in einen Eiszapfen verwandelt, denn sie hatte sich geweigert, die Tür zu öffnen oder mit ihm zu sprechen. Er hatte keine andere Wahl, als ihren Gästen eine gute Nacht zu wünschen und sich rastlos auf seine Pritsche im einsamen Raum zu legen, besorgt um die Zukunft, seine Ehe – und seinen Verstand.

Bei der Erinnerung an seine Wut auf Obadiah ballte er

die Hände zu Fäusten. Nur die Tatsache, dass der Geiger bewusstlos zu Boden gefallen war, hielt Michael davon ab, ihn zu verprügeln. Aber trotzdem hatte er die Anweisung gegeben, Obadiah in den Fluss zu schmeißen, und Rigsby gesagt, dass der Mann bis auf Weiteres keinen Alkohol mehr serviert bekommen sollte. Wenn der Betrunkene erst einmal seinen eigenen illegalen Vorrat aufgebraucht hatte, würde er zwangsläufig trocken werden müssen.

Michael schaute auf einen Teller, der mit einem Tuch bedeckt war, und nahm den Geruch von Mrs Tisdales Kaninchenauflauf wahr. Sein Magen knurrte, doch er vermutete, dass er wohl erst mit seiner Frau reden sollte, solange sie offensichtlich gewillt war, mit ihm zu sprechen.

Noch immer unentschlossen, wie er mit Prudence umgehen sollte, kehrte Michael ins Arbeitszimmer zurück. Durch das Fenster konnte er seine Frau auf der Veranda erkennen. Über das Geländer gebeugt, unterhielt sie sich mit Cecilia Garr, die sehr fröhlich aussah.

Zu seiner Überraschung warf Prudence den Kopf zurück und lachte. Ihre Schultern bebten.

Die gute Laune seiner Frau steckte ihn an, und Michael wünschte, er könnte ihr Gesicht sehen.

Auf dem Schreibtisch entdeckte er einen Katalog und ausgebreitete Blätter, also ging er hinüber, um zu sehen, was seine Frau im Schilde führte. Als er zum Papier griff, musste er angesichts der verschnörkelten Aufschrift *Mrs Michael Morgan* im Briefkopf schmunzeln. *Prudence hat sich offensichtlich auf feine Gesellschaft vorbereitet.* Sein Lächeln verebbte, als er an den Vorabend dachte. *Und ist für das wahre Leben in Morgan's Crossing völlig unvorbereitet.*

Standspiegel, ganz oben auf der Liste stehend, gefolgt vom Preis, fiel ihm ins Auge. *Was zur Hölle soll das?*

Michael überflog die restlichen Artikel, und der Gesamtbetrag von fast tausend Dollar rief ein Brennen in seiner Brust hervor. Er konnte nicht glauben, was für Frivolitäten seine Frau da kaufen wollte. *Stoff? Spitze? Bänder?* Prudence hatte *vier* Koffer mitgebracht. Ausgehend von der Kleidung, die er bisher gesehen hatte, besaß sie ganz sicher genug. Viele hübsche Kleider hingen auf der Leine, die Howie an ihrem Bett aufgespannt hatte. Seiner Ansicht nach hatte seine Frau in nächster Zukunft keinen Bedarf mehr.

Schokolade. Prudence hat nicht gescherzt, als sie sagte, dass sie lieber teure Schokolade geschenkt bekäme. Er suchte die Liste nach Juwelen ab, konnte aber glücklicherweise keine entdecken. *Jedoch.* Die Liste sah nicht vollständig aus.

Wandspiegel, fiel ihm ins Auge. *Standspiegel, Wandspiegel! Wenn das so weiterging, würde sie bald in jedem Zimmer des Hauses einen Spiegel haben. Wie konnte eine Frau so eitel sein?*

Er las weiter. *Dosenpfirsiche? Was war verkehrt am guten alten Obst aus dem Montana-Territorium?*

Hüte – zwei aus Stroh und drei aus Filz. Er schaute zu der eleganten Strohhaube, bedeckt mit Netz und Spitze, die an einem Kleiderhaken neben der Eingangstür hing – das Violett war wie ein Farbklecks auf der weißen Wand.

Michael konnte nicht glauben, wie egoistisch und verschwenderisch ihre Liste war. *Sie wird mein ganzes Geld zum Fenster hinauswerfen!* Er hatte damit gerechnet, dass sie über das Notwendige für das Haus diskutieren und dabei Prioritäten festlegen würden – beispielsweise Küchentisch und Stühle. Und er hätte die Dinge nach und nach gekauft, nicht vollkommen zügellos alle auf einen Schlag.

Mit einem mulmigen Gefühl im Bauch wurde Michael bewusst: *Ich habe den größten Fehler meines Lebens begangen, als ich Prudence Crawford geheiratet habe.*

Mit zügigen Schritten lief er quer durch das Zimmer auf das Regal zu, in dem sein Whiskey stand, und goss sich ein Glas voll, sodass die Flasche leer war. *Ich habe es versäumt, gleichzeitig mit der Anforderung einer Versandbraut meinen*

Spirituosenschrank aufzufüllen. Wie dumm von mir. Er trank in einem Zug, nicht langsam nippend, wie üblich. Der Whiskey brannte in seiner Kehle. Statt die Hitze in seinem Bauch zu dämpfen, fächerte der Schnaps die Flammen seiner Wut nur noch weiter an.

Prudence rauschte mit einem breiten Lächeln auf dem Gesicht zurück ins Haus. Das violette Kleid, das sie trug, verlieh ihren Augen eine Lavendelfarbe, und ihre Wangen waren vor offensichtlicher Aufregung gerötet.

Wahrscheinlich aus Ekstase darüber, mein Gold auszugeben.

»Michael, ich hatte einen *hochinteressanten* Tag.«

»Daran habe ich keine Zweifel«, sagte er sarkastisch.

Prudence schien seinen ironischen Ton nicht zu bemerken, denn ihr Lächeln wich nicht von ihren Lippen und ihre Augen strahlten. »Heute Morgen stand Juanita Rivera in der Tür und bat mich darum, ihr beim Lesen von *Little Women* zu helfen. Also haben wir uns das Buch gemeinsam vorgenommen. Das Kind ist so intelligent, und das hat mir ins Gedächtnis gerufen, dass eine Schule hier dringend nötig wäre.« Sie schaute ihn mit erwartungsvollem Blick an.

Noch ein Punkt auf ihrer Liste. Er schlürfte seinen Whiskey. »Eine Lehrerin ist teuer. Wegen der sechs Kinder sehe ich keinen Anlass dafür.«

Der leuchtende Ausdruck wich aus ihrem Gesicht. Sie schaute auf das Glas in seinen Händen und zog missbilligend die Brauen zusammen. »Sechs Kinder *deiner Stadt* wachsen ohne Bildung auf.«

»Wohl kaum ganz ohne Bildung. Ich weiß, dass ein paar Frauen ihnen Unterricht gegeben haben.«

»Frauen, die selbst nur *zwei Jahre* in der Schule waren! Morgan's Crossing braucht eine *echte* Lehrerin.«

»Ich habe vor, eine einzustellen, wenn zehn Kinder im schulfähigen Alter sind.«

Sie runzelte die Stirn. »Michael, das wird noch viele Jahre dauern. Die älteren Kinder brauchen *jetzt* Schulbildung.«

Er biss den Kiefer zusammen. »In jedem Falle wäre es nicht gut, eine Lehrerin zu haben, Prudence. Denk doch mal nach! Wo sollte sie denn wohnen? Sicher nicht allein. Für eine Frau gibt es in keinem Haus Platz, außer in unserem. Bist du bereit, eine Schullehrerin zu logieren?«

Angesichts der Falten auf ihrer Stirn schloss er, dass die Vorstellung, ihr Heim mit einer Lehrerin zu teilen, Prudence nicht zusagte, obwohl sie doch so fest behauptete, sich eine zu wünschen.

»Wir könnten einen Raum auf einer der Hütten bauen – vielleicht bei den Garrs.«

Michael schüttelte den Kopf. »Und nicht nur das! Eine junge, ledige Frau in einem Bergbaulager, in dem es vor unverheirateten Männern wimmelt. Was glaubst du, wird da passieren?«

»Die Männer werden sie umwerben.«

»Ganz genau! Ablenken wird sie sie. Die Arbeit im Bergbau ist gefährlich und sie müssen sich darauf konzentrieren.«

»Ach, Himmeldonnerwetter! Was für ein mieser Vorwand.«

Michael beachtete sie nicht. »Und nicht nur die Bergmänner werden hinter ihr her sein. Auch in Sweetwater Springs sind Frauen rar. Warum sonst, glaubst du, dass so viele von uns eine Versandbraut bestellen?«, sagte er in selbsterniedrigendem Ton, und beneidete die drei Männer, die glückliche Ehen mit liebevollen Frauen geschlossen hatten. »Männer werden von meilenweit kommen, um die Lehrerin zu umwerben. Ich bezweifle, dass mehr als ein Monat vergeht, bis sie in den Hafen der Ehe einläuft, und wie du weißt, unterrichten verheiratete Frauen nicht. Dann bin ich eine Menge Geld los, um sie herzuholen, und noch mehr, um ihr Gehalt zu zahlen.«

»Du könntest einen Mann als Lehrer einstellen.«

»Ich müsste ihm mehr zahlen als einer Frau«, erwiderte er höhnisch.

Ihre Augen wurden zu Schlitzen. »Also läuft alles darauf hinaus, dass du zu *geizig* bist, um einen Lehrer zu bezahlen?«

Ihre spitze Bemerkung traf ihn und stachelte sein Temperament an. »Genau das will ich sagen.« Er betonte jedes Wort. »Du bist eine gebildete Frau! *Du* unterrichtest die Kinder.«

»Sei nicht lächerlich!«, antwortete sie schnippisch mit angespannten Schultern. »Das sagst du nur, um nicht für einen echten Lehrer zahlen zu müssen. Einen knauserigen Mann kann ich nicht *ertragen*!«

»Nun, *Weib*, diesen hier wirst du ertragen müssen.« Er ging zum Schreibtisch, nahm ihre Liste und hielt ihr das Papier unter die Nase. »Und als dein knickeriger Ehemann befehle ich dir, dass du den größten Teil dieser Artikel streichst. Wähle nur das Nötigste aus! Ich bin nämlich kein Dukatenesel!«

Sie starrte ihn an und schwang einen Arm durch die Luft. »Wir haben rein *gar nichts* in diesem Haus! Dein Geschäft ist die reinste Schande, völlig verschmutzt und mit leeren Regalen. Die Menschen hier, insbesondere die Frauen und Kinder, brauchen *mehr*.«

Seinen Blick auf Prudence gerichtet, griff Michael zum Glas und schüttete den letzten Schluck Whiskey hinunter. »Sollten wir dir anstelle deines vornehmen Namens Prudence nicht lieber einen anderen geben? Die Waghalsige? Die Verschwenderische?«, sagte er kühl. »*Prudence* ... die Umsichtige ... das passt einfach nicht zu dir, meine Liebe, selbst wenn du so tust, als wärest du so fürsorglich.«

Sie reckte ihr spitzes Kinn und ihre schmale Brust hob sich.

Leidenschaftslos schaute er sie an und beobachtete, wie ihre Wangen sich vor Zorn röteten und ihre blassen lavendelfarbenen Augen aufleuchteten, sodass ihr knochiges

Gesicht fast schön aussah. »Gefällt dir der Vorschlag nicht?«, fragte er gespielt besorgt. »Wie wäre es mit rücksichtslos? Egoistisch?«

»Michael, du besitzt eine *Goldmine*.«

»Was mit Sicherheit auch der Grund dafür ist, dass du mich geheiratet hast.«

Ihre Augen funkelten. »Ich habe dich geheiratet, weil ich deine Lügen geglaubt habe. Ich dachte, du wärst ein Mann von *Ehre*!«

Der Schlag hatte gesessen. Er schaute auf seine zur Faust geballte Hand herab und versuchte, sich die Verletzung nicht anmerken zu lassen. Er zwang seine Finger dazu, sich voneinander zu lösen. »Ich zahle meinen Bergmännern ihre Löhne und trage alle anderen Kosten, die mit dem Betrieb der Mine verbunden sind ... und auch mit der Stadt. Ich trage die Last des Ladens auf meinem Rücken. An genauso vielen Monaten, wie er Gewinne macht, verzeichnet er Verluste. Jetzt lastest du mir mit deiner verschwenderischen Art noch mehr auf.« Er begegnete ihrem Blick. »So. Und das toleriere ich nicht. Ich werde deine Käufe nicht erlauben.«

»Warum ...« Ihre Lippen wurden schmal, als würde sie eine scharfe Antwort zurückhalten.

Michael war erleichtert darüber, sich nicht auf einen weiteren Angriff ihrer scharfen Zunge gefasst machen zu müssen. Er zuckte die Achseln, drehte sich um und ging zur Tür. Auf dem Weg nahm er seinen Mantel vom Haken neben dem violetten Hut und streifte ihn über.

Prudence beobachtete seine Vorbereitungen bestürzt. »Wage es bloß nicht, dich davon zu stehlen!« Sie hob die Stimme und stemmte die Hände in die Hüften. »Wohin gehst du?«

»Dahin, wo alle Männer hingehen, um einer widerspenstigen Ehefrau zu entfliehen.« Michael setzte sich den Hut auf den Kopf.

»In den Saloon?«

»Nein, in den Saustall.« Er riss die inneren Flügeltüren auf, schritt hinaus und warf sie dann so kräftig hinter sich ins Schloss, dass die Fenster klirrten.

Sprachlos starrte Prudence auf die geschlossene Tür und spürte, wie die Verletzung und der Zorn in ihr brodelten. Sie war von dem Streit so überrumpelt worden, dass sie nicht die kleinste Chance gehabt hatte, sich zu verteidigen, geschweige denn, etwas zu erklären. Am liebsten wäre sie ihrem Mann hinterhergerannt und hätte ihm mit ihren Fäusten auf die Brust getrommelt, bis er ihrer Argumentation Gehör schenkte. *Nein, es würde sich nicht für eine First Lady wie mich ziemen, meinem Mann schimpfend die Straße entlang nachzulaufen.*

Saustall? Warum sollte er dahin gehen? Prudence konnte sich noch nicht einmal entsinnen, einen gesehen zu haben, aber andererseits hatte sie noch nicht die ganze Stadt erforscht, insbesondere die Gegend der Zelte am Ortsrand. *Sollte der Saustall eine gemeine Anspielung auf mich sein?* Sie erinnerte sich daran, wie Obadiah sie besudelt hatte und fühlte sich sofort wieder gedemütigt. Der Gedanke verletzte sie so sehr, dass sie Michael am liebsten nachgelaufen wäre, um ihn aufzufordern zu erklären, was er meinte.

Sie schaute zum Geschäftsbuch, das geöffnet auf dem Schreibtisch liegen geblieben war. *Nein, ich habe Besseres zu tun. Ich muss mehr über den Laden herausfinden. Vielleicht sollte ich erst Beweise haben, die ich ihm zeigen kann.*

Und wenn er mir trotzdem nicht zuhört?

Dann könnte ich ihm immer noch eins mit dem kaputten Schirm über die Rübe ziehen.

Erheitert von diesem unsinnigen Bild, machte Prudence sich an die Arbeit. Es gab nicht viele Artikel im Laden, an die sie sich erinnern konnte, doch diese schrieb sie auf und suchte im Katalog nach den Preisen.

Als Prudence fertig war, stellte sie die Feder ins Tintenfass. *Mehr kann ich nicht tun, solange ich das Geschäft nicht vollständig begutachtet und die Transportkosten in Erfahrung gebracht habe.*

Sie massierte sich die verkrampften Hände und runzelte angesichts der Tintenflecken auf ihren Fingern die Stirn. Normalerweise achtete sie genau darauf, die Feder ganz präzise in das Tintenfass einzutauchen und setzte den Kiel ganz zart auf das Papier, um Kleckse zu vermeiden. Doch in ihrer Verzweiflung und Rage hatte sie die Feder in die Tinte getunkt und wild Artikel und Zahlen auf die Seite geschmiert. Niemand würde angesichts der Kleckser und Kritzeleien vermuten, dass ihre Handschrift gewöhnlich aussah wie ein Kupferstich.

Ihre Recherche hatte sie beruhigt und Prudence hatte den Eindruck, dass sie ihrem Mann nun entgegentreten konnte, ohne ihn mit einem Sonnenschirm zu malträtieren oder seine Nase abzubeißen. Sie stand auf, streckte sich und ging dann hinter das Haus, um den Abort zu benutzen. Als sie fertig war, wusch sie sich die Hände unter der Wasserpumpe im Spülbecken, dankbar, eine im Haus zu haben – anders als Portia Rossmore. Doch so sehr sie auch schrubbte – die Tintenflecken blieben. *Nun gut. Meine Handschuhe werden sie verbergen.*

In Gedanken damit beschäftigt, was sie Michael sagen würde, ging sie hoch, um ihre Handschuhe zu holen. Sie beäugte den kaputten Sonnenschirm, den sie zuvor neben den Koffer geworfen hatte, und ihr fiel ein, dass sie vergessen hatte, einen neuen auf ihre Einkaufsliste zu setzen. *Wenn Michael erfährt, warum ich einen neuen Sonnenschirm brauche, wird er seine Aufforderung, meine Einkaufsliste stark abzuändern, noch einmal überdenken.* Sie stopfte sich ein sauberes Taschentuch in den Ärmel.

Vielleicht sollte ich einen besonderen Schirm mit verstärktem Schaft haben, der nicht zu Bruch geht, falls ich ihn noch einmal als Waffe benutzen muss. Ihr Sarkasmus munterte sie auf und sie verließ das Zimmer, um nach unten zu gehen. Sie setzte sich den Hut auf, befestigte ihn mit der Hutnadel und brach auf, um Jagd auf ihren Ehemann zu machen.

Vor Rigsby's Saloon, wo die Tür sperrangelweit offenstand, verlangsamte Prudence ihren Schritt in der Annahme, dass es für Michael sinnvoller wäre, dorthin gegangen zu sein als wirklich zu den Sauställen. Doch sie konnte wohl kaum hineingehen und nachsehen. Grölendes Männergelächter und das Klirren von Gläsern bestärkten sie in ihrem Beschluss. Damen suchten solche Lokale nicht auf.

Ein Bergmann, den sie nicht kannte, blieb stehen und fasste sich höflich an den Hut. Offensichtlich war er auf dem Weg in den Saloon. »Guten Tag, Mrs Morgan.« Der Mann hatte tiefliegende Augen, buschige Augenbrauen und ein dickes Kinn, was ihm das Aussehen eines Trolls verlieh. Auch wenn er sich offenbar gewaschen hatte – sein Gesicht und seine Hände waren sauber – war seine Kleidung mit Staub bedeckt.

»Guten Tag.« Sie zögerte kurz und stürzte sich dann in die Unterhaltung. »Verzeihen Sie mir, Sir, wenn ich mich nicht an Ihren Namen erinnere.«

Er grinste, sodass seine Zahnlücken sichtbar wurden. »Percy Phillips, Ma'am. Meine Schicht in der Mine ist zu Ende und ... ähm ...« Er deutete in die Richtung, aus der die Geräusche der Bar zu ihnen drangen.

Der kultivierte Name stand im Widerspruch zu seinem Erscheinungsbild, doch Prudence war zu sehr auf ihre Entschlossenheit konzentriert, ihren Ehemann zu finden, als dass sie das neugierig machen würde. Sie wies mit der Hand zum Saloon. »Könnten Sie bitte hineingehen und nachsehen, ob mein Mann dort ist? Falls ja, würden Sie ihn darum bitten, ein paar Minuten herauszukommen und mit mir zu reden?«

»Aber sicher, Mrs Morgan.«

Während sie zuschaute, wie er im Saloon verschwand, fragte Prudence sich, was sie tun sollte, wenn Michael sich weigerte, zu ihr nach draußen zu kommen. Sie raffte sich auf. *Dann gehe ich zu ihm rein.*

Sie brauchte ihren Entschluss nicht in die Praxis umzusetzen, denn Mr. Phillips erschien im Türrahmen. »Rigsby hat ihn weit und breit nicht gesehen.«

Prudence runzelte die Stirn. »Er hat gesagt, er geht zu den Schweineställen. Können Sie mir sagen, wo die sind?«

»Ach so«, sagte er nickend. »Ich habe gehört, ein Ferkel wurde gestohlen. Das hat die Chinesen ganz schön aufgebracht. Der Boss ist bestimmt nicht glücklich darüber.« Er zeigte zum Ende der Straße. »Hinter den Zelten.«

»Vielen Dank, Mr. Phillips.«

»Es war mir eine Freude, Ma'am. Ich, ähm, wollte mich für das Fest bedanken. Ich weiß, dass es ein übles Ende genommen hat. Wir Männer haben uns alle ganz schlecht gefühlt, wo Sie doch neu hier sind und sich so feingemacht haben. Ich weiß, dass Sie Frauen hart gearbeitet haben. Wir haben uns verdammt gut amüsiert.«

Den ganzen Tag lang hatte Prudence nur voller Scham an die Feier denken können, und war davon ausgegangen, dass sie das Gespött der Leute war, einerseits, weil Obadiah Kettering sich über ihr erbrochen hatte, und andererseits wegen ihrer Schreie als Reaktion darauf.

»Ich hoffe, wir können noch einmal eins veranstalten, ohne böses Ende. Ich schwöre, dass wir Kettering den ganzen Tag auf der Pelle sitzen werden, damit er keine Chance hat, irgendeinen Alkohol zu trinken.«

Die Idee brachte sie zum Lächeln. »Das werde ich mir merken, Mr. Phillips.« Sie nickte, um ihn zu entlassen.

»Wenn Sie mich nun entschuldigen, ich muss meinen Gatten finden.«

Prudence ließ den Bergarbeiter zurück und lief die Straße entlang. In Gedanken war sie mit dem beschäftigt, was der Mann über das gestohlene Ferkel gesagt hatte.

Wie niederträchtig von Michael, mich glauben zu lassen, dass sein Gang zum Saustall meine Schuld war, wenn er doch ohnehin geplant hatte, dorthin zu gehen.

Prudence hatte die honigsüßen Worte satt. *Es ist an der Zeit, meinem Gatten deutlich meine Meinung zu sagen.*

Kapitel Achtzehn

Michael stand neben den Schweineställen und versuchte, nicht zu zeigen, dass er ungeduldig darauf wartete, dass die Diskussion endete und er in den Saloon gehen konnte.

Hong Guan, der wie üblich der Wortführer seiner Landsleute war, trug seine üblichen weiten, grauen Hosen mit Tunika. Er hatte ewig gebraucht, um das Problem des gestohlenen Ferkels zu beschreiben, hautsächlich deshalb, weil sein gebrochenes Englisch durch seine Aufregung noch unverständlicher wurde. Seine Gemütsbewegung zeigte sich an den tiefen Falten um seine Augen herum und an seinen gestikulierenden Händen, die er normalerweise still hielt.

Michael wusste, dass man delikat mit der Angelegenheit umgehen musste. Die Chinesen gehörten zu seinen besten Arbeitern. Er hätte ein Dutzend mehr von ihnen eingestellt, wenn es möglich gewesen wäre, doch bei ihrer Anwerbung musste man einiges tun, um sie in diese abgelegene Stadt zu locken. Die Morgenländer arbeiteten härter als die meisten weißen Männer, bekamen weniger Geld dafür und machten kaum Probleme. Meist – so wie heute – kamen die Probleme zu ihnen, auch wenn er sein Bestes getan hatte, um dies in Morgan's Crossing zu vermeiden.

Nur indem er Schikanen energisch unterband, war es

Michael gelungen, einen wackeligen Frieden zwischen den Weißen und den Chinesen zustande zu bringen. Er hatte den weißen Männern verboten, den Chinesen an ihren Zöpfen zu ziehen oder ihnen sogar anzudrohen, sie abzuschneiden. Auch, dass man die Morgenländer schlug, erlaubte er nicht.

Viele Sticheleien entzogen sich womöglich seinem Blick, aber so war die Welt nun einmal. Männer bildeten eine Hackordnung und traten die unter sich oft. Michael, der an der Spitze stand, scherte sich meist nicht um die Streitereien, außer in Momenten wie diesem, wenn er eingreifen musste. Ein Ferkel war wertvoll und sein Verlust schmerzte. Dass diese Männer ein Ferkel gebraten und als Geschenk zu seiner Hochzeitsfeier mitgebracht hatten, stimmte Michael noch mitfühlender.

Er betrachtete die drei verschiedenen Schweineställe, die durch niedrige Zäune getrennt waren und in denen je eine Sau mit ihren Jungen untergebracht war, während der Eber in einem Gehege an der Seite hauste. Die Reihe von Zelten stand knapp außerhalb der Geruchszone, aber er konnte sich vorstellen, dass man das Quietschen eines Schweins, das von jemandem hochgehoben wurde, hören würde. Auf dem Boden waren keine Raubtierspuren zu sehen, was hieß, dass kein Tier, sondern ein menschlicher Räuber das Ferkel gestohlen hatte. Mittlerweile war der schlammige Boden vor und in den Ställen voller Fußstapfen. Keine Chance, zu erkennen, welche von wem stammten.

Er biss den Kiefer zusammen. »Ich zahle Ihnen das Schwein, bis wir herausfinden, wer das getan hat und ziehe es dem Mann dann vom Lohn ab. Damit so etwas nicht noch einmal vorkommt, werde ich verlauten lassen, dass ich den oder die Schuldigen feuern werde, falls es zu einem zweiten Vergehen kommt.«

Hong verbeugte sich, lächelte und dankte Michael.

Gut, endlich kann ich hier weg.

Wegen des Gestanks der Schweineställe atmete er in flachen Zügen. Michael wünschte sich sehnlichst noch einen Drink, um seine Sorgen zu ertränken ... oder, besser gesagt, seine Wut. Er versprach sich, dass er ins Rigsby's gehen würde und seinen Zorn vom Alkohol besänftigen lassen würde, sobald er die Ursache des Problems gefunden hatte. Vielleicht konnte er nach ein paar Gläsern besser mit Prudence fertig werden. *Nichts, was ich probiert habe, hat funktioniert.*

»Michael!«

Die Stimme seiner Frau ließ ihn erstarren. *Wenn man vom Teufel spricht. Gibt es ein Wort für einen weiblichen Teufel?* Ihm fiel keines ein. Er nickte Hong zum Abschied zu und wandte sich zum Gehen, da ...

»Michael, ich muss mit dir reden!« Ihre Stimme wurde immer schriller, bis ihr Ton fast einem Schrei gleichkam. Hals über Kopf marschierte sie auf ihn zu, das Gesicht rot vor Wut.

Hong verkroch sich in seinem Zelt. Vielleicht konnte er sie nicht mehr sehen, hören aber wohl.

Die Guans sollten sich Watte in die Ohren stopfen, um Prudences Gekreische wenigstens zu dämpfen.

»Ich muss einen trinken«, sagte er und wandte sich zum Gehen.

»Ach du lieber Gott! Sag bloß nicht, du bist ein Säufer wie dieser Obadiah Kettering. Ist das vielleicht noch etwas von deinem Charakter, das du mir verheimlicht hast?«

Er fuhr herum.

Sie stand mit ausgebreiteten Armen einen Schritt von ihm entfernt.

»Du hast mir verheimlicht, dass ich eine Widerspenstige heiraten würde«, sagte er. »Du hättest das Wort in *großen Druckbuchstaben* auf den Briefkopf deines schicken Briefpapiers setzen sollen.« Er zeichnete das Wort in die

Luft und betonte jeden einzelnen Buchstaben. »W-I-D-E-R-S-P-E-N-S-T-I-G-E!«

»Also ... also so was!« Ihr Mund ging auf und zu, als würde sie nur nach den richtigen Worten suchen, die sie ihm an den Kopf werfen konnte.

»Und zum Thema Säufer: Bis zum heutigen Tage habe ich mich nur selten mit Alkohol getröstet. Aber ich denke, die Ehe mit dir, meine liebe Frau, wird mich zu einem Stammkunden von Rigsby's Saloon machen. Eigentlich könnte ich gleich meinen Wohnsitz dorthin verlegen.«

Mit einem Schritt nach vorn holte sie mit der Hand zum Schlag aus.

Er sprang aus dem Weg.

Prudence schlug daneben und ihre Hand segelte vorbei, sodass sie aus dem Gleichgewicht geriet.

Überzeugt davon, dass sie es erneut probieren würde, wich Michael zurück und vergrößerte den Abstand zwischen ihnen.

Prudence rutschte auf einem glitschigen Felsbrocken aus, verlor das Gleichgewicht, drehte sich und machte einen Schritt zur Seite. Dabei verfing sich ihr Absatz im Saum ihres Rockes. Sie taumelte zurück, auf die Sauställe zu. Ihre Beine stießen gegen den niedrigen Zaun, der ihr bis zum Knie reichte.

Oh nein! Mit einem Satz versuchte Michael, sie aufzufangen.

Mit entgeistertem Gesichtsausdruck ruderte Prudence die Arme durch die Luft, um sich aufzurichten.

Michael hatte keinen Erfolg und bekam nur eine Rockfalte zu fassen. Er riss sie zurück, in der Hoffnung, sie so aufzurichten, doch stattdessen zerriss der Stoff lautstark.

Durch den Schwung stürzte Prudence rückwärts in den Schweinestall, wo sie mit dem Hinterteil im Schlamm landete. »Grrrrrr!« Sie nahm zwei Handvoll Matsch und warf damit auf ihn.

Noch unter Schock wich Michael erst in letzter Sekunde aus und der stinkende Schlamm klatschte ihm auf die Brust und ins Gesicht.

Eingehüllt in einen Mantel aus Scham, der so dick war, wie die Schmutzschicht auf ihrem Kleid, stürmte Prudence die Straße entlang auf ihr Haus zu und tüftelte an Plänen zur Flucht aus diesem verabscheuungswürdigen Ort. Sie achtete darauf, jeden Blickkontakt zu den verwunderten Stadtbewohnern zu vermeiden, die stehen geblieben waren, um sich das Spektakel ihrer First Lady anzusehen, die von oben bis unten mit Schlamm und Schweinekot bedeckt war, und deren Rock so zerrissen war, dass er den weißen Petticoat entblößte.

Ich werde auf einem von Michaels Pferden reiten müssen. Die Wut auf ihren Mann übertraf ihre plötzliche Angst davor, allein durch die offene Wildnis zu reisen. *Ich werde mir die Koffer schicken lassen, wenn ich in St. Louis bin. Wo soll ich schlafen?*

Darüber kann ich jetzt nicht nachdenken. Ich muss nur hier weg.

Ein riesiger Planwagen, gezogen von sechs Maultieren, kam vor ihrem Haus zum Halt. Einen Moment lang nagte Unsicherheit an ihr. Michael hatte sich im Saloon verkrochen und war nicht in der Lage, sich der Sache anzunehmen, ganz gleich, ob es eine Lieferung für das Bergwerk oder für den Laden war.

Während sie sich dem Gefährt näherte, schoss ihr ein Gedanke durch den Kopf. Vielleicht konnte sie den Fahrer bitten, sie nach Sweetwater Springs zu bringen. *Mit Sicherheit kann man dem Kutscher vertrauen ... wie war doch gleich sein Name?* Prudence zerbrach sich den Kopf, erinnerte sich jedoch nicht.

Ein brauner Hut mit breiter Krempe, tief ins Gesicht gezogen, warf einen Schatten auf das Gesicht des Fahrers.

Der Mann zog die Bremse, zurrte die Zügel fest und schwang sich vom Wagen, sodass sein schwarzer Kapuzenmantel um ihn herumwirbelte. Er warf einen kurzen Blick zur Straße, bevor er sich zu ihr umdrehte. Er zog den Hut zum Gruß und setzte ihn sich dann wieder auf.

Wahrscheinlich kann er es kaum erwarten, in den Saloon zu gehen.

»El Davis«, sagte der Fuhrmann. »Ma'am.« Der Fuhrmann war zierlich, kaum größer als Prudence, mit attraktivem, schmalem Gesicht und langer, gerader Nase. Seine braunen Augenbrauen neigten sich über himmelblaue Augen, die durch den marineblauen Schal um seinen Hals, der auch einen Teil seines Kinnes verbarg, noch lebhafter wirkten. Er trug sein blondes Haar kurzgeschnitten und war, angesichts dessen, was sie vom unteren Teil seines Gesichtes sagen konnte, glatt rasiert. Wäre sie ihm an einem anderen Ort begegnet, hätte sie ihn niemals für einen Fuhrmann gehalten.

Er beäugte ihren ramponierten Zustand und seine Nasenflügel hoben sich – offensichtlich roch er den üblen Schweinegestank, der ihr Kleid und ihre Handschuhe getränkt hatte. Ein erheiterter Ausdruck trat in seine Augen.

Zumindest ist er anständig genug, keinen Kommentar abzugeben.

»Sie bringen das Frachtgut in die Städte rings um Sweetwater Springs, nicht wahr, Mr. Davis?«

»Zu Ihren Diensten.« Er verneigte sich leicht. »Mrs Morgan, nehme ich an?«, fragte er freundlich.

»Ja.« *Aber nicht mehr lange.*

Er drehte sich um und nahm ein Päckchen in braunem Papier vom Wagensitz. »Das ist von Mrs Walker für Sie und Mr. Morgan.« Er machte Anstalten, ihr das Päckchen in die Arme zu legen.

Prudence hielt ihre Hände hoch, um ihm den Schlamm auf ihren Handschuhen zu zeigen. *Mrs Walker?* Sie musste einen Moment nachdenken, bevor ihr klar wurde, dass er

Darcy Russell meinte. *Wie weit entfernt mir die Tage in der Agentur vorkommen.*

»Ich lege es einfach für Sie auf die Veranda. Ich habe das Bett, das Mr. Morgan für das Gästezimmer bestellt hat, und noch andere Lieferungen. Auch Ihre Koffer und das Fass habe ich dabei.«

»Laden Sie meine Sachen gar nicht erst aus, Mr. Davis. Es ist so ... ich sitze in der Klemme. Sie müssen mich sofort nach Sweetwater Springs bringen. Ich kann Sie bezahlen.«

»Ach, das kann ich nicht, Ma'am.« Er schüttelte den Kopf.

Sie konnte das Problem nicht erkennen, doch bevor sie dies scharf zum Ausdruck bringen konnte, hielt sie sich zurück. *Mit Honig, Prudence*, ermahnte sie sich. *Du musst ihn auf deine Seite ziehen.* »Natürlich können Sie das, Mr. Davis«, sagte sie zuckersüß mit klimpernden Wimpern. »Mir reicht ein Blick, um zu wissen, dass sie ein kompetenter Fahrer sind.«

»Ich nehme keine Passagiere mit«, sagte er schroff. »Insbesondere keine weiblichen.«

»Warum denn nicht? Es gibt doch genügend Platz auf dieser ...« Sie deutete mit der Hand zum Wagen. *Monstrosität.*

»Das ist Vorschrift, Ma'am, und ich bin niemandem eine Erklärung schuldig«, sagte der Fuhrmann in festem, unnachgiebigen Ton.

Ist dieser Mann denn wirklich durch nichts zu bewegen? Prudence ersetzte den Honig durch Betteln. »Bitte, Mr. Davis! Ich muss diesen Ort dringend verlassen!«

Er hob die Hand, um ihre Worte im Keim zu ersticken. »Ich hatte eine lange Fahrt bis hierher, Mrs Morgan. Meine Maultiere sind müde und hungrig und ich ebenfalls.«

Sie erinnerte sich an das Abendessen, das Michael stehen gelassen hatte. »Ich kann Ihnen ein Stück von Mrs Tisdales Kaninchenauflauf anbieten.«

»Das ist überaus freundlich von Ihnen, Ma'am. Aber trotz allem werde ich nicht umdrehen und mitten in die

Nacht fahren. Ich habe vor, in meinem eigenen Bett zu schlafen. Und außerdem, was würde Mr. Morgan denn dazu sagen, dass Sie mit mir das ganze Land abklappern?«

»Mr. Morgan hat mir in keinerlei Hinsicht etwas zu sagen.«

Mr. Davis zog eine Braue hoch. »Dem Gesetz nach hat er Ihnen durchaus etwas zu sagen, und nicht zu knapp.«

Sie kam ins Stottern und presste die Hände zusammen.

Seine Miene besänftigte sich. »Ich bin nicht mit dem Gesetz einverstanden, wenn es um Fälle geht, wo einer der Partner oder beide die Ehe auflösen möchten.« Erneut ruhte sein Blick auf ihrer schmutzigen Bekleidung.

»Sie müssen mein Aussehen entschuldigen, Mr. Davis. Ich hatte einen schweren Tag«, schweifte sie peinlich berührt aus. *Wie soll ich das erklären?* »Zuerst habe ich einem der Kinder aus dem Stegreif Leseunterricht gegeben, dann Clyde Rossmore mit meinem Sonnenschirm verprügelt, um Mrs Tisdale dabei zu helfen, Portias Baby zu entbinden, dann ...«

»Was?«, rief er in eindringlichem Ton. »Ist Portia wohlauf? Und das Baby?«

Die Furcht in seinen Augen sagte Prudence weitaus mehr, als es dem Mann womöglich lieb war. *Er liebt Portia. Wie tragisch!*

Der Fuhrmann drehte sich um und schien sein Gespann und den Wagen zurücklassen zu wollen, um die Straße entlang zu laufen.

»Warten Sie! Wohin gehen Sie?«

»Ich will Portia und das Baby sehen.«

Alarmiert hielt sie die Luft an und packte ihn am Arm. »Das können Sie nicht, Mr. Davis. Ich weiß nicht, ob Mrs Tisdale noch da ist, um sie zu pflegen. Clyde wird Portia *umbringen*, wenn er hört, dass sie Besuch von einem Mann bekommen hat, und dann auch noch unbeaufsichtigt. Oder er könnte dem Baby etwas antun. Wenn Ihnen etwas an

Portia liegt, Mr. Davis – wie ich vermute– und auch an ihrer niedlichen kleinen Tochter, dann *lassen Sie sie in Ruhe.*« Sie betonte die letzten Worte.

»Ein Mädchen«, flüsterte er mit sehnsuchtsvollem Blick.

»Lissa May. So hübsch wie ihre Mutter.«

In offensichtlicher Verzweiflung hob er die Hand, um sein Gesicht zu verbergen und wandte sich mit hängenden Schultern ab.

Prudence wusste, dass sie der gequälte Blick voller Schmerz, den sie nur einen Augenblick lang gesehen hatte, noch lange verfolgen würde. Sie konnte sich nicht vorstellen, wie man jemanden so innig lieben konnte – und dabei nicht nur zu wissen, dass man sie nicht haben konnte, sondern mit der Gewissheit zu leben, dass sie litt und misshandelt wurde. Sie drückte seinen Arm und versuchte, ihm so viel Beistand zu leisten, wie sie konnte, wenn er auch dürftig war. »Es tut mir so leid.«

Der Fuhrmann ließ die Hand sinken, schluckte, und riss sich zusammen. »Wenn ich hier bleibe ...« Er ballte die Hände zu Fäusten. Er schüttelte den Kopf und raffte die Schultern auf, als wäre er zu einer Entscheidung gelangt. »Während Sie packen, kümmere ich mich um das Gespann«, sagte er, seine Stimme noch immer heiser vor Erregung.

»Danke«, sagte Prudence. »Ich habe noch zwei Koffer, die eingeladen werden müssen.« Während sie sprach, wurde ihr bewusst, dass sie wirklich dabei war, Michael zu verlassen, und ihr Herz zog sich zusammen.

»Howie kann mir mit den Maultieren helfen, das Bett und Mr. Morgans Bestellungen ausladen und Ihre anderen Koffer runterbringen.« Er kniff die Augen zusammen. »Wird Mr. Morgan Ihnen Probleme bereiten?«

»Er wird glücklich sein, mich fortgehen zu sehen«, sagte sie in verbittertem Ton, der ihren Schmerz widerspiegelte.

»Die Dunkelheit wird hereinbrechen, bevor wir die Stadt

verlassen haben, aber wir haben fast Vollmond – das ermöglicht uns einen guten Beginn. Wir gehen es langsam an. Die Maultiere haben heute schon hart gearbeitet.«

Sein Sinneswandel hätte eine riesige Erleichterung in ihr hervorrufen sollen, doch stattdessen fühlte Prudence sich nur traurig. Irgendwie war ihre Wut auf Michael in den letzten Minuten verflogen. Ihre Entschlossenheit, Morgan's Crossing zu verlassen, jedoch nicht. »Vielen Dank, Mr. Davis.«

»Wir müssten die erste Herberge bis Mitternacht erreichen. Ich werde aber im Wagen schlafen.«

Sie warf ihm ein mattes Lächeln zu. »Ich weiß, dass ich bei Ihnen in absoluter Sicherheit bin, Mr. Davis.« Sie drehte sich um und ging zur Veranda. Sie blieb stehen und entschied, dass Schlammflecken auf dem Packpapier keine Rolle spielten, also hob sie das Paket – überrascht von dessen unerwartetem Gewicht – auf und ging damit zum Haus, mit Schritten, die genauso schwer waren wie ihr Herz.

Vor dem Arbeitszimmer hielt sie nicht an, um ihre Papiere wegzuräumen. Vielleicht würde sie Michael später einen Brief schreiben und ihm die Wahrheit über das Geschäft und Mr. Hugely mitteilen. Er konnte dann ihr Werk selbst erforschen.

Im Schlafzimmer angekommen, betrachtete sie ihre Koffer. Da Mr. Davis ein Bett und andere Waren auslud, sollte es genug Platz für sie im Planwagen geben. Sie legte das Päckchen auf ihr Bett.

Darcy scheint uns ein Hochzeitsgeschenk geschickt zu haben. Prudence hatte nicht daran gedacht, bei einer der anderen Versandbräute Unterschlupf zu suchen. Doch nun wurde ihr klar, dass das vielleicht der beste Plan war – zumindest solange, bis sie alles durchdacht hatte. *Ach, welch eine Ironie des Schicksals.* Sie würde fern von ihrem Mann sein, und trotzdem noch nah genug ... Sie stellte sich vor, wie Michael ihr folgte, vor ihr auf die Knie fiel und sie anbettelte, zu ihm zurückzukehren. *Natürlich werde ich ihn zurückweisen …*

Aber irgendwie verschaffte der Tagtraum ihr nicht die Befriedigung, die sie erhofft hatte. Sorgsam bedacht, sich nicht die Hände schmutzig zu machen, schälte sie die Handschuhe ab und riss dann das Papier vom Paket. Da war ein Stapel Bücher, von einer Schnur zusammengehalten. *Typisch Darcy, uns Bücher zu schicken*, dachte Prudence, fast mit einem Gefühl der Zuneigung. Sie griff zum ersten Buch, in der Annahme, sie könnte es vielleicht als Reiselektüre mitnehmen. Sie hielt es schräg, um den Titel im schwindenden, durch das Fenster hereinfallende Licht zu sehen, und las: *Der Widerspenstigen Zähmung.*

Wutentbrannt schnappte Prudence nach Luft und feuerte das Buch auf das Bett. *Gut, mit Sicherheit werde ich nicht bei Darcy wohnen. Also bleibt mir noch Lina.*

Sie biss sich auf die Lippe und war sich gar nicht sicher, ob Lina sie willkommen heißen würde, nachdem Prudence so grausam zu der italienischen Frau gewesen war. *Lina hat ein gutes Herz. Wenn ich mich ihrer Gnade unterwerfe, wird sie mich vielleicht zumindest ein paar Tage lang aufnehmen.*

Prudence zog die Hemdbluse und den Rock aus. Ihr Taschentuch fiel zu Boden. Sie warf die Kleidung und die Handschuhe in die Ecke. Dann beugte sie sich vor, um das Taschentuch zu nehmen und ihre Hände abzuwischen, und schließlich hob sie den kaputten Sonnenschirm auf. Sie ging zum Haufen und warf beides darauf.

Sie schaute an sich herab, um zu kontrollieren, ob der Schlamm bis zu ihrer Unterwäsche durchgedrungen war, doch sie war weiß und trocken. Glücklicherweise war der lange Riss in ihrem Kleid vorne und nicht hinten.

Prudence setzte den Hut ab, machte ihr Reisekleid und den Mantel von der Wäscheleine los – dankbar, dass Mrs Rivera beide gereinigt hatte. Schnell legte sie die Kleidung an und tauschte die violette Kopfbedeckung gegen ihren

Reisehut. Mrs Rivera hatte auch den Stiel des verrutschten Gänseblümchens befestigt.

Sie berührte die Blüten und wurde sich bewusst, dass einige Frauen in dieser Stadt ihr inzwischen so viel bedeuteten. *May, Rosa, Portia, Cecelia.* Sie benutzte ihre Vornamen, als wären sie Freundinnen. *Wenn ich auch nichts aus den Trümmern dieser Ehe mitnehme, so weiß ich jetzt zumindest, wie wichtig Freundschaften sind – und dass ich in der Lage bin, welche zu schließen.*

Tränen traten ihr in die Augen. *Nicht jetzt.* Sie hielt sie zurück, setzte sich den Hut auf den Kopf und knotete das Band unter ihrem Kinn zusammen. Mit schnellen Handgriffen begann sie zu packen und legte mittendrin eine Pause ein, um die Lampe anzuzünden. Als Prudence fertig war, eilte sie mit Umhängetasche und Lampe nach unten.

El stand in der dunklen Küche und aß Michaels Abendessen.

»Ich bin bereit.« Sie stellte die Lampe auf die Arbeitsfläche und die Tasche auf den Boden.

»Gehen Sie doch in den Wagen und warten dort. Howie spannt die Tiere an. Wenn er hereinkommt, holen wir Ihre Koffer und machen uns auf.«

Prudence hörte ein Pochen an der Hintertür. Sie drehte sich mit rasendem Herzen hoffnungsvoll um ... »Herein!«

Howie trat ins Haus, nickte und vermied jeglichen Augenkontakt. Zweifelsohne war er nicht glücklich darüber, Michael die Nachricht zu überbringen, dass sie ihn verlassen hatte.

»Meine Koffer sind oben.«

Mr. Davis aß auf und gab ihr den Teller und die Gabel. Er ging aus dem Raum und Howie folgte ihm nach oben.

Als das Geräusch seiner Stiefelabsätze verebbte, spülte Prudence das Geschirr ab und ließ es im Waschbecken. Sie nahm die Umhängetasche und ging langsam zur

Eingangstür. *Unglaublich, dass ich noch vor wenigen Stunden geplant hatte, dieses Haus mit Möbeln – mit Liebe – zu füllen und es in unser Heim zu verwandeln.*

Prudence war nicht bewusst gewesen, wie wichtig ihr der Traum von einem neuen Leben mit Michael geworden war, wie sehr ihr Herz schmerzen würde, wenn sie durch die beiden Doppeltüren gehen würde.

Draußen war die Dunkelheit hereingebrochen. Ein runder Mond begann seinen Aufstieg in den samtigen Nachthimmel und suchte sich seinen Weg durch die funkelnden Sterne. Der Wagen war in die entgegengesetzte Richtung umgedreht und die sechs Paar Maultiere bereits eingespannt. Das Tier, das ihr am nächsten stand, schlackerte mit einem Ohr.

Sie streckte ihre Hand aus und legte die Tasche auf den Sitz. Dann raffte sie den Saum ihres Rockes zusammen und kletterte hinauf – dankbar über das abgenutzte Lederkissen auf der Bank. Sie starrte auf die stille Straße. *Michael ist im Saloon und weiß nicht, dass ich gehe. Wird es ihm etwas ausmachen?*

Die beiden Männer traten mit ihrem Koffer aus dem Haus und luden ihn auf den Wagen. Sie gingen wieder hinein und kamen kurz darauf mit dem zweiten zurück.

El Davis kletterte auf den Sitz. Er lockerte die Zügel, löste die Bremse und griff zur Peitsche, die auf dem Sitz neben ihm lag.

Howie stand mit düsterer Miene im schwachen Licht.

»Danke, Howie«, rief Prudence ihm zu.

Dieses Mal schaute der Stallbursche ihr in die Augen. »Eine sichere Reise, Ma'am«, sagte er mit sanfter Stimme. Er trat vom Wagen zurück in die Schatten.

Mit einer geschmeidigen Armbewegung ließ Mr. Davis die lange Peitsche über den Kopf des Führungstiers schwingen. »Hü!«

Mit einem Satz fuhr der Wagen an.

Unfähig, dem Impuls zu widerstehen, drehte sich Prudence um und warf einen Blick zurück. Das Mondlicht tauchte die grauen Bretter ihres Hauses in silbernes Licht und ließ ihr Heim magisch wirken. Die Kehle wie zugeschnürt, biss sie sich auf die Lippe. *Ich habe meine Liebeschance verpasst.*

Ihre Träume waren wie Seifenblasen zerplatzt und Prudence wäre am liebsten in Tränen ausgebrochen. Doch Mr. Davis wurde bereits von genug Sorgen geplagt, also behielt sie ihren Kummer für sich. Entschlossen drehte sie sich um und richtete ihr Gesicht auf die Wildnis.

Kapitel Neunzehn

Der Hunger brachte Michael schließlich dazu, den Saloon zu verlassen, um zu Hause seiner Frau entgegenzutreten. Ein Schatten trat auf der Veranda hervor und kam auf ihn zu. In seinem entspannten Zustand starrte er Howie nur verärgert an. »Du hast Glück, dass ich dich nicht erschieße.«

»Sie tragen keine Waffe«, sagte der Mann leise.

Michael grummelte.

»Mrs Morgan ist mit El Davis abgefahren. Sie hat all ihre Koffer mitgenommen.«

Ich muss mich verhört haben. Michael schüttelte den Kopf und versuchte, das Gefühl von Watte in seinen Ohren loszuwerden. »Wie bitte?«

»Sie ist weg, Boss.«

Michael stieß einen Fluch aus und drängte sich an Howie vorbei ins Haus.

»Lassen Sie sie nicht gehen«, sagte der Stallbursche leise.

Auf dem Tischchen brannte eine Lampe und Michael ging darauf zu.

Gar nicht Howies Art, mir Ratschläge zu geben. Aber andererseits weiß der Mann ja auch nicht die Wahrheit über Prudence.

Michael nahm die Lampe, stieg die Treppe hinauf und

ging durch den Flur zum Schlafzimmer. Er hielt die Lampe hoch und trat langsam ein.

Die meisten Besitztümer von Prudence waren aus dem Schlafzimmer verschwunden, doch der Gestank des Schweinestalls sickerte aus dem schlammigen violetten Kleid, das eine Kugel auf dem Boden formte. Auf der Kleidung lag ein kaputter Sonnenschirm, der fast in zwei Teile gebrochen war. Ein Stapel Bücher lag auf ihrem Bett. Sie hatte nichts weiter zurückgelassen.

Michael ging näher ans Bett und bemerkte den Titel des oberen Buches: *Der Widerspenstigen Zähmung*. Er schüttelte den Kopf und fragte sich, warum sie es liegen gelassen hatte. *Wahrscheinlich, weil ich sie immer als Widerspenstige bezeichnet habe.* Der Gedanke erfüllte ihn mit Scham.

Mit einer Last auf der Brust drehte Michael sich um und ging zur Tür hinaus und die Treppe hinab, wobei seine Schritte auf den Stufen durch das leere Haus schallten. Er achtete nicht auf das Bett und die Kisten, die sich im Wohnzimmer stapelten, und ging in sein Arbeitszimmer. Er ließ sich auf den Schreibtischstuhl fallen und starrte blind zum dunklen Fenster hinaus. Ihm wurde bewusst, dass die Leere im Haus der in seinem Herzen entsprach.

Verflixt und zugenäht, Prudence hat nicht einmal eine Woche lang hier gelebt. Und die meiste Zeit über konnte ich sie nicht einmal leiden. Es müsste mir doch wohl gelingen, sie innerhalb weniger Stunden zu vergessen. Ich muss mich nur darauf konzentrieren.

Er ließ sich nach vorn fallen, schob das Geschäftsbuch des Ladens zur Seite und stemmte die Ellenbogen auf den Tisch. Auf dem geöffneten Buch entdeckte er ein bekritzeltes Blatt voller Zahlen – andere, als die auf ihrem Einkaufszettel.

Verwirrt griff er zu dem Papier und studierte die Zahlen, die präzise in Reihen aufgeführt worden waren. Einige waren mit ihm wohlbekannten Artikeln des Ladens benannt. Er las die Bemerkung über die Transportkosten auf dem Seitenfuß.

Er zog das Geschäftsbuch zu sich heran und legte das Blatt daneben. Tatsächlich passten die Zahlenreihen dazu. Er musste eine Weile zwischen Prudences Werk, dem Katalog und dem Geschäftsbuch hin und her sehen, bevor es ihm dämmerte. Anders als Prudence kannte er die Artikel des Ladens genauso gut wie die Gebühren des Fuhrmanns, und so entdeckte er die Unstimmigkeiten in den Abrechnungen.

Michael nahm die Feder aus dem Ständer, tauchte die Spitze in das Tintenfach und fügte mühsam selbst einige Zahlen hinzu, bis er schließlich zu der gleichen Schlussfolgerung kam, die offensichtlich auch schon seine Frau gezogen hatte. Hugely erhöhte die Preise der Güter um mehr als die vorgesehenen fünfzehn Prozent – eher waren es dreißig Prozent –, gab aber nur den niedrigeren Prozentsatz an.

Normalerweise hätte der Befund Michael vom Stuhl gefegt und ihn dazu angeregt, den Betreiber seines Ladens umgehend zu entlassen und aus der Stadt zu verjagen – oder vielleicht hätte er auch die Wächter seiner Mine damit beauftragt, ihn festzunehmen und dem Sheriff in Sweetwater Springs auszuliefern. Doch nun trat er angesichts eines größeren Problems, nämlich das seiner geflohenen Braut, in den Hintergrund.

Er hatte sich eine fügsame Schönheit gewünscht, die ihren ehelichen Pflichten und ihrer gesellschaftlichen Rolle in der Stadt nachkam. Was er erhalten hatte, war eine reizlose Furie, die – wie man es aus diesen Unterlagen ihrer nur wenige Stunden in Anspruch nehmenden Entdeckung ablesen konnte – eine überragende Intelligenz und mathematische Fähigkeiten besaß. Er hatte diese Eigenschaften nicht auf seine Liste von Anforderungen an seine zukünftige Frau gesetzt, wusste jedoch, dass er sie dringend brauchte.

Was habe ich getan? Die Verzweiflung packte ihn.

Innerlich warf Michael einen eindringlichen Blick auf seinen Charakter und was er sah, gefiel ihm nicht.

Ich habe Prudence eine Widerspenstige genannt, aber war nicht ich derjenige, der ohne jegliche Provokation sofort voreilige Schlüsse gezogen hat? Ich. Wer ist heute zuerst gemein geworden? Das war ich.

Scham machte sich in ihm breit. *Ich hätte keine Frau heiraten sollen, die ich nicht wollte. Und selbst wenn: Als ich vor Gott geschworen habe, sie zu lieben und zu ehren, hätte ich mein Wort halten sollen – wo ich doch so stolz darauf war, immer zu meinem Wort zu stehen. Und doch habe ich meinen Schwur gebrochen.*

Das Klingeln der Glocke an der Eingangstür gab ihm plötzlich Hoffnung. *Sie ist zurück.* Doch noch während ihm die Worte durch den Kopf gingen, wusste er, dass Prudence es nicht nötig hatte, an die Tür ihres eigenen Hauses zu klopfen. *Nein, sie würde wahrscheinlich einfach hereinplatzen, um gegen mich zu wettern.*

Michael kam auf die Beine und bewegte sich langsam, als würden ihm die Muskeln wehtun. Sein Körper schmerzte nicht, doch nach und nach wurde ihm bewusst, dass vielleicht sein Herz einen Schlag erlitten hatte. *Es ist nur mein Stolz,* beruhigte er sich und machte sich auf den Tratsch der Leute gefasst, der sicher folgen würde, sobald seine Bürger von der Flucht seiner Frau erfuhren. Mrs Tisdale, die hier war, um das Essen zu bringen, wusste womöglich schon Bescheid.

Die Frau kam mit ihrem Korb in der Hand herein, begleitet vom Duft gebackenen Fisches. Sie strahlte ihn an. »Howie hat mir die Forelle gebracht. Einen guten Fang haben Sie da gemacht.«

Sein Angelausflug vom Morgen schien eine Ewigkeit her zu sein.

Während sie das Essen auf den Tisch stellte, erkundigte Mrs Tisdale sich: »Und wie geht es Mrs Morgan heute Abend? Ich habe von der Auseinandersetzung bei den

Schweineställen gehört.« Sie schnalzte mit der Zunge. »Ich kann es nicht fassen, dass Sie, nach allem, was sie heute getan hat, mit ihr streiten.« Sie schüttelte voller offensichtlicher Bewunderung den Kopf. »Sie hätten Ihre Frau mal sehen sollen, Mr. Morgan. Wie sie mit ihrem Sonnenschirm auf Clyde Rossmore losgegangen ist.«

Einige Sekunden vergingen, als Michael versuchte, ihre Worte zu verstehen, die gar nicht dem entsprachen, was er erwartet hatte. »Was ...Rossmore?«

»Hat Mrs Morgan Ihnen denn nichts erzählt? Sie ist wohl zu bescheiden. Kein Wunder, dass Sie sie angegriffen haben, statt ihr den Respekt zu zollen, den sie verdient.« Mrs Tisdale warf einen vielsagenden Blick auf sein Hemd.

Er hatte sich im Saloon den Matsch abgewischt und sich Hände und Gesicht gewaschen, doch es waren getrocknete Flecken zurückgeblieben.

»Das Baby ist wohlauf. Ich habe nachgesehen, nachdem Clyde in den Saloon gegangen ist.«

»Wie bitte?«, wiederholte Michael und fühlte sich noch hilfloser. »Portia Rossmore hat ihr Kind geboren?«

Sie beäugte ihn verwirrt. »Das haben Sie noch nicht gehört?«

Er versuchte, seine Verärgerung im Zaum zu halten. »Ich habe nichts gehört.« Wahrscheinlich deshalb, weil Michael im Saloon nur ein Schnapsglas mit Whiskey heruntergekippt hatte, um seinen Zorn zu besänftigen, bevor er sich an einen dunklen Tisch in der Ecke zurückgezogen und dort an seinem Glas genippt hatte. Als die Bergmänner später nach und nach das Lokal betraten, warf er jedem einen zornigen Blick zu, der auch nur Anstalten machte, sich in seine Richtung zu bewegen, und so waren ihm alle ferngeblieben. Abgesehen von »Whiskey« hatte er den ganzen Abend lang kein Wort gesagt.

»Als Mrs Rossmore die Wehen bekam, wollte ihr Kerl

mich nicht reinlassen. Ich wusste, dass jede Menge schiefgehen konnte, bis ich Sie zur Hilfe geholt hätte, deshalb holte ich stattdessen Mrs Morgan. Dieser Grobian wollte auch sie nicht ins Haus lassen. Aber sie hat sich nicht aufhalten lassen. Ganz und gar nicht. Nicht einmal, als er seine Fäuste gegen sie erhoben hat.«

Michaels Mund ging auf und zu wie der einer Forelle, die aus dem Wasser gezogen und an Land geworfen wird. Die Wut packte ihn und er sprang auf. »Clyde Rossmore hat meine Frau angerührt?«

»Kein Stück«, sagte Mrs Tisdale fröhlich. »Als er drohte, ihr etwas anzutun, schlug sie ihm den Sonnenschirm auf den Kopf.« Sie lachte bei der Erinnerung daran. »Da war ich ganz schön stolz. Mrs Morgan drohte ihm an, dass Sie ihn bestrafen würden, wenn er ihr Schaden zufügt, und dann hat sie ihn in den Saloon gejagt, sodass wir in Ruhe das Baby entbinden konnten. Sie schien sich Ihres Schutzes recht sicher zu sein.«

»Tatsächlich?« Der Gedanke dämpfte seine Wut und seine Verwirrung. Er setzte sich wieder.

Mrs Tisdale tätschelte seinen Arm. »*Ziemlich* sicher. Sogar nach so kurzer Zeit hat Ihre Frau Ihren Charakter erkannt.«

»Ich befürchte, da liegen Sie nur zu richtig«, sagte Michael mit hohler Stimme. »Mrs Morgan hat meinen Charakter erkannt – deshalb hat sie mich auch verlassen. Wir hatten einen Streit über ihre Liste hier.« Er schlug mit der Faust auf die Unterlagen. »Vor dem im Schweinestall. Den ich törichterweise angezettelt habe.«

»Dafür sind Entschuldigungen da, Mr. Morgan. Mir ist aufgefallen, dass Sie sparsam damit umgehen, wie es viele Männer tun.«

Er seufzte und fuhr sich mit der Hand über den Kopf. »Das wird sich von jetzt an ändern.«

»Und Sie sind sicher, dass sie fort ist?«

»El Davis hat sie zurück nach Sweetwater Springs gebracht. Howie hat es mir bestätigt.«

»Frischvermählte!« Mrs Tisdale schnalzte mit der Zunge. »Ich weiß nur zu gut, was für eine Anpassungsfähigkeit einem die ersten Ehewochen abverlangen.«

Dass sie die Sache so selbstverständlich hinnahm, überraschte Michael. »Wirklich?«

»Bin ich etwa nicht so mir nichts, dir nichts zu meinen Eltern zurückgekehrt, als ich erst drei Tage verheiratet war? Ein dummer Streit, wirklich. Am nächsten Morgen war ich wieder da. Und Mr. Tisdale und ich hatten uns schon unser ganzes Leben lang gekannt – nicht so, wie Sie und Mrs Morgan.« Sie nickte entschieden. »Darf ich?« Sie hob eine Augenbraue und deutete auf die Papiere.

Michael gab ihr mit einem Nicken die Erlaubnis. Er stand auf und begann, auf- und abzugehen.

Sie nahm ein Blatt, blinzelte und hielt es auf eine Armlänge Entfernung. Ihre Stirn legte sich in Falten und während sie las, formte Mrs Tisdale stumm alle Worte mit dem Mund, bevor sie den Arm sinken ließ und ihn ansah. »Ich muss gestehen, dass ich nicht alle Wörter kenne, doch was ich da sehe, erscheint mir vernünftig. Ihr Haus ist schließlich ziemlich nackt.

»Was?« Er konnte nicht glauben, dass die praktisch veranlagte Mrs Tisdale sich auf Prudences Seite schlug. »Ein paar Möbel und Dinge für die Küche, Vorräte und so weiter, gut. Aber Rollen voller Stoff und Spitze? Alle Arten von Spiegeln? Wozu braucht sie denn das alles?«

Mrs Tisdale warf ihm einen Blick zu, der genauso scharf war, wie der von Prudence zuvor. »*Sie* nicht. *Wir*. Die Damen in Morgan's Crossing.«

»Also ... dann hat sie ...«

Die Frau ließ das Blatt sinken und tippte auf die Linie, welche die Spalten in zwei Hälften trennte. »Mrs Morgan gibt eine Bestellung für den Laden auf. Sie kümmert sich um die Bedürfnisse der Frauen und Kinder in dieser Stadt.«

Michaels Entsetzen wäre nicht größer gewesen, wenn sie ihn mit einer Axt geschlagen hätte. Bestürzt schüttelte er den Kopf. »Kinder? Frauen?«

»Als sie den Laden besichtigte, war Mrs Morgan recht besorgt über den Mangel an Waren.«

»Ich habe ihr Unrecht getan.« Verzweifelt ließ er sich auf einen Stuhl fallen. »Ich weiß nicht, was ich jetzt machen soll.«

Mrs Tisdale legte ihm trostspendend die Hand auf die Schulter und drückte sie. »Und ob Sie das wissen, Mr. Morgan«, sagte sie munter. »Sie müssen nur in Ihrem Herzen nachforschen. Und ich lasse Sie in Ruhe nachdenken.«

»Mrs Morgans schmutziges, zerrissenes Kleid liegt oben. Meinen Sie, Mrs Rivera kann es retten?«

»Ihre arme Frau.« Mrs Tisdale schüttelte den Kopf. »Sie hatte einen harten Tag. Kein Wunder, dass sie geflohen ist.« Sie nickte ihm zufrieden zu. »Gut, dass Sie davon ausgehen, dass Ihre Gattin zurückkehrt. Ich schicke Mrs Rivera später her, um die Kleidung zu holen. Aber ihr Sonnenschirm wird nicht zu reparieren sein. Da müssen Sie wohl einen neuen bestellen.« Sie drohte ihm mit dem Zeigefinger. »Aber denken Sie daran, erst ihre Verpflegung zu sich zu nehmen. Ein Mann muss in Zeiten wie diesen seine Stärke bewahren.« Mit diesen Abschiedsworten machte Mrs Tisdale sich davon.

Ihrer Anweisung folgend, aß er sein Mahl, die Augen auf die Geschäftsbücher gerichtet. Die gebackene Forelle hätte angesichts der Aufmerksamkeit, die er ihr schenkte, auch Brei sein können und Michael bemerkte noch nicht einmal, dass er das Brot ohne Butter oder Marmelade verschlang.

Als er fertig war, stieß Michael einen tiefen Seufzer aus und lehnte sich auf dem Stuhl zurück, um seine Alternativen abzuwägen. Die nächstliegende war die, Prudence ziehen zu lassen und nach einer Annullierung der Ehe zu streben. Eine andere Frau zu heiraten, die geeigneter für ihn war – in eine Stadt zu reisen, um sie zu finden. Die andere war, seiner Frau zu folgen und sie zu zwingen, zu ihm zurückzukehren. *Ist es das, was ich will?* Michael war sich nicht so sicher.

In seinen inneren Konflikt vertieft, schaute er auf die Geschäftsbücher und ihm wurde klar, was er sich wirklich wünschte: Er wollte, dass seine Frau und er sich besser kennen lernten. *Würde ich aufhören, sie durch eine Brille der unerfüllten Erwartungen anzusehen, und die einmaligen Vorzüge schätzen, die sie hat ...*

Ihm kam der Tag in Erinnerung, an dem er den Brief geschrieben hatte, um eine Versandbraut zu bestellen. Er hatte an das Leid von Portia Rossmore gedacht und sich eine Frau mit starkem Rückgrat gewünscht, die ihm notfalls auch mal einen Schlag mit der Bratpfanne versetzen würde. *Nun, es scheint, als hätte ich die Art von Ehefrau erhalten, die ich mir gewünscht habe.*

Ihm schauderte, sodass sich seine feinen Nackenhärchen aufstellten und ihm wurde bewusst, dass göttliches Eingreifen vielleicht eine Rolle in seiner Ehe gespielt hatte. Vielleicht hatte Gott genau die Frau für Michael ausgewählt, die er *brauchte*, anstatt ihm die zu geben, die er sich *wünschte*. *Mit Sicherheit habe ich mich nicht gelangweilt, seitdem sie angekommen ist. Sie hat jede Menge Probleme mitgebracht, meine Pru, aber Langeweile ist keins davon.*

Vielleicht ist sie eine bessere Gemahlin für mich, als die, von der ich dachte, dass ich sie mir wünsche. Er tippte mit dem Finger auf die Blätter und fragte sich, ob Prudence gewillt sein würde, die Buchhaltung zu übernehmen. So hätte er mehr Freizeit, um ihr am Abend seine Aufmerksamkeit schenken zu können.

Ich werde es nie erfahren, wenn wir es nicht versuchen. Er sprang auf.

Ich könnte sie bitten, zurückzukehren und unserer Ehe eine Chance zu geben. Wenn sie trotzdem nicht bei mir bleiben will, fahre ich sie höchstpersönlich nach Sweetwater Springs und setze sie in den Zug.

Erfreut über den sonnigen Tag – denn Gideon hatte sie gewarnt, dass das Wetter nun jederzeit umschlagen konnte – spazierte Darcy den Waldweg entlang. Sie war auf dem Weg zu den Brief- und Paketfächern, die an der Straße nach Sweetwater Springs standen. Der Lehmboden unter ihren Füßen war nach dem gestrigen Regen noch immer schwammig. Obwohl sie schon seit sechs Wochen hier wohnte und diesen Pfad fast täglich beschritt, entdeckte sie immer wieder neue Wunder im Wald, zum Beispiel die Libelle, die über einer Gruppe von Astern herumflatterte, um schließlich auf einer der blauen Blüten zu landen.

Sie erreichte die Hütte mit dem Schrägdach. Gideon hatte das flache Gebäude an beiden Seiten mit geschnitzten Holzkisten versehen, damit Jonah Barrett, einer der Dunns oder deren Farmarbeiter dort Briefe und Lieferungen hineinwerfen konnten, wenn sie aus der Stadt zurückkamen. Zwar brauchten die Walkers die Hilfe eigentlich nicht mehr, seit sie regelmäßig in die Kirche gingen. Aber es war schön, Post von einem Nachbarn zugestellt zu bekommen, schöner als bis Sonntag zu warten.

Ein Lächeln spielte um Darcys Lippen. Auch wenn Gideon wohl immer ein Einzelgänger bleiben würde – und sie ihn auch gar nicht anders wollte –, war sie so stolz auf die Veränderungen in ihm. Um sie zu beschützen, hatte er sich seiner Angst vor Geselligkeiten gestellt, und sich dazu überwunden, sonntags nach Sweetwater Springs zu fahren. Seitdem er seinen Freundeskreis erweitert hatte und nicht nur mit seinem nächsten Nachbarn Jonah befreundet war, verbrachte er seine Zeit gern mit den anderen Männern – das wusste sie.

Ich bin wirklich gesegnet. Nachdem sie sich bewusst für die Ehelosigkeit entschieden hatte, um ihren intellektuellen Interessen nachzukommen und zu vermeiden, dass Männer sie nur wegen ihres Reichtums umwarben, hatte Darcy unerwartet eine seltene und tiefe Beziehung zu Gideon aufgebaut. Sie genoss jeden einzelnen Tag mit ihrem geliebten Mann.

Darcy erreichte den Briefkasten, hob den Deckel und erblickte voller Freude einen Umschlag darin. Sie zog ihn heraus und freute sich, als sie Kathryns vertraute Handschrift entdeckte. Sie riss den Umschlag auf, zog zwei Seiten heraus, schlug den Weg nach Hause ein und las beim Laufen.

Y Knot, Montana-Territorium

Nein, Darcy! Pru in solcher Nähe zu Sweetwater Springs ist eine Strafe, die keine von Euch verdient hat! Ich bin sprachlos, um es milde auszudrücken. Ich kann mir kaum vorstellen, welche entsetzliche Wendung die Ereignisse genommen haben, obwohl ich nur zu gut vor mir sehe, wie Du diesem scheußlichen Mr. Morgan Prudences Namen so vorträgst, als wäre sein Klang dermaßen lieblich, dass er einem auf der Zunge zergeht, und dabei die Finger hinter deinem Rücken überkreuzt. Ich muss zugeben, dass mich der Gedanke an diesen Moment zum Lächeln bringt.

Die gute alte Pru hat geheiratet, und auch noch so nah bei Dir und den anderen Bräuten, dass sie nur eine zweitägige Reise entfernt ist – das ist einfach nicht richtig. Ich erinnere mich, dass ich die Tage gezählt habe, bis ich nach dem Aufwachen nicht mehr ihr saures Gesicht würde sehen müssen, das mir vom anderen Ende des Frühstückstisches in der Brautagentur einen bösen Blick zuwirft, während ich mein Toastbrot mit Marmelade esse. Immer hat sie fieberhaft nach Möglichkeiten gesucht, mir und allen anderen den Tag zu verderben. Arme Trudy, arme Lina, Du Arme! Ich saß draußen und schälte Erbsen aus Schoten, als mein lieber Tobit mir Deinen Brief brachte. Als es mir den Atem verschlug, rechnete er mit dem Schlimmsten, und dachte, einer meiner Freundinnen in Sweetwater Springs sei etwas passiert. Er versteht mich nicht, wenn ich ihm beschreibe, wie gemein und verletzend sie ist, aber nur, weil er selbst so freundlich, liebevoll und perfekt ist.

Nun, das ist genug zum Thema Pru. Wenn ich an sie denke, begebe ich mich am liebsten in die Heufelder, wo ich nach Herzenslust mit der Sense um mich schlagen kann. (Ja, ich habe Heufelder gesagt. Das Mähen ist eines der vielen Dinge, die ich gelernt habe, seit ich Mrs Tobit Preece geworden bin.) Wie immer lasse ich Euch alle in meine Gebete einfließen und werde darum bitten, dass sie die Reise in Euer friedliches Städtchen zu beschwerlich finden wird. Vielleicht müsst Ihr ihre messerscharfe Zunge nur ein paar Mal im Jahr erdulden.

Du wirst froh sein zu hören, dass mein kurzzeitiger Gedächtnisverlust keine Nachwirkungen hat, abgesehen von leichten Kopfschmerzen ab und an. Dr. Handerhoosen versichert mir jedoch, dass sie mit der Zeit abnehmen werden.

Ich habe tatsächlich gelernt, Obst und Gemüse einzumachen, aber nicht von Heather oder Mrs Klinker, dieser Seele von Frau, sondern von Isaiah, Tobits Großvater. Ich bin sicher, Du erinnerst Dich, wie misstrauisch er mir gegenüber anfangs war, als ich auf die Farm kam. Seine Bemerkungen haben mich mehr als einmal zum Weinen gebracht. Nun, seit Isaiah mich zum Altar geführt hat, damit ich seinen Enkel heirate, ist er ein neuer Mann und ich liebe ihn tief und innig. Er ist mein leidenschaftlichster Verbündeter – nach Tobit selbstverständlich.

Wir drei haben eine Woche in der Küche verbracht und das letzte Gemüse eingemacht –und auch die ersten Äpfel der Saison. Sie sind beide so hartgesottene Arbeiter, dass die Männer, die ich aus meinem alten Leben kenne, sich schämen würden. (Oscar, dieser Schurke, würde ganz oben auf der Liste stehen!) Zuerst habe ich nur geholfen und zugeschaut, doch ich habe schnell gelernt und sogar eine Ladung Tomaten selbst eingelegt.

Ich habe Dir vielleicht etwas zu erzählen! Erinnerst Du Dich an Heathers kleine Schwester Sally? Ohne dass es jemand wusste, ist sie nach Y Knot aufgebrochen, um ihre Geschwister zu überraschen. Als die Postkutsche, in der sie reiste, einen Unfall hatte, war sie die Einzige, die in der Lage war, loszureiten und Hilfe zu holen. Ich kann es kaum glauben, dass sie so tapfer gewesen ist, allein aufzubrechen – ohne Sattel auf einem Maultier. Auf dem Weg begann es zu schneien und sie hat sich verirrt. Dank Gottes Gnaden ist sie irgendwo in den Bergen auf eine Hütte gestoßen. Wir erschaudern alle bei der Vorstellung, was ihr hätte zustoßen können. Nun, so erstaunlich dies auch klingen mag, wurde sie von einem unserer engsten Freunde, Roady Guthrie gefunden.

Morgen Abend feiern wir das Erntefest und ich werde selbst mit ihr sprechen und alle Einzelheiten herausfinden können. Bisher kenne ich sie noch nicht. Man sagt, sie sei ein niedliches Ding, aber wie könnte sie das nicht sein, wo Heather doch ihre Schwester ist?

Evie geht es gut. Sie und Chance passen einfach wunderbar zusammen. Sie bereiten sich ganz aufgeregt auf die anstehende Geburt vor. Heather und Hayden geht es auch gut, obwohl ich weiß, wie sehr Heather sich danach sehnt, bald in andere Umstände zu kommen. Ich sage ihr, dass sie geduldig und unbesorgt sein soll, aber manchmal tritt einfach dieser Blick in ihre Augen, der mich innehalten und sie umarmen lässt. Hier draußen, auf dieser fruchtbaren Farm, sehe ich jeden Tag das Wunder neuen Lebens, sodass ich es kaum erwarten kann, Dir auch bald zu schreiben und zu erzählen, dass ich in freudiger Erwartung bin.

Ich bin entzückt, von Deinen Tagen voller Liebe und Glück zu hören. Je mehr Du mir von Deiner Ehe schreibst, desto perfekter erscheint mir die Bindung zwischen Dir und Gideon.

Richte Trudy und Lina liebe Grüße aus. Sage ihnen, dass sie vermisst und geliebt werden. Ich werde den Mädchen hier sagen, dass sie häufiger schreiben sollen. Ich denke, sie sind einfach so beschäftigt gewesen mit ihrem neuen Leben.

Was Deine anderen Fragen angeht, so habe ich kaum Zeit, zum Vergnügen Klavier zu spielen – vom Unterrichten ganz zu schweigen. Vielleicht in einem Jahr oder zweien. Ich liebe die Farm, die Tiere, die reine Luft und, ja, die Arbeit. Dieses Leben eignet sich besser für mich als ich für möglich gehalten hätte. Ich arbeite daran, Mutter, Vater und Poppy dazu zu bewegen, Tobit und Isaiah kennen zu lernen. Ich würde *sie gerne durch Y Knot führen. Zwar weiß ich, dass sie geschockt darüber wären, wie primitiv die Stadt ist, aber ich würde nichts an ihr ändern, selbst wenn ich es könnte.*

Ich lasse Dir all meine Liebe zukommen,
Kathryn Preece

Darcy ging vom Wald durch die bogenförmigen Spaliere, die aus den ineinander verwobenen Zweigen zweier Nadelbäume und Reben bestanden, und betrat den Pfad aus Steinplatten. Sie hielt an, wie es inzwischen Routine geworden war, um ihr neues Haus zu bewundern – eine märchenhafte Hütte mit einem großen Eckturm –, das wieder aufgebaut wurde, nachdem ihr Halbbruder ein Feuer gelegt hatte. Erst gestern hatte Gideon die bogenförmige Tür laubgrün gestrichen – ein Kontrast zum unverwitterten Holz der Blockhausfassade. Die gepflasterten Blumenbeete am Weg und um die Hütte herum waren leer und vom Blattwerk gesäubert, das in den Flammen verkohlt war. Die Erinnerung daran, dem Tod nur knapp entronnen zu sein, erfüllte sie mit einem Gefühl der Dankbarkeit für ihr Überleben.

Heute versuchte Darcy, den Ort durch Prudences Augen zu sehen – auch wenn sie sich Gott sei Dank nicht vorstellen konnte, dass ihr der Zankteufel je einen Besuch abstatten würde. Sie hatte nie Anzeichen dafür gesehen, dass die unangenehme Frau ein humoriges Naturell hatte, deshalb würde der Zauber ihrer und Gideons Behausung an Prudence vorbeigehen. *Pech für sie.*

Sie eilte den Steinplattenpfad entlang auf Gideons Werkstatt zu, dessen Fenster und Tür offenstanden, hielt im Türrahmen inne und sog den Duft von Sägespänen aus Zedernholz ein. Der Raum wirkte jetzt leerer, da viele der Möbel, die er im Laufe der Jahre mit viel Liebe angefertigt hatte, ins Haus gestellt worden waren.

Gideon stand über eine Aussteuertruhe gebeugt und schmirgelte die Oberfläche. Sein Haar, so hellblond, dass es weiß wirkte, war seit ihrer ersten Begegnung länger geworden, und er trug es nun zu einem Schwanz gebunden, wie ein Held aus alten Zeiten. Er schaute auf und lächelte.

Die Wärme in seinen silberfarbenen Augen verursachte ein Kribbeln in ihrem Bauch. Darcy wedelte mit dem Brief und trat an seine Seite. »Ich habe von Kathryn gehört. Sie ist glücklich in ihrer Ehe und ihre Erinnerung verbessert sich stetig.« Während sie sprach, spürte sie, wie sehr sie ihre liebe Freundin vermisste. »Wenn du mich nicht brauchst, möchte ich Lina besuchen und ihr von den Neuigkeiten erzählen. Ich werde eine Weile bleiben und mit Adam spielen.«

»Du weißt, dass ich dich immer brauche«, sagte Gideon mit einem sanften Lächeln und strich mit der Hand über die Oberfläche des Kastens. »Ich komme mit. Jonah hat am Sonntag erwähnt, dass er meine Hilfe braucht: Ein Stück von ihrem Zaun ist umgefallen.« Er zwinkerte mit den Augen. »Ich wette, Lina macht uns Nudeln mit Tomatensoße.« Er wischte sich die Hand an seinem Bein ab. »Gibt es sonst noch Neuigkeiten aus Y Knot?«

»Kathryn hat großes Mitleid, weil Prudence in unsere Gegend zieht. Den Rest erzähle ich dir auf dem Weg zu den Barretts.« Noch immer von den Gedanken an Prudence geplagt, trat Darcy näher an ihren Ehemann heran. »Ich weiß einfach, dass die Frau ein Problem sein wird.«

Gideon hob eine Braue und runzelte die Stirn. »Bisher war sie das nicht«, rügte er sie in mildem Ton. »Sorge nicht für die Zukunft! Wirst du sie ja doch, wenn es sein soll, einmal erreichen, mit derselben Vernunft ausgerüstet, die dir jetzt in der Gegenwart Dienste leistet.«

»Mark Aurel.« Darcy lehnte sich gegen ihn, atmete den Zedernholzduft in der Luft ein und entspannte sich. »Es gibt nur einen Trost«, sagte sie. »Morgan's Crossing ist meilenweit entfernt, und ich bezweifle, dass wir die Frau je zu sehen bekommen. Zumindest kann Prudence Crawford Morgan nichts tun, um unseren Frieden zu stören.«

Kapitel Zwanzig

In der Luft hing der Duft von Minestrone mit viel Tomate. Darcy verweilte im Türrahmen des Hauses der Barretts und beobachtete, wie Lina die Veranda wischte.

Lina schaute auf. »Nun?«

»Adam ist eingeschlafen wie ein Murmeltier. Ich glaube, Tante Darcy hat magische Fähigkeiten entwickelt.«

»Gott sei Dank! In den ganzen letzten Tagen hat er sich geweigert, einen Mittagsschlaf zu halten.« Sie schlug die Hände über dem Kopf zusammen. »*Madonna mia!* Ich vergöttere Adam, aber der Junge kann mich ganz schön erschöpfen. Deshalb bin ich wirklich froh, dass du das Spiel umgedreht und *ihn* erschöpft hast.«

Darcy trat auf die Veranda. »Du weißt, wie sehr ich von Adam fasziniert bin. Ich hatte nie Kinder um mich. Deshalb ist er für mich ein Forschungsobjekt«, sagte sie scherzhaft. »Ich spiele mit ihm, wann immer ich kann.« Sie schaute über das Feld hinweg zu Jonah und Gideon, die den Zaun wieder aufbauten. »Es sieht so aus, als hätten die Männer die Hälfte hinter sich.«

Lina folgte ihrem Blick. »Wir sollten besser das Essen aufsetzen. Ich hatte an etwas Einfaches gedacht. Nudeln mit Tomatensoße. Natürlich auch Minestrone. Vielleicht backen wir Brötchen und benutzen die Schwarzbeermarmelade, die wir haben.

»Für mich ist das kein Problem. Du weißt ja, wie sehr Gideon deine Tomatensoße liebt. Ich glaube, er ist heute nur mitgekommen, weil er hofft, dass du eine kochst.«

Lina kicherte. »Ich habe gesagt, ich könnte dir beibringen, wie man sie kocht.«

»So, dass ich Gideon seine Lieblingsausrede nehme, um euch besuchen zu gehen? Möchtest du mich wirklich seltener sehen?« Darcy sah eine Bewegung in der Ferne. »Da kommt jemand.« Sie ging zum Geländer und schirmte ihre Augen gegen die Sonne ab.

Lina trat an ihre Seite. »Das sieht nach diesem Fuhrmann aus, El Davis. Ich habe ihn vor ein paar Tagen vorbeifahren sehen, nachdem er das Päckchen abgeholt hatte, das du Prudence geschickt hast.«

»Warum kommt er hier lang, anstatt die Hauptstraße zu nehmen?«

Lina stieß Darcy mit dem Ellenbogen in die Rippen. »Wahrscheinlich schickt dir Prudence dein *Geschenk* zurück«, scherzte sie.

Darcy kicherte und neigte sich nach vorn. »Eine ganz schöne Equipage hat er da. Sechs Maultiere.«

»Er verlangsamt«, stellte Lina verwirrt fest. »Das ist ja merkwürdig. Wir haben nichts bestellt.«

»Aber selbst wenn – er kommt aus der falschen Richtung. Er kommt aus Morgan's Crossing, nicht aus Sweetwater Springs. Es sieht so aus, als hätte er eine Frau dabei.«

Der riesige Wagen kam zum Halt, doch die Scheune versperrte den Blick auf die Straße, deshalb sahen sie nicht, wer ausstieg. Doch kurz darauf erschien eine Frau, die den unbefestigten Weg zum Haus hinaufging. Etwas, an ihrer Art sich zu bewegen, kam ihnen bekannt vor.

Darcy lief ein Schauer den Rücken hinunter.

Lina erstarrte. Sie streckte die Hand aus und packte Darcy am Arm. »*Prudence*«, flüsterte sie. »Was macht die denn hier?«

Jonah und Gideon überquerten das Feld, wahrscheinlich, um dem Kutscher beim Ausspannen der Pferde zu helfen, damit sie an der Pferdetränke trinken konnten.

»Das ist *gar* nicht gut.« Darcy dachte an ihren sensiblen Ehemann, der so sehr unter den Misshandlungen seiner Mutter gelitten hatte. Ihr Beschützerinstinkt war geweckt. *Wenn ich höre, dass Prudence auch nur ein kritisches Wort an ihn richtet, kratze ich ihr die Augen aus!* »Ich wusste, dass sie einen Weg finden würde, um Ärger zu stiften.«

»Der Ärger läuft gerade eindeutig meine Einfahrt entlang.« Lina drehte sich mit Unbehagen im Blick zu ihr um. »Was tun wir, Darcy? Was ist, wenn sie gemein zu Adam ist?«

»Er schläft.« Darcys Magen zog sich zusammen, und sie versuchte, ihre Sorge nicht zu zeigen. Adam wäre die perfekte Zielscheibe für Prudences Gemeinheiten. Die Frau würde die Liebenswürdigkeit, die Intelligenz, die lebhafte Persönlichkeit des Kindes niemals sehen. Stattdessen würde sie den Kleinen nur als Mischling abwerten. »Sicherlich würde nicht einmal Prudence Crawford so tief sinken«, sagte Darcy ohne jederlei Überzeugung. »Wir sprechen auf der Veranda mit ihr. Wenn sie fies wird, gehen wir einfach rein und schlagen ihr die Tür vor der Nase zu. Adam wird nie etwas erfahren.«

Prudence kam näher. Sie trug einen unschönen Reisemantel, nicht viel anders als der, den Darcy auf ihrer eigenen Fahrt nach Sweetwater Springs getragen hatte. Ein Strohhut mit Blumen warf seinen Schatten auf ihr Gesicht. Obwohl sie gehobenen Hauptes ankam, hatte ihre Widersacherin nicht ihr übliches zynisches Grinsen aufgesetzt. Eher sah sie traurig, vielleicht sogar verletzlich aus.

Wunschdenken, rügte Darcy sich. *Werde bloß nicht unachtsam!*

»Vielleicht sollten wir das Gewehr holen, nur für den Fall«, murmelte Lina kopfschüttelnd.

Darcy versetzte ihrer Freundin einen Stoß mit der Hüfte. »Du hast deinen Besen. Fang damit an. Das Gewehr ist unsere letzte Waffe.«

Lina und Darcy, alle beide! Prudence hatte nicht damit gerechnet, dass die beiden zusammen sein würden. *Diese Begegnung wird doppelt so schwer.*

Je näher Prudence den beiden Frauen auf der Veranda kam, desto mehr Aufregung spürte sie in ihrem Magen. Ihre Schritte wurden unsicher. *Das ist eine schlechte Idee. Ich hätte direkt nach Sweetwater Springs fahren sollen, statt hierher zu kommen. Aber der Schaden ist angerichtet.*

Beim Anblick der unversöhnlichen Gesichtsausdrücke ihrer Versandbraut-Kameradinnen hätte Prudence am liebsten auf dem Absatz kehrtgemacht und wäre geflohen, aber ihr Stolz erlaubte keinen Rückzug. Stattdessen hob sie das Kinn und legte einen Schritt zu. Sie stieg die Stufen zur Veranda so schnell hinauf, als wäre sie dort zu Hause. »Guten Morgen, Darcy, Lina.« *Ist es noch Morgen?* Sie hatte jegliches Zeitgefühl verloren. Nicht dazu bereit, ihre Notlage zu offenbaren, sagte sie einfach: »Ich bin hier, um euch einen Besuch abzustatten.«

Darcy betrachtete sie mit kalten, grauen Augen. Sie schaute zu dem Mann, der seine Maultiere zur Tränke führte, und dann zurück zu Prudence. »Du bist den ganzen Weg von Morgan's Crossing gekommen, um uns *einen Besuch abzustatten*?«

Prudence hob eine Augenbraue. »Ja, genau«, sagte sie säuerlich. »Bist du nicht auch deswegen hier? Um Lina einen

Besuch abzustatten?« *Oh, lieber Gott, ich habe es wieder getan. Mit Honig, Prudence.* Sie zwang sich dazu, ihren Ton zu mildern und schaute Lina an. »Ich habe mich so auf deine Minestrone-Suppe gefreut.«

Linas Augen funkelten und sie richtete sich auf.

Ach herrje. Sie meint, ich bin sarkastisch.

»Du bist hier willkommen, Prudence. Aber ...« Lina wedelte mit dem Finger unter Prudences Nase und ihre Wangen röteten sich, während ihrer Korkenzieherlocken durch die Luft flogen. »Wenn du auch nur *ein* böses Wort an meinen Mann oder meinen Sohn richtest – dich auf irgendeine Weise ihnen gegenüber respektlos zeigst – werde ich dir meine Gastfreundschaft aufkündigen, auch wenn es gegen meinen Sinn von Gerechtigkeit geht«, erklärte sie mit starkem italienischen Akzent.

»Das Gleiche gilt für Gideon«, fügte Darcy hinzu.

Lina stemmte die Hände in ihre runden Hüften. »Ich werde dich mit dem Besen von hier verjagen, Prudence Crawford, so wie es sich für eine Hexe wie dich gehört. Das schwöre ich bei der Heiligen Jungfrau!«

»Morgan«, korrigierte Prudence, während der Zorn in ihr aufstieg. Sie versuchte zu verbergen, wie sehr sie Linas Verwandlung in eine beschützende Xanthippe überraschte. »Prudence *Morgan.* Erinnert ihr euch daran, dass ihr mich ihm empfohlen habt? Mrs Michael Morgan.« Sie benutzte Lina gegenüber ihren typischen schneidenden Ton, obwohl sie nicht anders konnte, als widerwillig Respekt für sie zu empfinden. »Und wenn du diejenige bist, die den Besen schwingt, wer von uns ist dann die Hexe?«

Auch wenn sie Lina die Worte an den Kopf geworfen hatte, wusste Prudence, dass ihr Zorn eigentlich gar nicht von ihrer Versandbraut-Kameradin ausgelöst worden war, sondern davon, dass sie sich eifersüchtig wünschte, sie würde sich genauso um Michaels Wohlbefinden sorgen wie Lina um Jonahs und Darcy um Gideons. *Warum konnte sich nicht auch meine Ehe als so glücklich entpuppen?*

Lina schien ihr mit den Augen Dolche entgegenzuwerfen, doch Darcys Blick gefror zu Eis. »Ich schlage vor, Sie gehen, *Mrs Morgan*«, sagte sie mit herrischem Bostoner Akzent. »Du hast unsere Gastfreundschaft gerade überstrapaziert.«

Plötzlich bis auf die Knochen erschöpft, hob Prudence beschwichtigend eine Hand und warf Lina einen aufrichtigen Blick zu. »Ich habe wirklich nicht über deine Minestrone gespottet. Deine Suppe ist eines meiner Lieblingsgerichte. Das habe ich dir nur nie gesagt. So habe ich dann auch, nachdem du in den Westen aufgebrochen warst, oft Minestrone in der Agentur gekocht.«

Lina bekam große Augen.

Prudence presste die Lippen aufeinander. Noch nie zuvor hatte sie sich für ihr Verhalten entschuldigt. »Es tut mir *leid*. Ich wollte dich nicht als Hexe bezeichnen. Um ehrlich zu sein, bin *ich* die Hexe, nicht du.« Sie richtete den Blick auf Darcy. »Keine von euch beiden.«

Ihre Entschuldigung stand zwischen ihnen.

Der verblüffte Ausdruck auf den Gesichtern der beiden Frauen entlockte ihr ein kleines Lächeln, das in dem Moment verschwand, in dem Prudence sich an den Grund für ihr Kommen erinnerte. »Und eigentlich bin ich gar nicht hier, um dir einen Besuch abzustatten. Ich habe meinen Mann verlassen und bin gekommen, um dich um Gnade zu bitten.«

Kapitel Einundzwanzig

Fassungslos über die Entschuldigung, aber gleichzeitig entschlossen, weiterhin auf der Hut zu sein, wechselte Darcy einen Blick mit Lina. Zwischen ihnen fand eine wortlose Kommunikation statt und sie wichen zurück.

Ein erleichterter Ausdruck trat auf Prudences Gesicht und ihre Schultern entspannten sich.

Lina winkte sie ins Haus. »Bitte, Mrs Morgan«, sagte sie förmlich.

Nachdem sie eingetreten waren, beobachtete Darcy Prudence wie ein Falke, der eine Ratte anpeilt, und wartete darauf, ihren altbekannten Hohn zu entdecken. *Wird Prudence Linas bescheidene Behausung verspotten? Oder wird sie darüber hinwegsehen, wie eng der Raum und wie einfach die Möbel sind – bis auf die Schlafzimmerausstattung mit geschnitzten Indianersymbolen, die Gideon angefertigt hatte – und sich auf die Wärme konzentrieren, die die Stube erfüllt?*

Lina deutete auf einen Ständer. »Dort kannst du deinen Mantel und deinen Hut aufhängen.«

Prudence warf einen kurzen Blick auf die Küche zu ihrer Linken und den Wohnbereich zu ihrer Rechten, wobei ihre Miene freundlich blieb. »Wie gemütlich«, sagte sie, ohne eine Spur von Herablassung. »Und ich kann riechen, dass eine Minestrone vor sich hin köchelt.« Sie knöpfte ihren Mantel auf. »Ich bin sicher, dass es nicht so schön hier war, bevor du angekommen bist, Lina.« Sie hängte ihren Mantel und Hut auf.

Steht denn die Welt jetzt Kopf?, fragte Darcy sich.

Linas Ausdruck wurde sanft. »Hier musste eine Frau ran.« Sie zeigte auf den Ofen. »Ich setze Teewasser auf. Wir können ein paar Minuten reden, aber dann müssen Darcy und ich das Abendessen zubereiten.«

»Ich kann euch helfen«, sagte Prudence voller Eifer. Sie strich sich das schlichte blaue Kleid glatt.

Das Angebot weckte, mehr als alles andere bisher Gehörte, bei Darcy den Verdacht, dass ihre Versandbraut-Kameradin sich vielleicht wirklich verändert hatte. Die alte Prudence hätte *niemals* angeboten zu kochen. Sie vermied nämlich jegliche Haushaltsarbeiten, wann immer sie konnte.

Darcy beschloss, ein wenig aus der Deckung zu kommen und sich an der Gesellschaft der anderen Frauen zu erfreuen. *Zumindest solange, bis Adam aufwacht und die Männer reinkommen.*

Lina ging zum Ofen und legte Holz nach. »Es gibt nicht viel für das Essen zu tun.« Sie tippte auf den Deckel des Suppentopfes. »Die Minestrone kocht.« Sie setzte den Kessel mit heißem Wasser in die Mitte des Herdes. »Ich muss nur die Pasta kochen. In der Eiskiste habe ich schon fertige Tomatensoße, die nur noch erhitzt werden muss. Ich wollte Darcy ein paar Erbsen schälen lassen.«

»Was ist mit Brötchen?«, erinnerte Darcy ihre Freundin.

»Die kann ich machen«, warf Prudence ein. Sie setzte einen ironischen Blick auf. »Ihr könnt euch gar nicht vorstellen, wie viele Brötchen ich gebacken habe, nachdem du weg warst, Darcy. Dona war wildentschlossen, eine Bäckerin aus mir zu machen.«

Lina lächelte sie anerkennend an. »Dann mal los, Prudence. Du weißt, dass mein Ofen anders heizt als der in der Agentur – zu meiner Betroffenheit. Du musst das Blech mit den Backwaren mehrmals umdrehen, damit sie nicht anbrennen.« Sie spitzte die Lippen. »Aber zunächst einmal, meine Damen, sollten wir unser Treffen feiern. Darcy, meine Liebe, könntest du bitte Tee eingießen?«

»Natürlich.« Sie ging in die Küche und nahm drei Blechtassen aus dem Schrank.

Lina zog einen Stuhl vom Küchentisch neben die beiden anderen aus abgenutztem Leder vor die steinerne Feuerstelle und setzte sich.

Prudence tat es ihr nach.

Darcy kam mit Tassen voller dampfendem Tee und stellte sie auf den runden Marmortisch– ein Geschenk von Trudy. Sie ließ sich auf dem anderen Lederstuhl nieder und warf Prudence den wärmsten Blick zu, den sie zustande brachte. »Na dann, vielleicht solltest du von vorn anfangen.«

Prudence holte tief Luft und erzählte von Mrs Seymours Entscheidung, die Agentur vorübergehend zu schließen, dann von Mr. Morgans Brief und ihrer Einwilligung zu seinem Angebot. Sie beschrieb ihre Reise und die Ankunft in Sweetwater Springs und ihre Stimme bebte, als sie ausführte, wie sie Michaels Enttäuschung über ihr Aussehen gespürt hatte. »Das hat mich so verletzt«, sagte sie mit zarter Stimme.

Zu hören, wie Prudence ihre Schwäche zugab, versetzte Darcy sinnbildlich einen Schlag in den Magen. *Das ist meine Schuld.*

Prudences Stimme wurde fester, als sie über die Begegnung mit den Nortons sprach. »So eine Freundlichkeit wie die von Mrs Norton habe ich noch nie erlebt. Sie hat mich wirklich tief beeindruckt. Nun«, räumte sie ein, »ich war mir der Freundlichkeit deutlicher denn je *bewusst*, muss ich zugeben.«

»Sie ist eine wundervolle Frau.« Lina nickte. »Sie sind beide gutherzige Menschen.« Sie nippten an ihrem Tee und Lina hob demonstrativ ihre Tasse. »Es ist kein Porzellan, wie du es gewohnt bist.«

»Nein!«, entfuhr es Prudence. »Du musst dich nicht entschuldigen! Auf Porzellantassen kommt es nicht an, Lina. Sondern auf *Liebe*.« Sie verzog das Gesicht und brach, die Hände vor das Gesicht geschlagen, in Tränen aus.

»Ach du meine Güte!« Lina warf Darcy einen hilflosen Blick zu. Sie stand auf und stellte die Tasse auf den Beistelltisch. Dann schob sie ihren Stuhl an Prudences Seite und tätschelte ihre Hand. »Ist ja schon gut.«

Geschockt verharrte Darcy wie angewurzelt.

Prudence zog ein Taschentuch aus ihrem Ärmel und wischte sich über die Augen. »Es tut mir leid. Ich möchte keine Heulsuse sein.« Doch die Tränen rissen nicht ab, und sie weinte und erzählte ihnen stockend den Rest der Geschichte.

Nie zuvor in ihrem Leben hatte Darcy sich so schuldig gefühlt. Sie rückte ihren Stuhl näher heran. »Es tut mir so leid, Prudence. Ich bin es, die Mr. Morgan in deine Richtung gewiesen hat. Er hat mich so in Harnisch gebracht und, so sehr ich mich auch dafür schäme, muss ich zugeben, dass ich dachte, ihr beide hättet einander verdient. Das war boshaft von mir.«

»Du bist *ehrlich*, Darcy«, sagte Prudence und wich ihrem Blick aus.

Darcy schüttelte den Kopf, entschlossen, alles zu beichten. »Ich habe dir und Mr. Morgan gegenüber böse Absichten gehegt.«

Lina runzelte die Stirn. »Darcy, du darfst nicht die volle Verantwortung auf dich nehmen. Ich habe genauso mitgemacht, wie auch Trudy. Wir alle tragen die Schuld für diese missliche Lage. Es tut mir so leid, Prudence.«

»Das braucht es nicht.« Prudence schaute auf und suchte ihren Blick. »Denn mir tut es nicht leid.« Ihre Augen und ihre Nase waren rot und ihre Wangen fleckig, doch ihr sanfter Blick und die Stärke in ihrer Stimme verliehen ihr eine gewisse Schönheit.

Darcy spürte, dass die Frau noch nicht fertig war, und wartete.

»Ich weiß nicht, was aus mir wird, doch ich werde nie wieder dieselbe sein.« Prudence senkte das Kinn und spielte mit ihrem Taschentuch. »Das, was ich in den letzten Tagen durchgemacht habe, werde ich immer in mir tragen, ganz egal, wohin ich gehe.« Sie presste sich die Hand gegen die Brust. »Mein Herz schmerzt, weil ich ein Verlangen nach Michael gespürt habe – solche Gefühle hatte ich noch nie. Sie haben mich auf ganz merkwürdige Art überwältigt.«

Lina beugte sich nach vorn. »Meine liebe Prudence«, sagte sie mit einem freundlichen Lächeln. »Du hast dich bereits in deinen Ehemann verliebt.«

»Verliebt?« Prudence legte verwirrt ihre Stirn in Falten. Ihre Miene erhellte sich. »Nun gut, ich liebe diesen Mann, oder zumindest den Mann, der Michael, *wie ich glaube*, sein könnte. Ich bin dank meiner Zeit in Morgan's Crossing und denjenigen, denen ich dort begegnet bin, ein besserer Mensch geworden.« Sie seufzte. »Ich kann nur dankbar sein.«

Darcy schossen die Tränen in die Augen. »Du bist ein Wunder, Prudence«, flüsterte sie, die Kehle wie zugeschnürt.

Lina bekreuzigte sich. »Ich habe dich in meine Gebete zur Mutter Gottes eingeschlossen, Prudence. Aber erst, das muss ich zugeben, seit ich gehört habe, dass du Mr. Morgan geheiratet hast. Jonah hat uns erzählt, wie es in diesem Bergbaulager ist, und ich habe mir Sorgen gemacht.«

In Momenten wie diesem wünschte Darcy sich, sie hätte Linas Vertrauen und Verbindung zum Himmel. Sie dankte jeden Tag für ihren Segen, hatte jedoch nicht daran gedacht, für Prudence zu beten. *In Zukunft werde ich das.*

Darcy berührte Prudence am Knie. »Um es in die Worte von William Butler Yeats zu fassen: Jede überstandene Prüfung, die mit der richtigen Einstellung angegangen wurde, macht unsere Seele edler und stärker als zuvor.«

Prudence gab ein unsicheres Lachen von sich. »Typisch Darcy, du findest auch immer ein Zitat in Momenten wie diesem.«

»Zitate gibt es für *jeden* Moment«, antwortete Darcy voller Überzeugung. »Nun erzähle uns den Rest, Prudence. Ich bin sicher, deine Geschichte ist noch lange nicht zu Ende.«

Prudence beschrieb ihre Ankunft in Morgan's Crossing, ihre missliche Reaktion auf die Stadt und die zwei nächsten, ereignisreichen Tage, und schloss mit ihrem Streit mit Michael.

Darcy schüttelte den Kopf und ließ dem Atem freien Lauf, den sie während Prudences spannender Erzählung angehalten hatte. »Na, da hast du ja ein echtes Abenteuer erlebt. Jetzt, wo du uns alles berichtet und dich so richtig ausgeweint hast, müssen wir eine Strategie entwickeln. Ausgehend von deinen Worten glaube ich nicht, dass deine Ehe hoffnungslos ist.« Mit gehobener Augenbraue warf sie Lina einen Blick zu, um zu sehen, ob sie zustimmte.

Lina nickte. »Da gebe ich dir recht.«

»Ihr müsst nur die Gelegenheit finden, über alles zu reden – aber *ruhig*. Wenn Mr. Morgan wirklich etwas an dir liegt, wird er bald vor Linas Tür stehen.«

Prudence schniefte und presste sich das Taschentuch an die Nase. »Was ist, wenn Michael nicht kommt?«

»Nun, dann musst du vielleicht zu ihm gehen, oder du schreibst ihm. Doch es hat keinen Sinn, sich jetzt Sorgen zu machen ...«

»Nicht noch ein Zitat!« Lina setzte einen gespielt missbilligenden Gesichtsausdruck auf.

Darcy kicherte. »Kommt Zeit, kommt Rat.«

An der Weggabelung nach Sweetwater Springs wurde Michael trotz seines erschöpften Zustandes von irgendetwas aufgeschreckt, sodass er die Zügel des Gespanns zog und den Wagen zum Stehen brachte. In dieser Gegend musste es in den letzten paar Tagen geregnet haben, denn einige Wagenspuren waren noch schlammig. Anstatt auf der Straße weiter geradeaus zu führen, wiesen die Spuren von El Davids Wagen nach rechts.

Die Barretts wohnen in dieser Richtung. Und die Walkers.

Prudence ist zu ihren Freundinnen gefahren. Was will sie damit sagen?

Vielleicht ist sie doch nicht so sehr darauf aus, fortzugehen, wie ich angenommen hatte. Ein plötzlicher Hoffnungsschimmer ließ ihn erleichtert aufatmen, denn Michael wusste: Hätte seine Frau sich tatsächlich den Staub ihrer Ehe abschütteln wollen, so hätte sie sich schnurstracks zum Bahnhof begeben.

Er ließ die Zügel schnellen, und die Pferde liefen los und folgten den Spuren des Wagens. Während er fuhr, dachte Michael darüber nach, was er von dieser Gegend gehört hatte, denn er war noch nie diesen Weg entlanggefahren.

Er wusste, dass ein Großteil der Straße durch die unbebaute Wildnis bis zum Ortsrand von Sweetwater Springs führte, wobei die Ranch der Dunns die größte war, die sich in dieser Richtung erstreckte. Doch er kannte sich nicht allzu gut damit aus, was rechts lag – abgesehen von ein paar Farmen, darunter die der Barretts und die der Walkers. Der Tratsch über die Versandbräute hatte nur einige wenige Fakten über ihre Häuser beinhaltet. Von den Gerüchten wusste er, dass Gideon Walkers Haus inmitten des Waldes lag und von der Straße nicht zu sehen war. Er konnte sich nicht an Einzelheiten über die Lage des Grundstücks der Barretts erinnern. *Ich muss den Spuren aufmerksam folgen, sonst verpasse ich einen Abzweig.*

Während der Fahrt überlegte Michael, was er Prudence sagen sollte, um sie davon zu überzeugen, ihm noch eine Chance zu geben. Zu seiner Schande hatte er sich seit seiner Eheschließung nur darauf konzentriert, seine Frau ins Bett zu bekommen, statt etwas über sie zu erfahren und ein starkes Fundament für ihre gemeinsame Zukunft zu schaffen.

Ich werde mich entschuldigen ... und alles erklären. Ich werde nicht versuchen, sie anzufassen, auch wenn ich mich danach sehne. Dafür werde ich alles in meiner Macht Stehende tun, damit Prudence sich wohl fühlt. Damit sie versteht, wie sehr ich sie brauche – wie sehr die Stadt sie braucht.

Michael war noch nie ein Mann der Gebete gewesen, doch nun flehte er den lieben Gott an, ihm eine zweite Chance zu geben. Ihm kam der Gedanke, dass er vielleicht für das falsche Ergebnis betete. Er grübelte einen Augenblick darüber nach und schwenkte dann auf eine andere Bitte um – eine, die wahrscheinlich der Schlüssel zu allem anderen war. *Lieber Gott, bitte hilf mir, ein besserer Mensch zu sein.*

Als er am Rand eines bestellten Feldes ankam, das von einem Holzzaun umgeben war, setzte er sich auf und schaute zwischen dem Feld und den Spuren, denen er folgte, hin und her. In der Nähe der Straße konnte er eine Scheune, ein Pferdegehege, und weiter innen ein Haus erkennen. Eine Auffahrt führte zu dem Gebäude.

Zwei Männer arbeiteten zusammen an einem kaputten Abschnitt des Zaunes. Beide standen still und beobachteten ihn. Jonah Barrett und Gideon Walker.

Jonah grüßte, als er vorbeifuhr. »Morgan«, rief er ihm zum Gruß zu.

Hier bin ich richtig.

Als er an der Scheune vorbeikam, bemerkte Michael, dass die Fußstapfen der Maultiere sich veränderten. Anstelle der gleichmäßigen Laufspuren, die sie bisher hinterlassen hatten, waren sie hier umhergelaufen, als hätte der Fahrer angehalten. Er lenkte die Pferde auf die unbefestigte Zufahrt.

Auf der Veranda saß eine Frau, und sogar aus dieser Entfernung konnte er Prudence in einem blauen Kleid erkennen. Sein Herzschlag beschleunigte sich und er kam vor einem Haus zum Halt, das etwa dreimal so groß aussah wie die Hütten seiner Minenarbeiter, was nicht viel zu sagen hatte.

Prudence schaute in seine Richtung.

Ihm entfuhr ein Seufzer, der ganz aus der Tiefe zu kommen schien, als wäre die Last auf seiner Brust zu schwer zum Atmen gewesen, seit sie fort war. *Danke dir, Gott, dass sie in Sicherheit ist.* Ihm war nicht bewusst gewesen, dass er sich so um sie sorgte.

Er zog die Bremse, band die Zügeln fest, stieg ab und ging zur Veranda, wobei er seine Frau nie aus den Augen ließ.

Prudence saß auf einer Bank und rührte mit einem Kochlöffel in einer Schüssel. Sie schaute ihn mit argwöhnischem Ausdruck an. Ihre Nase und Augen waren rot, als hätte sie geweint.

Zumindest läuft sie nicht weg. Langsam, um sie nicht ins Haus zu vertreiben, setzte Michael einen Fuß auf die Veranda, hielt inne und beugte sich, einen Ellenbogen auf sein Knie gestützt, nach vorn. »Guten Tag, Prudence. Was machst du da?«

Prudence schaute auf die Schüssel auf ihrem Schoß hinab. »Ein Experiment. Du denkst womöglich, ich bin verrückt.«

Er blieb still und hob seine Augenbrauen, um sie zum Fortfahren zu ermutigen.

»Dona, die Köchin in der Agentur, sagte mir, dass ich Liebe zum Rezept hinzufügen muss, wenn ich backe. Ich habe sie für albern gehalten und war so wütend auf sie!« Prudence deutete mit dem Kopf auf das Haus. »Als ich Lina beim Kochen zugesehen habe, ist mir klargeworden, dass Dona vielleicht recht hat.«

Michael schenkte ihr ein zärtliches Lächeln. »Wahrscheinlich ist das der Grund dafür, dass Mrs Tisdales Essen besser schmeckt als das von Cookie Gabellini.«

Prudence lachte. »Ich glaube, es gibt viele Gründe dafür, dass Mrs Tisdales Essen besser schmeckt.« Ihr Ausdruck wurde wieder nüchtern und sie erhob sich. »Wir müssen einiges besprechen, Michael. Aber ich helfe dabei, die Mahlzeit zuzubereiten.« Sie benutzte ihr Kinn, um auf die Männer zu zeigen, die am Zaun arbeiteten. »Stell dich Jonah und Gideon vor und kümmere dich dann um dein Gespann. Ich bin sicher, Lina macht es nichts aus, wenn du zum Abendessen bleibst.«

Das ist meine Pru, die das Kommando übernimmt.

Er trat mitten auf die Veranda. »Danke, dass du bereit bist, mit mir zu sprechen, Prudence. Ich möchte einiges hören, einiges sagen und mich für einiges entschuldigen. Ich weiß, dass ich viele Fehler gemacht habe, und ich bin gekommen, um sie wiedergutzumachen.«

Sie hob die Hand, als würde sie ihn berühren wollen. »*Wir* haben viele Fehler gemacht.« Sie ließ die Hand sinken.

»Und ob wir das haben.«

Prudence wandte sich der Tür zu. Dann hielt sie inne und sagte über die Schulter hinweg: »Vielleicht gibt es zu guter Letzt Hoffnung für uns.«

Nachdem sie hineingegangen war, blieb Michael einen Moment lang still stehen und stieß ein weiteres Dankesgebet aus. *Noch ist nicht alles in Ordnung, aber sie hat gesagt, vielleicht gibt es Hoffnung.* Er trottete die Treppe hinab und fühlte sich, als könnte er einen Freudentanz hinlegen. Mit flotten Schritten ging er los, um die beiden anderen Männer zu treffen, die Versandbräute geheiratet hatten. *Ich wette, sie haben interessante Geschichten und wertvolle Ratschläge.* Da so viel auf dem Spiel stand, war er gesonnen, zuzuhören.

Kapitel Zweiundzwanzig

Platten voller Speisen standen auf der rot-weiß karierten Tischdecke und Prudences Teller mit den goldenen Brötchen nahm einen Ehrenplatz in der Mitte ein. Auf einer Seite hatte Jonah aus ein paar Brettern und Holzkisten eine improvisierte Bank gebaut, damit alle genügend Platz hatten.

Der Duft nach Tomatensoße und Minestrone ließ Prudences Magen knurren. Am letzten Abend hatte sie in der Unterkunft für Durchreisende einen Mundvoll Bohnen gegessen und nichts weiter, weder zuvor noch danach. Doch sie war ebenso nervös wie hungrig und fragte sich, wie die anderen ihre Brötchen finden würden – und, noch wichtiger, ob sich alle gut vertragen würden.

Lina saß am Fuße des Tisches, neben ihr Adam im Kinderstuhl, Jonah am Kopfende und Darcy und Gideon gegenüber von Michael und Prudence. Die Barretts sprachen ein Tischgebet auf Italienisch, Adam stimmte bei einigen Worten mit ein.

Während die anderen beteten, hielt Prudence die Augen offen. Sie wollte jede Einzelheit dieses besonderen Mahls in sich aufnehmen – das erste, das sie zusammen mit Menschen einnahm, die vielleicht ihre Freunde werden würden. Sie schaute zu dem kleinen Jungen, der mit einem Löffel auf den

Tisch schlug. Adam hatte die grünen Augen seines Vaters und das glatte dunkle Haar seiner indianischen Mutter. Sie hatte nur einen Blick auf das niedliche Kind werfen müssen, um es zu lieben.

Jonah reichte die Platten mit dem Essen herum und Lina ermutigte alle dazu, sich mit einer großen Portion zu bedienen.

Darcy bestrich als Erste ein Brötchen mit Butter und nahm einen Bissen.

Prudence fühlte sich, als würde sie auf glühenden Kohlen sitzen und sie presste die Hände zusammen, während sie auf die Reaktion der Frau wartete.

Darcy lächelte, begegnete ihrem Blick und nickte offensichtlich zufrieden. »Die sind gut, Prudence. Fast so gut wie die von Bertha.«

Lina kicherte. »Das ist wirklich ein Spitzenlob.«

Prudence atmete angespannt ein. *Immer noch Zweitbeste.* Der altbekannte Zorn begann in ihr hochzukochen. Sie machte den Mund auf, um zu kontern, biss dann aber die Zähne zusammen, entschlossen, Darcy nicht anzufahren. Stattdessen holte sie tief Luft. »Nun gut, Berthas sind die besten«, stimmte sie in freundschaftlichem Ton zu.

Lina warf ihr einen Blick von der Seite zu, als würde sie abschätzen wollen, wie ehrlich Prudences Reaktion war, und schaute dann Darcy wie zur Bestätigung an.

Sie werden eine Weile brauchen, um so ungezwungen mit mir umzugehen, wie sie es untereinander tun. Der Fairness halber musste Prudence einräumen, dass sie selbst womöglich lange brauchen würde, um an ihre eigene Veränderung zu glauben. *Ich werde immer auf der Hut sein müssen, bis ich mir sicher bin, dass ich jede Situation mit Souveränität bewältigen kann.*

Michael schwenkte sein Brötchen, als würde er damit auf Prudence anstoßen wollen. Sein Blick, aus dem sichtlicher Stolz sprach, ruhte auf ihr. »Ich kenne Bertha nicht und schere mich auch nicht weiter darum. Doch ich kann sagen, dass ich niemals bessere gegessen habe.«

Prudence errötete vor Freude und legte sich eine Hand auf den Hals, ohne ihn aus den Augen zu lassen. »Wirklich?«

»Nicht einmal meine Mutter kann es damit aufnehmen, meine Liebe.«

Darcy strich Marmelade auf ein weiteres Stück. »Ich wollte dich nur ein wenig mit deinen Brötchen aufziehen, Prudence. In Wirklichkeit glaube ich, dass sie genauso gut wie Berthas sind – und mit Sicherheit besser als meine.

Tränen traten in Prudences Augen. »Das bedeutet mir viel.«

Michaels Blick fiel auf Darcy. »Mrs Walker, Sie haben mir einen unerwarteten Dienst geleistet, als sie mich mit meiner Frau verkuppelt haben.« Er blinzelte Prudence zu. »Allerdings habe ich eine Weile gebraucht, um ihre vorzüglichen Eigenschaften zu erkennen.«

Darcy lachte. »Da waren Sie nicht der Einzige.« Sie schenkte Prudence ein warmes Lächeln.

»Deshalb bin ich hergekommen, um sie nach Hause zurückzubringen.« Michael richtete sich zwar an die Gruppe, sah aber Prudence mit einem Blick an, der ein Flehen verriet.

Ihr Herz schien zu stolpern. *Er will die Ehe noch immer.*

»Ich will der Herr sein meines Eigentums«, stimmte Gideon an. Er schaute schelmisch zu Michael und Prudence und ließ dann seinen warmen Blick auf seiner Frau ruhen, während er Petruchio zitierte. »Sie ist mein Landgut, ist mein Haus und Hof, mein Pferd, mein Ochs, mein Esel, kurz mein alles: Hier steht sie!«

Eine schickliche Röte stieg Darcy ins Gesicht und sie schaute verunsichert in die Runde.

»Ich habe schon von Ihrer Vorliebe für Zitate gehört«, sagte Michael zu Gideon. »Bei den meisten Philosophen und

Dichtern stehe ich Ihnen um einiges nach, aber nicht bei *der Widerspenstigen Zähmung.* Ich hatte einmal einen Lehrer, der uns das Stück immer wieder eingepaukt hat. Wir mussten ellenlange Teile auswendig lernen.« Er streckte den Arm über den Tisch und nahm Prudences Hand, um ihre Finger zu küssen. »Das lust'ge Prudchen, auch das böse Prudchen ...« Er ersetzte Käthchens Namen mit dem von Prudence.

»Michael!« Prudence errötete und versuchte, ihre Hand wegzuziehen. *Welch ein Fluch.*

Ihr Mann ergriff erneut Besitz von ihrer Hand. »Es geht noch weiter, meine Liebe, aber immer lobend, das versichere ich dir. Soll ich weitermachen?«

Plötzlich schüchtern wegen seiner Aufmerksamkeit, nickte sie.

Michael lächelte alle an, und dann nur sie, ganz vertraut. »Doch, Prudchen, schmuckstes Prudchen in Europa, Prudchen von Prudchenheim, du, Prudchen, goldnes.«

Mit Sicherheit meint Michael das nicht ehrlich. Doch sie konnte die Hoffnung nicht unterdrücken, die sich angesichts der Liebe in seinem Blick in ihr aufstieg.

»Erfahre denn, du Prudchen Herzenstrost:
Weil alle Welt mir deine Sanftmut preist,
Von deiner Tugend spricht, dich reizend nennt,
Und doch so reizend nicht, als dir gebührt:
Hat mich's bewegt, zur Frau dich zu begehren.«

Darcy und Lina brachen in schallendes Gelächter aus.

Gideon nickte sichtlich zufrieden.

Michael wandte sich mit erhobener Augenbraue an die Gruppe. »Ich meine es ernst. Meine Frau hat die Menschen in Morgan's Crossing für sich gewonnen.«

Lina strahlte Prudence an. »Wir haben die Geschichte gehört und Darcy und ich sind *überaus* stolz.« Sie hob ihr Wasserglas. »Ich denke, wir sollten anstoßen.«

Alle erhoben ihre Gläser.

Lina schaute mit funkelnden Augen in die Runde. »Auf die Versandbräute des Westens!«

»Auf die Versandbräute des Westens!«, sagten alle im Chor.

Lina schwang das Glas in Prudences Richtung. »Auf unsere Frischvermählten, Michael und Prudence.«

»Auf Michael und Prudence!«

Das Feuer ihrer fröhlichen Aufmerksamkeit loderte in Prudences Körper auf.

Darcy stellte das Glas ab und beugte sich vor. »Doch es gibt etwas, das Prudence von Ihnen benötigt«, sagte sie in beiläufigem Ton zu Michael, wenn auch ihre Augen vor Humor funkelten.

»Und das wäre?«, fragte Michael.

»Einen neuen Sonnenschirm.«

Prudence platzte heraus und alle stimmten in ihr Gelächter mit ein, selbst die Männer. *Michael muss Jonah und Gideon die Geschichte erzählt haben.*

Prudence weidete sich an ihren heiteren Gesichtsausdrücken und hoffte, dass Michael und sie dabei waren, neue Freundschaften zu schließen.

Michael drückte ihre Hand. »Ich habe schon geplant, gleich das nächste Mal eine Bestellung aufzugeben, wenn El Davis in die Stadt kommt.«

Nach dem Abendessen spazierten Prudence und Michael im Schatten hoher Bäume Hand in Hand einen Wildpfad an einem sich windenden Bach entlang und sprachen über ihre Auseinandersetzung. Zunächst hatte Michael sich ehrlich dafür entschuldigt, dass er ihre vielen Talente genauso wenig zu schätzen gewusst hatte, wie ihre Versuche, seine Gehilfin zu sein.

Seine aufrichtige Reue hatte Hoffnungen in ihr geweckt, doch Prudence gelang es immer noch nicht, ihre Zweifel ganz auszuräumen. Sie hatte ihre Sorgen über das Geschäft zum Ausdruck gebracht und davon erzählt, wie sie begonnen hatte, nach möglichem Fehlverhalten zu forschen. Sie schöpfte Hoffnung aus der Tatsache, dass er aufmerksam zuhörte, hier und da nickte und manchmal Fragen stellte.

Michael blieb auf einer Rasenfläche im Schutze einer Reihe von Bäumen und Büschen stehen. Er holte tief Luft. »Nachdem du fort warst, habe ich mir deine Berechnungen angesehen und erkannt, dass Hugely mich bestiehlt.«

»Bist du wütend auf ihn?«

»Ja. Allerdings noch mehr auf mich selbst. Ich hätte sie mir genauer ansehen und besser aufpassen sollen.«

»Auf deinen Schultern lastet das Leben und die Sicherheit der Bergmänner und deren Familien – abgesehen vom Betrieb der Mine. Das ist eine schwere Last, Michael«, sagte sie und legte eine Hand auf seinen Unterarm. »Du kannst dich nicht um alles kümmern.«

Er warf ihr einen schelmischen Blick zu. »Bist du an der Stelle als Buchhalterin interessiert?«

»Du willst, dass ich in der Schule unterrichte *und* deine Buchhaltung führe?«, zog sie ihn auf. »Und was als Nächstes? Soll ich auch den Laden betreiben?«

»Gar keine schlechte Idee. Eine Köchin und Haushälterin könnte ich auch gebrauchen.«

»Hm.« Sie löste sich aus seiner Hand und stolzierte davon, wobei sie ihm einen koketten Blick über die Schulter zuwarf.

»Vergiss nicht, dass ich auch jemanden brauche, der mein Bett wärmt«, scherzte Michael und holte sie ein. Er nahm ihre Hand und sein Ausdruck wurde ernst. »Ich werde einen Schulmeister für die Schule einstellen, wie du es willst. Er kann in meiner alten Hütte wohnen. Einen

Ladenbetreiber werde ich auch anstellen. Aber ich glaube nicht, dass irgendjemand sich besser um meine Buchhaltung kümmern könnte als du, mein Liebling Pru.« Er schaute ihr in die Augen. »Oder mich nachts wärmen könnte.«

Ihr ganzer Körper kribbelte. Langsam drehte sie sich zu ihm um. »Von jetzt an gelobe ich, deine vielen Sorgen zu berücksichtigen und einen damenhafteren Ton zu bewahren, selbst wenn ich ungeduldig oder verärgert bin.«

Er hob eine Augenbraue und seine Augen strahlten. »Kein Gekreische mehr?«

Prudence erinnerte sich an das Blech voller Brötchen, das sie durch die Küche der Agentur geschleudert hatte. »*Weder* Gekreische *noch* mit Gegenständen werfen.«

Er lachte leise. »Mit Gegenständen werfen, soso. Ich vermute, ich hatte das Glück, noch einmal zu entkommen.«

Sie umfasste seinen Arm fester. »Für dich gibt es kein Entkommen, Mr. Morgan. Du gehörst mir.«

Sein Blick wurde ernst. »Ich habe einen Fehler gemacht. Ich habe dich falsch eingeschätzt, meine Fassung verloren, dir keine Chance gegeben, etwas zu erklären, und dich vertrieben.« Er schluckte. »Du hast mir in den letzten Tagen einige harte Lektionen in Hinsicht auf meinen Charakter erteilt, Pru. Ein Mann, der hier draußen lebt, muss skrupellos sein, um Erfolg im Bergbau zu haben – doch diese Verhaltensweise legt man nicht seiner Familie gegenüber an den Tag. Ich bin jetzt ein besserer Mensch. Ich liebe dich und möchte mich um deine Liebe bemühen.«

Er liebt mich. Prudence presste sich ihre Hand ans Herz, zu bewegt, um zu sprechen. Sie musste ihren Atem zurückerlangen, bevor sie antworten konnte. »Du bist nicht der Einzige, der sich bessern musste. Michael, den größten Teil meines Lebens – eigentlich, seit ich acht war und meine Schwester Lissa starb – bin ich eine schreckliche Person gewesen. Der einzige Weg, die Aufmerksam meiner Eltern zu bekommen, war, einen Wutanfall zu bekommen. Ich war allen gegenüber kritisch und grausam. Lina und Darcy haben guten Grund, mich zu hassen – schließlich war ich so gemein zu ihnen. Ich bin nur deshalb hier bei den Barretts, weil ich nirgendwo sonst hinkonnte.«

»Vielleicht *waren* Darcy und Lina nicht deine Freundinnen. Aber ich kann sehen, wie zwischen euch dreien ein Band der Freundschaft entsteht.«

»Ich hoffe, du hast recht.«

Michael tippte ihr mit dem Finger auf die Nasenspitze. »Mit *hoffen* hat das nichts zu tun, meine Liebe. Ich bin dein Mann. Ich habe immer recht.« Er plusterte sich auf, offensichtlich zum Spaß.

Prudence verdrehte die Augen. »Du scheinst dich ziemlich gut mit Jonah und Gideon zu verstehen.«

»Naja ...«, sagte er. »Schon erstaunlich, wie es uns Männer verbindet, wenn wir uns Geschichten über unsere Versandbräute erzählen. Das Einzige, was gefehlt hat, war Bier. Erinnere mich daran, ein Fass mitzubringen, wenn wir sie nächstes Mal besuchen.«

»Wir fahren sie besuchen?«

»Nur, wenn es dir Freude bereitet.«

»Ich hätte niemals gedacht, dass ich Lina und Darcy je würde besuchen wollen.« Sie schüttelte den Kopf, immer noch fassungslos darüber, wie sich ihre Beziehung zu den beiden Frauen gewandelt hatte. »Trudy auch, denn ich muss Frieden mit ihr schließen.«

Michael nahm ihre Hand und zog sie an sich. Auf dem Weg hierher habe ich mir geschworen, Intimitäten vorsichtig anzugehen und es zu unterlassen, dich zu berühren.« Er drückte ihre Hand. »Dieses Versprechen habe ich schon gebrochen.«

»Ich *vermute*, ich könnte dir vergeben.« Prudence warf Michael einen Blick durch ihre gesenkten Wimpern zu und lächelte ihn kokett an. »Ich *vermute*, ich könnte dich auch lieben … und dir die Erlaubnis zuteilwerden lassen, mich zu berühren«, sagte sie in gekünsteltem majestätischem Ton.

Mit funkelnden Augen tippte Michael sich auf den Mund. »Komm her und küss mich, meine Pru.« Er zitierte Petruchio falsch und streckte die Arme aus.

Sie brachen in Gelächter aus. »Sehr gern.« Sie schmiegte sich an ihn, neigte ihr Gesicht und presste ihre Lippen auf seine. Die Berührung seines Mundes erfüllte sie mit einem tiefen Gefühl der Verwunderung und ihr wurde bewusst, dass sie sich gerade auf eine lebenslange Reise der Entdeckungen begeben hatte.

Michael trat ein Stück zurück und lächelte. »Das ist ein Versprechen für die Zukunft, meine Frau. Und hier kommt noch eins.« Er näherte sich ihrem Gesicht, um sie erneut zu küssen.

Epilog

Morgan's Crossing, Montana-Territorium

7. September

Liebe Bertha,

ich schreibe Dir, um mich zu entschuldigen, weil ich Dich so fürchterlich behandelt habe. Die Ehe mit Mr. Morgan und das Leben in einer winzigen Stadt im Westen haben mir die Augen geöffnet und mir meinen wahren Charakter gezeigt. Zwar will ich nicht behaupten, geläutert zu sein – und ich habe Michael verboten, das Wort _gezähmt_ zu verwenden –, doch ich bin ein wesentlich besserer Mensch geworden und schäme mich nun für mein grausames Verhalten Dir gegenüber. Ich hoffe, es kommt die Zeit, dass Dein großzügiges Herz mir vergeben kann.

Ich schreibe Dir auch, um Dir einen Arbeitsplatz anzubieten. Das Wohnheim in Morgan's Crossing, in dem fünfundzwanzig Bergmänner leben, braucht eine Köchin und Haushälterin. Ich will Dir keine Einzelheiten vorenthalten – das Haus ist ein fürchterlicher Ort – ein Schweinestall, in dem den Männern ihr Fressen vorgeworfen wird. Ich habe bei meinem Mann durchgesetzt, dass er jemanden einstellt, um den momentan Verantwortlichen zu ersetzen. Ich empfehle Dich, da ich Deinen geduldigen Charakter, Deine ausgezeichneten Gewohnheiten in Bezug auf Arbeit und Sauberkeit und Deine köstlichen Brötchen schätze. (Der derzeitige Gastwirt backt welche, die wie Steine sind!)

Mein Mann wird Dir ein großzügiges Gehalt zahlen (dafür sorge *ich), doch noch wichtiger ist: Du wirst hier <u>gebraucht</u>, und ich vermute, diese Tatsache ist am verlockendsten für Dich.*

Es gibt wenige Frauen in dieser Stadt – zehn, wenn man mich mitzählt. Aber diese wenigen sind sympathisch und waren eine große Unterstützung für mich. Vielleicht können einige davon ein paar Stunden in der Woche aufbringen, um Dir bei der Hausarbeit behilflich zu sein. Doch es gibt keine Frau, die als Vollzeitkraft für die Hausarbeit zur Verfügung steht, auch wenn zwei Jungen aus dem Morgenland im Wohnheim arbeiten und weiter geschult werden müssen. Vielleicht kennst Du ein Mädchen oder eine Frau, die den Posten gern übernehmen und mit Dir hier nach draußen ziehen würde.

Wie auch immer Du Dich entscheidest, ich wünsche Dir alles Gute!
Von Herzen,
Mrs Michael Morgan (die ehemalige Prudence Crawford)

ENDE

Um mehr über das Erscheinen zukünftiger Bücher zu erfahren, melden Sie sich für Debra Hollands Newsletter an: http://debraholland.com

Ein wort an meine Leser

Danke, dass Sie die »*Versandbräute des Westens: Prudence*« gelesen haben. Als Caroline Fyffe und ich die Buchreihe »Versandbräute des Westens« geplant haben, hatten wir nicht vor, Prudence Crawford eine eigene Geschichte zuteilwerden zu lassen. Unsere Idee war es, dass ich über Trudy, Lina und Darcy schreibe, und Caroline über Evie, Heather und Kathryn. Prudence und Bertha Bucholtz sollten nur Nebenfiguren sein. Doch so viele unserer Leser haben darum gebeten, dass Prudence und Bertha eigene Geschichten erhalten, dass wir beschlossen haben, dass ich diese schreibe.

Caroline und ich haben die Bücher so gestaltet, dass sie in Paaren gelesen werden – *Trudy* und *Evie*, *Lina* und *Heather*, und *Darcy* und *Kathryn*. Die Leser können aber auch erst meine Hälfte der Bücher, also *Trudy, Lina, Darcy* lesen, die sich in die Buchreihe »Der Himmel über Montana« einordnen, oder aber mit *Evie, Heather, Kathryn* beginnen, die zu Carolines McCutcheon-Buchreihe gehören. (Als Kathryn den Brief an Darcy schreibt, nimmt sie Bezug auf die Ereignisse in »*Montana Snowfall: McCutcheon Family Series Buch 7.*«

Prudences und Berthas Geschichten spielen beide in Morgan's Crossing, genauso wie einige zukünftige

Erzählungen der Reihe »Der Himmel über Montana«. Im Februar 2016 erwarten meine Leserinnen und Leser ein paar große Überraschungen, angefangen mit der Veröffentlichung von *»Mail-Order Brides of the West: Bertha«*, dessen deutsche Übersetzung im Sommer erscheint. Bei ihrer Geschichte handelt es sich um eine *Erzählung* – kürzer als die anderen Geschichten der Versandbräute. Vergessen Sie nicht, sich für den Newsletter anzumelden (http://debraholland.com), um die neusten Informationen zu erhalten.

Buchreihe der Himmel über Montana

In chronologischer Reihenfolge:

1882
Unter dem Himmel von Montana

1886
Versandbräute des Westens: Trudy
Versandbräute des Westens: Lina
Versandbräute des Westens: Darcy
Versandbräute des Westens: Prudence
Versandbräute des Westens: Bertha

1890er
Grace: Als Braut in Montana
Der Wilde Himmel über Montana
Der Sternenhimmel über Montana
Stormy Montana Sky
Der Weihnachtshimmel über Montana
Der Gemalte Himmel über Montana
A Valentine's Choice
Irish Blessing
A Rolling Stone
Glorious Montana Sky
Healing Montana Sky
Sweetwater Springs Scrooge
Sweetwater Springs Christmas
Mystic Montana Sky
Singing Montana Sky
My Girl
Bright Montana Sky
Montana Sky Justice
A Late-Blooming Rose
Beyond Montana's Sky (*May 1, 2020*)

2015
Angel in Paradise

Über Die Autorin

Debra Holland, New York Times- und USA Today-Bestsellerautorin, war drei Mal unter den Finalisten für den Golden Heart Award der Romance Writers of America und hat ihn einmal gewonnen. Sie ist Autorin der *Buchreihe Der Himmel über Montana*, romantische und historische Western-Liebesromane, und der Reihe *The Gods' Dream Trilogy*, Fantasy-Liebesromane. Im Februar 2013 hat Amazon *Starry Montana Sky* als eine der 50 größten Liebesgeschichten ausgewählt.

Debra hat auch ein Sachbuch mit dem Titel *The Essential Guide to Grief and Grieving* bei Alpha Books (einem Tochterunternehmen von Penguin) veröffentlicht. Ein kostenloses E-Booklet ist auf ihrer Internetseite erhältlich: http://drdebraholland.com: *58 Tips for Getting What You Want From a Difficult Conversation*.

So können Sie Kontakt zu Debra aufnehmen:
www.debraholland.com
Facebook: debra.holland.731
Twitter: @drdebraholland
Blog: drdebraholland.blogspot.com

www.ingramcontent.com/pod-product-compliance
Lightning Source LLC
Chambersburg PA
CBHW032210190626
46810CB00019B/2423